NIEPAMIĘĆ

KRZYSZTOF
KOTOWSKI

NIEPAMIĘĆ

Kontakt i oficjalna strona autora
www.krzysztofkotowski.pl

Projekt okładki
Małgorzata Rokicka

Ilustracje i zdjęcia na okładce
CORBIS

Redakcja
Bogumiła Widła

Korekta
Malwina Łozińska
Elżbieta Szczepańska

Redakcja techniczna
Artur Gabrysiak

ISBN
978-83-928224-6-2

Wydawnictwo Cat Book 2009

Wyłączny dystrybutor
Firma Księgarska Jacek Olesiejuk
Poznańska 91,05-850 Ożarów Maz.
t./f. 022-535-05-57,022 721-30-11/70-07/70-09
www.olesiejuk.pl

Sprzedaż wysyłkowa – księgarnia internetowa
www.amazonka.pl

Skład i łamanie
Piotr Trzebiecki

Druk i oprawa
Sowa - druk na życzenie® www.sowadruk.pl tel. 022 431-81-40

Kto mi odda moje zapatrzenie
…i mój cień, co za Tobą odszedł…?

Krzysztof Kamil Baczyński

Rozdział 1

Moja żona Anna ma wielkie, chabrowe oczy, w których ten rzadki rodzaj jesiennego smutku nietrudno dostrzec takim jak ja, a może i ty...

Jeśli choć trochę mnie rozumiesz, doskonale zdajesz sobie sprawę z tego, że od takiego rodzaju smutku się nie ucieka. Szukasz go przez większą część życia, a później uczysz się długo, by umieć nie umrzeć bez sensu jak zwierzę, w przypadkowym miejscu, czasie, w połowie drogi...

Tak wiele cieni błądzi wielkimi ulicami, tyle jest chłodu i lęku. Ludzi, w których tkwi jak w pułapce drewniana, mdła dusza. Drepczą po ziemi bez celu...

I chcesz mi powiedzieć, że Bóg jest szczęśliwy?

Pamiętam zachrypnięty głos człowieka, który nachylił się kiedyś w jakiejś knajpie nad moim uchem i powiedział: „Popatrz pan, ile dróg budują... tylko nie ma dokąd iść...".

Zbyt mało jest ważnych rzeczy. Zbyt mało jest ważnych chwil.

Popatrz na miliardy pieprzonych insektów, wszy, karaluchów, różnorakich cholernych robali... Pełzają, latają, żrą i zdychają. Takie egzystencjalne „nic" musi być chyba bardziej bolesne niż rozdeptanie przez przypadkowego przechodnia. Natura ma to gdzieś. Trochę szkoda, nie uważasz? Może przydałby się nam wszystkim jakiś jaśniejszy, prostszy pieprzony sens…

Tylko mi nie mów, że jestem maneryczny i ckliwy! Pewien staruch, który ma się za naszego przyjaciela (Łukasz; nie pamiętam, gdzie i jak go poznaliśmy), stwierdził kiedyś, że nie powinienem opowiadać takich idiotyzmów po pięćdziesięciu latach małżeństwa. Pamiętam… Mówiłem Annie, że to płaski kretyn, bez gustu, stylu i klasy, ale ona do dzisiaj wpuszcza go do mieszkania. Stary pierdziel! Wiesz… ona zawsze łagodziła nasze spory, gładziła mnie po głowie tą najdelikatniejszą na świecie dłonią, a efekt był taki, że znowu piliśmy razem wódkę. Bez sensu.

Dzisiaj patrzyłem, jak Anna krząta się po pokoju, robiąc porządki. Powoli, z wielką starannością odkurzała każdy mebel, zdjęcia stojące na komodzie, a nawet wiszący na ścianie obrazek z moją podobizną w pełnym planie, namalowaną dawno temu na jakiejś plaży przez nadmorskiego artystę. Wyglądam na nim jak wieloryb, ale ona uparła się… no i bohomaz wisi. Pewnie zdajesz sobie już sprawę z tego, że nigdy nie byłem w stanie jej niczego odmówić, więc do dzisiaj to… – cholera wie, jak to nazwać – straszy w sypialni.

Anna była wczoraj na zakupach. Jest bardzo dokładna i świetnie potrafi obliczyć, ile gramów wędliny i sera wolno jej w tym tygodniu kupić. Czynsz za mieszkanie stanowi ponad połowę jej emerytury, więc to bardzo ważne. Ostatnio nawet zaoszczędziła tyle, aby kupić kilka jabłek. Bardzo je lubi. Uwielbiam patrzeć, jak się uśmiecha, układając wszystko w lodówce. Potrafi się cieszyć każdym drobiazgiem. Spacerem, wiosną, wrzaskami dzieciaków na dworze, a nawet kilkoma dodatkowymi owocami w domu. Zresztą kiedy tylko Łukasz jej nie zawraca głowy, wychodzi na podwórko i wreszcie ma czas, aby porozmawiać ze mną. Uwielbiam jej słuchać, niezależnie od tego, na jaki temat mówi. Młodzi nie są w stanie zrozumieć, jak wiele mają sobie do powiedzenia starsi ludzie. Jak każdy spędzony razem rok cementuje, wzbogaca i wreszcie daje poczucie absolutnego bezpieczeństwa. Zwykle ludzie boją się tego, że ostatecznie, na końcu pozostaną sami. Myślą, że – choć nieustannie obijają się w życiu o innych – tak naprawdę nigdy z nikim nie staną się zespoloną, nierozerwalną całością. Lękają się, że zawsze kiedyś trzeba będzie odejść, rozstać się i zostać samemu…

No i się mylą. Nie zaprzeczaj. Na tym akurat naprawdę nieźle się znam.

Zawsze ją kochałem. Nawet przez sekundę nie wpadło mi do głowy, że mógłbym żyć inaczej. Oczywiście, że podobały mi się inne kobiety i wpadały mi nieraz do głowy głupie pomysły, ale z pewnością wiesz, o czym mówię – to nie ma nic do rzeczy. Uwierzysz, kiedy ci powiem, że nigdy jej nie zdradziłem? Przynajmniej niczego takiego nie pamiętam. Mogłaby mnie upokorzyć, zmieszać z błotem, rozwalić na moim łbie tysiące talerzy, a ja i tak bym jej nie zdradził. Spytasz, co takie staruchy mogą w sobie widzieć? Nie masz pojęcia! Dasz wiarę, jeśli ci powiem, że Anna nigdy nie przestała być piękna? Że jest taki moment, kiedy czas staje w miejscu? I nic się nie zmienia? Przytulasz kogoś mocno, mając dwadzieścia lat, a gdy otwierasz oczy, nagle sobie uzmysławiasz, że życie już minęło… Zestarzałem się bez lęku. Bóg mi dał tę kobietę.

Kilka dni temu, kiedy Anna wyszła na chwilę do kiosku, jakiś dzieciak, biegnąc po chodniku, potrącił ją i upadła. Minęło dobrych parę minut, zanim ktoś jej pomógł. Bardzo ją bolało, ale nie płakała. Dopiero gdy wróciła do domu, szczerze mi się wyżaliła. Położyłem się obok niej na łóżku i zaciskałem pięści ze złości i gniewu. Lodowate serca i drewniane dusze! Nie umiecie żyć i nie umiecie się uczyć! Jesteście zgrają bezmyślnych, ledwo uczłowieczonych zwierząt! Robicie, co wam powiedzą w telewizji, oglądacie głupie telenowele, szczerzycie zęby na sitcomach i łakniecie krwawych wiadomości, karmiąc się cudzym nieszczęściem! Po co wam życie?!

Dziwisz się, że tak mówię? Nie wstydzę się tego. Jak ci się nie podoba, to pogadaj z tym idiotą, Łukaszem. Zaraz ci strzeli wykład o wielkiej nadziei, jaką jest nasza młodzież. Przy okazji spytaj starucha, dlaczego od dwudziestu lat jesteśmy jedynymi, którzy go odwiedzają! Nawet jego dzieci mają go gdzieś. Latał na dziwki, nie umiał utrzymać żony przy sobie, to teraz ma! Boi się i dlatego udaje twardziela. Nie stać go na jakiekolwiek chwile wzruszeń ani na szczerość, więc przyjął postawę – jak to on nazywa – trzeźwego obserwatora.

Dlaczego istnieje strach? Tylko mi nie cytuj jakiegoś podręcznika, w którym wypisują androny o sygnałach ostrzegawczych. Dopiero kiedy naprawdę przestajesz się bać, stajesz się szczęśliwy, lekki i silny. Nie zaprzeczaj. Wiem, że Anna się boi, i wiem, że niedługo przestanie. Wiem także, że jest chora i nic się już na to nie poradzi. Ale walczy, jak ja nigdy nie potrafiłem. Nie leży w łóżku, często wychodzi z domu i często ze mną rozmawia. Teraz, gdy umiera, jest najwspanialszą kwintesencją człowieczeństwa. Wielkim, kochanym symbolem tego, co dla mnie najważniejsze. To prawda, że jest coraz słabsza. Bywają takie dni, kiedy w parku robi ledwie kilka kroczków i musi usiąść na ławce. Ale widzisz, ona się tym nie martwi. Uśmiecha się do słońca, delikatnie dotyka liści i kwiatów znad stawu, a później wolniutko idzie do domu. Następnego dnia potrafi być dużo lepiej.

Wczoraj całą noc nie mogła spać, więc dzisiaj jest szczególnie słaba. Bolało ją, a w dodatku ten upadek... Zdążyła tylko zrobić porządek i położyła się na łóżku. Oczywiście usiadłem obok niej, mając nadzieję, że w czymś to pomoże. Możesz sobie wyobrazić, jak bardzo się zezłościłem, kiedy zabrzęczał dzwonek do drzwi. Bardzo długo trwało, zanim udało jej się zejść z łóżka, włożyć szlafrok i podreptać do przedpokoju, aby otworzyć. Ciekawe, że tym razem to nie był Łukasz. Jakiś facet, nawet dość wysoki, koło czterdziestki, stał w progu i przyglądał się mojej żonie. Długo nic nie mówił, ale chyba nie miał złych zamiarów. Jego zmęczone oczy patrzyły spokojnie, uważnie, lecz przenikliwie. Nie wydawało mi się, by mogło w tym być coś niepokojącego. Twarz miał łagodną, miłą, choć... przygnębioną. Pognieciony, szary płaszcz wisiał na nim niezgrabnie. Mężczyzna na skroniach zaczynał wyraźnie siwieć, ale włosy, mimo że nieelegancko potargane, miał takie jak kiedyś ja. Czyli wiesz... gęste, ciemne, bez jakichś tam łysych placków.

– Pan chce ze mną porozmawiać? – spytała cicho Anna.

– Tak – odparł niewiele głośniej facet. – Nazywam się Skalferin. Patryk Skalferin. Jestem komisarzem...

– Pan jest z policji? – zaniepokoiła się Anna.

– Tak. Chciałbym porozmawiać z panią... Albo może z pani mężem. Czy nie sprawiłoby to kłopotu?

– Mój mąż nie żyje od ponad roku – wyjaśniła spokojnie.

Aniu! Po co mówisz jakiemuś obcemu o takich sprawach? Nawet jeśli to gliniarz! Dopóki nie ma nakazu, niech się wynosi!

Machnąłem jednak w końcu ręką. A niech tam!

– Bardzo mi przykro… – Komisarz nieznacznie skłonił głowę. – Podano mi złe informacje…

– Czy coś się stało?

Gliniarz zawahał się. Zafrapowało mnie to jego dziwnie smutne spojrzenie. I coś mi mówiło, że nie chodzi o kiepski dzień czy niepokojącą wiadomość, którą właśnie miał przekazać Annie. Wyczułem, że do sprawy, z którą przyszedł, ma stosunek raczej obojętny. Myśli o niej wyłącznie jak o pracy, a więc w jego przypadku – o czymś bardzo nieosobistym.

Nie odnosisz czasem wrażenia, że rozmawiając z kimś, w końcu wyczuwasz, że ten, mimo iż przytakuje, uprzejmie się uśmiecha, tak naprawdę myślami jest zupełnie gdzie indziej? Mówiąc szczerze, o to właśnie podejrzewałem komisarza Patryka Skalferina, który przyszedł dziś do mojej żony, aby opowiedzieć o czymś złym… niepokojącym…

– Zaginęła pani sąsiadka… – rzekł po długim wahaniu. – Mieszkała piętro niżej. Dokładnie pod panią.

– Ta starsza pani?

– Tak. Znała ją pani?

– Nie… nie za bardzo. Mijałam ją czasem na schodach, to wszystko. Nawet nie pamiętam, jak się nazywa. Wiem, że jesteśmy w podobnym wieku, ale ona mieszka tu od niedawna, bardzo rzadko ją widywałam…

– Przepraszam, że tak panią zaskoczyłem – przeprosił

uprzejmie komisarz. – Może przyszedłbym jutro, wtedy moglibyśmy porozmawiać?

– Ona nie żyje?

– Nie wiem – odparł coraz bardziej zmęczonym głosem Skalferin. – Przepraszam, że o to pytam, ale... czy pani mieszka zupełnie sama?

– Tak... – Anna zamknęła oczy i zaczęła wolno oddychać. Zawsze tak robiła, kiedy nadchodził ból.

Daj jej już spokój!

Znowu zacisnąłem pięści.

– Czy pani dobrze się czuje? – spytał komisarz.

– Tak – skłamała, jak zwykle w podobnych sytuacjach. – Może być jutro. Będę w domu cały dzień. Ale jak mówiłam, niewiele wiem o tej osobie.

– Liczy się każdy szczegół. – Patryk Skalferin ukłonił się lekko. – Może przyjdę o jedenastej?

Miałem dziwne wrażenie, że odetchnąłby z ulgą, gdyby mu odmówiła. Spuścił wzrok, jakby się nad czymś zastanawiał, ale tak naprawdę... odpoczywał. Ukrywał to starannie, ale wiem, że tak było. Męczyło go każde zdanie, każdy kontakt z czymś innym niż te jego ponure myśli, z którymi najchętniej by został sam na sam. Jedno zdanie – dziesięć metrów samotnego biegu po pustyni, w głębokim piasku... Następne zdanie – kolejnych dziesięć metrów... Wreszcie odpoczynek.

– Oczywiście. – Skinęła głową.

Wolno podniósł wzrok.

– Gdybym mógł w czymś pomóc... – teraz już niemal szeptał, ale Anna go słyszała.

– Wszystko w porządku. – Zdobyła się na uśmiech.

13

Chyba od razu go polubiła, ale oczywiście jeszcze nie umiała mu na tyle zaufać, aby nie kłamać.

Skalferin umiał to uszanować. Ponownie się ukłonił na pożegnanie. Niespiesznie, z szacunkiem.

Anna przez chwilę patrzyła, jak mężczyzna odchodzi, po czym delikatnie zamknęła drzwi i wolno wróciła do pokoju, usiadła na łóżku i zaczęła cichutko płakać. Wzięła moje zdjęcie z półki i przycisnęła mocno do siebie. Bolało coraz bardziej.

– Kiedy ja wreszcie do ciebie dołączę? – powiedziała cichutko.

Zacisnąłem bezradnie pięści. *Nie płacz, Aniu, jestem tutaj!*

Nie uwierzysz, ale uspokoiła się, otarła łzy, zdjęła szlafrok i się położyła.

Po chwili, patrząc na zdjęcie, znowu zaczęła do mnie mówić. A więc jest już lepiej. Za chwilę poczuje się dobrze i może nawet zaśnie.

Jeśli zaczniesz opowiadać, że gadałeś z duchem, albo że widziałeś kogoś, kto od dawna nie żyje, uznają cię za stukniętego. Jeżeli więc postanowisz ludziom udowodnić, że słyszysz na przykład to, co do ciebie teraz mówię, popukają się w czoło; a gdybyś stał się przy tym zbyt uparty – zamknęliby cię w domu bez klamek. Tu też tak jest. Nikt tu nie widzi miejsc z dawnego życia. Nikt nie spotyka się ze swoją żyjącą rodziną ani nie gada tak jak ja do ciebie. Gdybym tu komuś powiedział, że odwiedzam Annę, moją żonę, która wciąż żyje, też nie traktowaliby tego poważnie.

Czy pamiętasz moment, w którym się urodziłeś? Albo

następne dni, tygodnie, pierwsze dwa, trzy lata? Nie. Prawda? Tutaj też nikt nie pamięta jak umarł ani co było wcześniej. To jakby nowe istnienie. Inne niż wasze, ale chyba nie gorsze.

Cóż jednak z tego, kiedy ja akurat z niewiadomego powodu umiem odwiedzać Annę, być w wielu miejscach z mojego poprzedniego życia i choć nikt mnie nie widzi... ja widzę wszystko. Tyle że... też nie pamiętam, jak i dlaczego umarłem. Mówiąc szczerze... niewiele potrafię sobie przypomnieć oprócz tego, co teraz zobaczę i co powie mi Anna, a przecież ona nie może znać pytań, które chciałbym jej zadać. Czasem tylko bierze moje zdjęcie i... zwierza się. Zapytasz, jak mogę pamiętać miłość do niej? Ja nie zadaję sobie takiego pytania. Odkąd pamiętam, wiem, że ją kochałem. Umiem przy niej być i znam na pamięć każde słowo, które wypowiedziała do mnie, odkąd tu jestem. Podobno nie żyję od ponad roku. Do niedawna nawet nie zdawałem sobie sprawy z tego, że dla tego świata nie istnieję. Tutaj znalazłem się... no sam nie wiem jak. Po prostu pewnego dnia tak jakby... obudziłem się w łóżku i nic nie było jak dawniej. Nikt mnie nie widział, nikt mnie nie słyszał, niczego nie mogłem dotknąć, wziąć do ręki, przestawić... Potem zorientowałem się, że od mojego pogrzebu minęło sporo czasu. Dziewięć, może nawet dziesięć miesięcy. Dlaczego umiem być tu i tam jednocześnie? Nie wiem. W każdym razie nie chwalę się tym tutaj. Ale nie chcę też zbyt dokładnie ci opowiadać, jak tu jest. Sam zobaczysz. Jak każdy.

Tego dnia poszedłem za tym przygasłym, ale – przyznaję – frapującym człowiekiem o dziwnym nazwisku, który odwiedził moją żonę.

Pod domem Anny, Skalferin nie wsiadł do żadnego samochodu ani nawet autobusu. Gliniarz po prostu przyszedł tu piechotą i tak samo zamierzał wrócić. Nie zwracając uwagi na nikogo, mijał ludzi śpieszących w różne strony rozwrzeszczanego miasta. Kroczył miarowo, spokojnie, z rękami w kieszeniach spodni. Spod rozpiętego płaszcza i marynarki widoczna była biała koszula i gładki, ciemnogranatowy krawat. Pewnie spytasz, czy nie budzą się we mnie wyrzuty sumienia i poczucie wstydu, gdy wkradam się do cudzych mieszkań niezauważony, jak szpieg. Odpowiedź jest prosta – nie wiem. Do tej pory towarzyszyłem tylko Annie. Teraz po raz pierwszy zaciekawił mnie inny człowiek. A więc po godzinie wędrówki znalazłem się w jego mieszkaniu, po którym krzątała się żona kończąca obiad, a w dziecięcym pokoju siedziała czternasto-, może piętnastoletnia córka, która odrabiała lekcje w towarzystwie młodszego o dwa, trzy lata brata. Chłopiec siedział przy lekko pochylonej w jego stronę rysownicy, przypominającej deskę kreślarską. Malował. Zerknąłem z ciekawością. Zmieniał sprawnie pędzle, ułożone z rygorystyczną dokładnością i dbałością o porządek na specjalnym trzymadełku. Obraz był niezwykły. Dopiero po kilku chwilach zorientowałem się, że przedstawiał widok zza okna. Precyzja, z jaką chłopak oddał każdy szczegół, zdumiała mnie jednak tak bardzo, że na dość długo przestałem interesować się policjantem. Najniezwyklejsze było nawet nie to, że malowidło przypominało niemal zdjęcie i że wyglądało na twór fenomenalnie uzdolnionego (nawet jak na mój pospolity gust) malarza, ale przede wszystkim fakt, iż dzieciak w ogóle nie patrzył w stronę okna. Nie spojrzał również w stronę drzwi, w których właśnie pojawił się ojciec. Nie zareagował, gdy Skalferin podszedł po chwili i pocałował go w czoło ani gdy witał się z wyraźnie rozradowaną jego widokiem córką. Chłopiec patrzył z ukosa na swoje dzieło z obojętną, zastygłą w bezruchu miną. Gdy Patryk zniknął za drzwiami, dziewczyna pochyliła się znowu nad zeszytem, zapisując kilka cyfr.

– Trzysta czterdzieści siedem razy dwa tysiące czterysta osiemdziesiąt dziewięć? – spytała nagle, nie odwracając się do brata.

– Osiemset sześćdziesiąt trzy tysiące sześćset osiemdziesiąt trzy – odpowiedział niemal automatycznie chłopak, nie przestając malować.

– Dzięki. – Córka Skalferina znowu zaczęła pisać w zeszycie. – Niezwykła liczba... osiemset sześćdziesiąt trzy tysiące sześćset osiemdziesiąt trzy...

Tym razem nie doczekała się jakiejkolwiek reakcji brata.

Wyobrażasz sobie kompletnie zdezorientowanego trupa? No to właśnie kimś takim byłem w tamtej chwili, tamtego późnego popołudnia. Nie chcesz, żebym nazywał siebie „trupem"? W porządku, jak wolisz, mogę mówić... „duch". I ten właśnie duch mówi ci tu teraz, że poczuł się tak, jakby znalazł się wtedy po drugiej stronie lustra Alicji, jakby obudził się w jeszcze innym świecie, którego do tej pory nie znał...

Musiałem użyć naprawdę sporej siły woli, aby stamtąd wyjść i znowu znaleźć się przy policjancie. Jego żona właśnie go przytulała, czule targając mu włosy.

– Byłeś? – spytała z troską w głosie.

– Przełożyłem na jutro – odparł cicho.

Wyczułem, jak jej ciało na chwilę spina się i zaczyna niemal niezauważalnie drżeć.

– Nie bój się. – Skalferin pogładził kobietę po policzku. – Miałem dzisiaj ważną sprawę, jutro pójdę tam na pewno.

– Oczywiście. – Kobieta delikatnie wyzwoliła się z jego uścisku i odwróciła w kierunku kuchni. – Zrobiłam galaretkę na deser, jak lubisz – rzekła, mocniej zaciskając usta, jakby powstrzymywała się od płaczu.

– Dziękuję. – Patryk rozluźnił krawat i usiadł na stołku przy kuchennym stole. – Wszystko w porządku? – spytał tak cicho, że nawet ja ledwo usłyszałem.

Facet chyba już taki był. Mówił, jakby brakowało mu sił, witalności, czegoś, dzięki czemu widać by było jakąś energię. Zachowywał się, jakby niczego od nikogo nie chciał, niczego nie pragnął, a że musiał udawać, uśmiechał się ciepło i uprzejmie. Jak to możliwe, że nie umiał wykrzesać z siebie zwykłej, ludzkiej radości? Coś się we mnie buntowało. Do cholery! Ma przecież rodzinę – żonę, dzieci – spore, cztero-pokojowe mieszkanie, ładnie urządzone. W dodatku ten jego chłopak to jakiś geniusz, a dziewczyna kocha ojca tak bardzo, że nawet cholerny duch-włamywacz to widzi na pierwszy rzut oka. Ma przecież pracę. Może dla mnie byłaby ciut za nerwowa, ale chyba nie narzekał w niej na nudę?

– Daniel maluje, Kasia odrabia lekcje – odparła żona. – Profesor chce go wziąć na przyszły tydzień, musisz podpisać zgodę.

– Co o tym myślisz? – Patryk zamknął oczy i od tej chwili rozmawiał, nie otwierając ich.

– Chodzi o wykłady. To może pomóc wielu ludziom. Wiesz, co o tym sądzę.

– A co o tym sądzi Daniel?

– Wydaje mi się, że dobrze to znosi. Może nawet sprawia

mu to jakąś przyjemność. Zrobiłam krem pieczarkowy i po-
lędwiczki.

– Doskonale. – Patryk nadal nie otwierał oczu.

Nie pamiętam tej kobiety, o którą pytał komisarz Patryk
Skalferin moją żonę. Anna żyła dla mnie jakby na pustyni.
Nie mogłem przypomnieć sobie niczego, co dotyczyłoby jej
otoczenia, sąsiadów, przyjaciół; z wyjątkiem, co dziwne, Łukasza, dawnego przyjaciela rodziny, który pojawiał się w mojej
pamięci, jakby był wyrwanym z kontekstu fragmentem jaźni,
o której mój umysł dawno powinien zapomnieć. Mieszkanie
pamiętałem dość dobrze. Potrafiłem przypomnieć sobie wiele
rzeczy, które robiłem tu za życia, ale będąc w tym miejscu,
miałem nieprzyjemne wrażenie niepokojącego, może nawet
niebezpiecznego zagubienia. Natura, którą teraz jestem, boi
się kompletnie innych rzeczy niż niepokoje, do których przy-
zwyczajeni są żyjący ludzie, tacy jak ty. Ale wciąż pamiętam
uczucie obcości, samotności, lęk przed nieznanym, jakbym
był żyjącym tu, na ziemi, człowiekiem. Te ściany, co uznasz
pewnie za niedorzeczne, sprawiają na mnie wrażenie, jakby
żyły… jakby więziły Annę i wysysały resztkę życia, która jej
została. To dziwne i chwilami przerażające uczucie.

Nic nie wiem o moich dzieciach. Nie pamiętam ich i nie
wiem, czy kiedykolwiek je miałem. Anna, odkąd tu jestem
w ten odmienny sposób, nigdy o nich nie mówiła. Więc
może mój lęk jest po prostu ludzki, taki, jaki byłby i twój.
Lęk zapomnienia. Lęk przed nieznanym. Strach przed obcą
rzeczywistością, w której znalazłeś się dziwnym zrządzeniem
losu, dlatego że ktoś, kogo nadal kochasz, tu jest.

* * *

Policjant przyszedł punktualnie. Anna była gotowa. Zaparzyła herbatę, wyjęła na stół jakieś kruche ciasteczka. Zaprosiła go, jakby był dawnym znajomym, bez sztucznej uprzejmości, ale gościnnie i ciepło... jak to ona.

Skalferin zdjął płaszcz, powiesił na wieszaku w przedpokoju i wszedł nieśmiało do salonu. Anna poprosiła stanowczo, aby nie zdejmował butów. Policjant usiadł przy stoliku, ale dopiero wtedy, gdy ona również to zrobiła. Wyjął zdjęcie i położył delikatnie na blacie.

– Nazywa się Marta Lamer.

– Tak, to ta pani – moja żona potwierdziła ze smutkiem i sięgnęła po filiżankę, zachęcając gościa, aby spróbował jej specjalnej czerwonej herbaty z ziołami.

– Kiedy ostatni raz ją pani widziała?

– Zastanawiałam się nad tym wczoraj po pana wizycie. I wydaje mi się, że... jakieś dwa tygodnie temu. I to nie tu. Na spacerze. Sprawiała wrażenie, jakby wracała ze sklepu. Szła dość szybko jak na swój wiek, z ciężkimi – jak podejrzewałam – torbami.

– Przywitała się?

– Nie. Była bardzo zamknięta w sobie. Nigdy nie widziałam, żeby z kimkolwiek rozmawiała. Zawsze się gdzieś śpieszyła... a przynajmniej z mojego punktu widzenia tak to wyglądało. Wie pan... ja nie mam już zbyt wiele siły. Wychodzę na spacer najczęściej, jak się da, próbuję być aktywna, ale nigdzie się już nie śpieszę. A tamta pani... śpieszyła się zawsze. Nie udało mi się spotkać jej na zwykłej przechadzce. Gdyby nie jej wiek, pewnie wciąż by gdzieś biegła. Zazdrościłam jej tego.

Policjant z zainteresowaniem przyglądał się Annie.

– Mogę spytać, kim pani jest z zawodu?

– Oczywiście. Jestem emerytką.

Oboje się roześmieli, co, przyznam, nie tylko mnie zdziwiło, ale naprawdę uradowało. Ania, i to w towarzystwie tego zamkniętego w sobie smutasa, jest uśmiechnięta...

– Wykładałam historię. A potem, kiedy w stanie wojennym wyrzucono mnie z uczelni, po pewnym czasie przyjęto mnie do jednego w warszawskich liceów. Tam uczyłam do końca. To znaczy do emerytury. Jakoś nie dorobiłam się majątku. – Znowu się uśmiechnęła!

– Rozumiem. – Skalferin skinął głową.

Spojrzałem na jego twarz. Ten ponury, cichy policjant patrzył na moją żonę, niemal nie spuszczając z niej oczu. Uśmiechał się i pił herbatę tak wolno, aby wyjść jak najpóźniej. Wyczułem, że ta wizyta sprawia mu przyjemność... Nie. Inaczej... Nazwałbym to nie tyle przyjemnością, co ulgą. A dla takiego człowieka jak Patryk Skalferin taka mała, drobna przyjemność, taka drobna ulga... to bardzo ważna rzecz.

– Czy ta pani jakoś się wyróżniała? Może zwracała czymś na siebie uwagę?

– Raczej nie. Ubierała się zwyczajnie. Skromnie, nie krzykliwie. A pan? – zaskoczyła go nagle Anna.

– Słucham? – Komisarz chyba lekko się zmieszał.

– Mówię o tym, czym pan się zajmuje – wyjaśniła uprzejmie. – Niech pan mi da złudzenie, że to rozmowa, a nie przesłuchanie. Jak długo pan pracuje w tym zawodzie?

– Od studiów... – odparł bez zastanowienia i nawet trochę głośniej niż zwykle. – Jakieś piętnaście lat. Dlaczego pani pyta?

– Bo próbuję… – zawahała się. – Przepraszam, wtrącam się w nie swoje sprawy.

– Ależ nie. Po prostu spytałem z ciekawości.

– Nie ma pan partnera, asystenta?

– Nie.

– Pracuje pan sam?

– Na tym etapie – tak.

– Ma pan rodzinę?

– Tak – przyznał z uprzejmym uśmiechem – Żona, dwoje dzieci.

– Jest pan szczęśliwy? – spytała jakby nigdy nic, ale spadło to zarówno na Skalferina, jak i na mnie niczym grom z jasnego nieba.

– Oczywiście. – Rozchmurzył się prawie przekonywająco. – Mam wspaniałe dzieci i kochającą żonę. Interesującą pracę. Nie mam specjalnych kłopotów, wszystko jest w porządku.

„O mój Boże! – pomyślałem, nie wierząc w to, co słyszę – Ona pyta go o takie rzeczy, a on jej odpowiada. Jakby był jej studentem na egzaminie!".

– Kiedy ta pani zaginęła? – przerwała krótką ciszę Anna.

– Któryś z sąsiadów zawiadomił nas anonimowo, że dawno jej nie było. Dwa dni temu. Nie wiemy kto. Dostaliśmy kartkę z tekstem napisanym na starej maszynie do pisania.

– Dlaczego ten ktoś nie chciał, abyście wiedzieli, kim jest?

– Nie wiem – odparł cicho policjant. – Czasem tak bywa. Ludzie nie chcą mieć kłopotów, nie chcą rozmawiać z policjantami, a czasem są… współwinni.

– Coś więcej o niej wiadomo?

– Właśnie o to chodzi. – Komisarz westchnął głęboko. – Od dwóch dni nie mogę niczego na temat tej pani się dowiedzieć.

– No tak… Był pan w jej mieszkaniu?

Skalferin uśmiechnął się smutno.

– Nie mogę mówić o szczegółach śledztwa – przyznał.

– Rozumiem. – Anna spuściła oczy. – Przepraszam, że pytam o takie rzeczy. Rzadko tu ktoś bywa.

Policjant przez dłuższą chwilę milczał.

– Byłem. – Dopił herbatę i wolno wstał z krzesła. – I to nie jest jej mieszkanie. Wynajmowała je. Poprzedni właściciel nigdy go nie sprzedał. Znała go pani?

– Tak. Po śmierci żony się wyprowadził. Ma podobno jakiś dom wolno stojący na peryferiach.

– Wiem. Rozmawiałem z nim. On także niewiele wie. Po prostu wynajął mieszkanie starszej pani. Ale tu ślad się urywa. W żadnych dokumentach, do których dotarłem, nie ma osoby o tym nazwisku i w tym wieku. Nigdzie nie jest zameldowana. Nikt jej nie znał, choć sporo osób potwierdza, że tu mieszkała. W żadnej instytucji, nawet takiej jak ZUS czy urząd skarbowy, nikt o niej nie słyszał. Nigdzie się nie leczyła, listonosz nigdy nie przyniósł do niej emerytury ani listu poleconego. To jednak trochę dziwne.

– I raczej chyba niemożliwe. – W Annie coraz wyraźniej rosła ciekawość.

– Dlatego tak bardzo potrzebna mi pani pomoc. I choć nie powinienem o tym mówić, to jednak może warto, żeby pani o tym wiedziała. Ta kobieta pojawiła się znikąd. I gdyby nie zeznania kilku świadków, właściwie nie miałbym podstaw, żeby prowadzić śledztwo.

– Mogła posługiwać się innym nazwiskiem.

– Tak. Tylko po co siedemdziesięciolatka miałaby podawać wszędzie fałszywe nazwisko? Z czego żyła, skoro nigdy nie przychodziły pod tym adresem żadne pieniądze? Mam uwierzyć, że pracowała na czarno, miała fałszywy dowód osobisty, który widział właściciel mieszkania, nigdy nie płaciła podatków, była idealnie zdrowa, bo nigdy się nie leczyła, a jej odciski palców, które zdjęliśmy w mieszkaniu, niczego nie wniosły do sprawy?

– Skąd pan wie, że to jej odciski palców?

– Są wszędzie w całym mieszkaniu, a wszystkie pozostałe należą do właściciela.

– Czyli nikt inny w tym domu właściwie nie bywał?

– No chyba że umiał latać i niczego nie dotykał – przyznał Skalferin.

Anna uśmiechnęła się teraz do komisarza, jakby chciała go pocieszyć.

– Ma pan ciekawą sprawę. A ja postaram się przypomnieć sobie, co tylko się da. Niech pan jeszcze wpadnie na herbatę.

Policjant skinął uprzejmie głową.

– Z dużą przyjemnością. To była bardzo miła wizyta.

Odniosłem wrażenie, że było to chyba najszczersze zdanie, jakie w czasie tej rozmowy wypowiedział na temat siebie i swoich odczuć. Anna, która jak mało kto wie, co to znaczy: chować w sobie prawdę nie do zniesienia, z pewnością go rozumiała. I na razie tę tajemnicę pozwoliła mu zachować dla siebie.

Profesor Jan Rotfeld poczekał, aż na sali zapadnie całkowita cisza. Jedenastoletni Daniel Skalferin siedział pośrodku sceny w wygodnym fotelu, nie zwracając uwagi na widownię. Rzadkie, ciemne włosy uczesane przesadnie pedantycznie z równym jak linijka przedziałkiem oraz granatowy, dziecięcy garniturek, moim zdaniem raziły niepotrzebną sztucznością. Duża scena, reflektory niczym na koncercie rockowym... Jak na mój gust – wszystko to było trochę zbyt nadęte.

Cichy szmer utrzymywał się jeszcze przez chwilę, aż wreszcie profesor doszedł do wniosku, że może zaczynać. Dał wyraźnym gestem znak, aby lekko przygasić światło, a następnie zbliżył się do publiczności, stając przy samej krawędzi sceny.

– Genialny idiota... – rozpoczął, rozglądając się po sali. Była wypełniona do ostatniego miejsca. Po jego pierwszych słowach ponad czterysta zgromadzonych tu osób całkowicie zamilkło.

– Kiedyś określenie kompletnie niepejoratywne – ciągnął – a będące jedynie określeniem zespołu różnorakich dysfunkcji ośrodkowego układu nerwowego, po raz pierwszy użyte przez Johna Langdona-Downa. Obecnie, z wiadomych względów, wypadło z użycia. Stan, o którym dzisiaj będziemy mówić, nazywamy „zespołem sawanta". *Savant* w języku francuskim oznacza uczonego. Kogoś o wielkim potencjale umysłowym. Daniel, który jest dzisiaj naszym gościem – profesor wskazał na chłopca – jest jednym z najniezwyklejszych fenomenalnie uzdolnionych dzieci w kraju, a nie boję się także postawić tezy, że i na świecie. Bez wysiłku mnoży w pamięci dziesięciocyfrowe liczby, umie bezbłędnie podać dwadzieścia dwa tysiące cyfr po przecinku liczby pi. Zna na pamięć *Trylogię*, *Pana Tadeusza* oraz wszystkie dzieła Szekspira we wszystkich dostępnych w Polsce tłumaczeniach.

Płynnie się posługuje dziesięcioma językami, w tym węgierskim, japońskim i wietnamskim, a ponadto jest genialnym malarzem.

Rotfeld zatrzymał się na chwilę, zaglądając w tym czasie w oczy kilku wybranym słuchaczom. Po kilkudziesięciu sekundach zaczął znacznie cichszym głosem kontynuować. Jakby odgrywał przejmującą scenę w kulminacyjnym momencie dramatu.

– Wydaje się to niemożliwe. Trudne do uwierzenia... Ale natura, niestety, kazała sobie drogo za to zapłacić. Daniel jest autystą, cierpi na zespół Aspergera. Nie pojmuje związków uczuciowych i społecznych w takim sensie, jak większość z nas to czyni. Będzie nam trudno ujrzeć na jego twarzy uśmiech. Nie uda nam się nawiązać kontaktu wzrokowego. Jeśli podejdę do niego i zrobię coś, do czego nie jest przyzwyczajony, najprawdopodobniej zareaguje bardzo gwałtownie. Być może krzykiem, a może nawet samoagresją.

Profesor przeszedł się po scenie. Chłopiec zdawał się kompletnie nie reagować na słowa wykładowcy.

– Daniel jest przyzwyczajony do wykładów z jego udziałem, zna mnie dobrze, dlatego, jak widzimy, jest spokojny, a nawet skłonny, jak pewnie się przekonamy, do zaprezentowania swoich nieprawdopodobnych zdolności. Ale wymiana argumentów, wydawanie sądów, a nawet samodzielność na podstawowym poziomie u tego chłopca będą, jak sądzimy, raczej niemożliwe do końca jego życia.

Światła znowu trochę przygasły, powodując jeszcze większe skupienie publiczności.

– Zespół sawanta – mówił wolno profesor – charakteryzuje się, niestety, współistnieniem takich właśnie cech. Niezwykłych zdolności, a z drugiej strony poważnych dysfunkcji mózgu. Choć w historii psychiatrii zanotowano już około stu sawantów, żaden z nich nie był pozbawiony takich właśnie nieodwracalnych dysfunkcji ośrodkowego układu nerwowego. Nauka nie zna jednak przypadku osoby prawidłowo funkcjonującej społecznie, którą przeciętny człowiek nazwałby po prostu „normalną", posiadającej choćby zbliżone zdolności do obecnego tu Daniela. Cóż za okrucieństwo natury lub może nawet samego... mam nadzieję, że nikogo nie obrażam... Boga.

Lekki szmer przebiegł przez widownię, ale szybko zamienił się w ciszę.

– Czy Daniel jest sam? Oczywiście nie. Doskonale pamiętamy film *Rain man* z Dustinem Hoffmanem w roli Raymonda Babbita, postaci wzorowanej na Kimie Peeku – żyjącym do dziś w Stanach Zjednoczonych geniuszu, znającym na pamięć ponad dziesięć tysięcy książek oraz bardzo dokładnie historię świata, w tym wszystkich bez wyjątku krajów, których dzieje dostępne są w literaturze. Ma także w pamięci wszystkie książki telefoniczne ze swojego kraju, a więc potrafi wymienić numer telefonu każdego Amerykanina. Niestety jest kompletnie niesamodzielny, więc pozbawiony opieki, z pewnością nie byłby w stanie przeżyć. Nie znosi żadnych zmian w otoczeniu. Przywiązanie do osobistych rzeczy ma u niego charakter obsesyjny. Nie lubi wychodzić ze swojego pokoju i kompletnie nie rozumie panujących w naszej cywilizacji zasad. Najsłynniejszym jednak, i jak na razie chyba najbardziej niezwykłym sawantem jest imiennik naszego dzisiejszego gościa – Anglik Daniel Tammet, znający kilkanaście języków, których opanowanie zajmuje mu zwykle kilka dni. Jest rekordzistą w podawaniu cyfr liczby pi. W czasie publicznej próby bezbłędnie, bez przerwy przez pięć godzin recytował kolejne cyfry po przecinku, a wreszcie zakończył, ponieważ zmęczenie nie pozwalało mu kontynuować. Tammet jest ponadto synestetą. Przypisuje liczbom kolory, kształty, formy estetyczne, dzięki czemu, jak twierdzi, szybkie podawanie wyników nie stanowi dla niego problemu. Skoro 245 to liczba biała, a 496 – ciemnoczerwona, to wynik ich dzielenia jest pięknym błękitem i wynosi 0,493... i tak przynajmniej do trzydziestu miejsc po przecinku. Tyle widzi Tammet. Ale i on cierpi na zespół Aspergera, epilepsję i kilka innych, choć płytszych zaburzeń, które utrudniają mu życie. Broni się jednak dzielnie, dzięki czemu został na przykład autorem własnej biografii pod tytułem: *Urodziłem się pewnego błękitnego dnia*. Jego autyzm jest na szczęście stosunkowo lekki. Tammet prowadzi samodzielne życie, otwarcie przyznaje się do homoseksualizmu i wraz ze swoim partnerem żyje obecnie w Paryżu.

W cieniu sali, w ostatnim rzędzie widowni, po prawej stronie, zagłębiony w fotelu tkwił Patryk Skalferin. Stałem tuż przy nim. Odkąd zaczął się wykład, ani razu nie otworzył oczu. Skulił się w płaszczu, jakby było mu zimno, przymknął powieki i słuchał. Z pewnością nie spał. Od czasu do czasu rozcierał dłonie, brał głęboki oddech i ponownie zamierał w bezruchu.

– Proszę podać dwie dowolne liczby wielocyfrowe! – zaproponował publiczności profesor. – Może pani? – Wskazał korpulentną blondynkę z trzeciego rzędu. – Proszę zaproponować dwie liczby, które zaraz przez siebie pomnożymy, podzielimy, wyciągniemy pierwiastki...

Skalferin otworzył oczy i wstał. Przez chwilę zatrzymał wzrok na Danielu, być może sprawdzając, czy wszystko jest w porządku, i cicho, niezauważony przez nikogo, tak jak się pojawił, zniknął za drzwiami.

Bieg przez pustynię w głębokim piasku stawał się chyba najbardziej dotkliwy w dość przytulnym, bardzo zadbanym, urządzonym „na drewniano" gabinecie doktor Róży Burzalskiej, jak się domyśliłem – psychologa albo może nawet psychiatry. Patryk z pewnością nie był tutaj pierwszy raz, ale, jak podpowiadała mi moja „duchowa" empatia, gasł tu najszybciej, kurczył się i szarzał, zamierał na tę niecałą, terapeutyczną godzinę, w czasie której pani doktor Róża spacerowała dookoła leżanki dla pacjentów i dręczyła go nowoczesną psychoanalizą, każąc mu biec i biec (tu trochę, wybacz, uprzedzę wypadki)… do utraty tchu.

– To ciekawe śledztwo? – spytała Burzalska.

– Nie mogę o tym mówić – odparł zmęczonym głosem Skalferin. – To tajne.

– Nie pytam o szczegóły. Pytam, czy to dla ciebie ciekawe.

– Ciekawe.

– Znajdujesz w tym satysfakcję?

– Nie.

– Powiedziałeś, że to dla ciebie ciekawe.

– Tak.

– I nie czujesz żadnego typu podniecenia, chęci rozwiązania, wzięcia się z tym wszystkim za bary?

– Nie.

– No dobrze, wrócimy do tego – westchnęła lekarka. –
Coś innego ciekawego od naszego ostatniego spotkania?

– Starsza kobieta. – Patryk najwyraźniej postanowił pod-
jąć próbę współpracy.

– Sen?

– Nie. Rozmawiałem z nią. Po prostu spotkanie. Dwa
spotkania.

– I to było dla ciebie ciekawe?

– Tak.

Lekarka wyraźnie się ożywiła.

– Opowiesz o tym?

– Niechętnie – przyznał Skalferin.

– To też tajne? Jesteś u lekarza.

– To świadek. Niewiele wie o sprawie, którą prowadzę.

– Skąd więc ta inspiracja?

– Mądra, starsza kobieta.

Spojrzałem uważnie na Patryka. Wyczuł, że popełnił
błąd. Zamknął oczy.

– Skąd wiesz? Po dwóch przypadkowych spotkaniach
jakaś staruszka wydała ci się...

– Nie.

– Co: nie?

– Nie po dwóch spotkaniach. Po dwóch minutach wydała
mi się... inna.

– Od czego? Od kogo?

Skalferin roześmiał się delikatnie i – jak mi się wydało –
dość złośliwie.

– Od ciebie...

Lekarka pokręciła z niedowierzaniem głową.

– Bez sensu... – mruknęła do siebie.

– Coś cię martwi? – spytał nie mniej złośliwie Patryk.

– Nie mnie. Dzwoniła twoja żona. Martwi się, że opuściłeś dwa nasze spotkania.

– A ty się nie martwisz? – Skalferin podniósł głowę i spojrzał na Burzalską gniewnie.

– Nie rozumiem pytania. – Zaskoczona lekarka wyraźnie się zmieszała.

– A jest takie proste. Spytałem, czy martwi cię, że nie zapłaciłem za dwie sesje, czy może to, że nie realizujesz się w naszej współpracy? A może niepokoisz się, że nasze spotkania gówno dają, więc kiedy sama nie dajesz rady, wołasz na pomoc moją żonę? – Patryk zmrużył oczy. – To nie ona, ale ty zadzwoniłaś. Nie kłam, bo ja zacznę łgać jeszcze bardziej niż do tej pory.

– Jest, do cholery, moją przyjaciółką! – Pani doktor Róża zacisnęła gniewnie usta.

Skalferin ponownie spokojnie położył głowę na leżance.

– Jesteś gnojkiem, egocentrykiem i egoistą. – Burzalska zaczęła ciężko oddychać. – Od twojej próby samobójczej Martyna odchodzi od zmysłów! Nie rozumie, nie wie, co jest grane! A ty jak gnojek tylko rozczulasz się nad sobą!

– A ty rozumiesz? Wiesz, co jest grane? – spytał obojętnie, nie podnosząc głosu, Patryk.

– Mam w dupie twoje pieniądze z pensji psa. Próbuję jej, do diabła, pomóc, a ty to wykorzystujesz!

– Bardzo profesjonalna terapia. – Skalferin nie zamierzał okazywać jej litości.

– Gówno się na tym znasz.

– Masz rację. – Zamknął oczy.

– Nie współpracujesz, przychodzisz tu z obowiązku i liczysz na to, że nie będę gadać o tym z Martyną. Gówno cię wszystko obchodzi! Inni ludzie, ona, dzieci! Najlepiej się czujesz, gdy wszyscy rozczulają się nad tobą, gdy ględzą, jaki to jesteś biedny i niezrozumiany! Z sadyzmem napawasz się tym, że Martyna odchodzi od zmysłów i nie wie, co zrobić! A dzieci?! Kasia, Daniel?!!!

– Zostaw je w spokoju – mruknął ostrzegawczo Skalferin.

– Dlaczego?! – Burzalska odeszła kilka kroków i ciężko opadła na fotel. – Dlaczego to wszystko?! Masz piękną, kochającą żonę, córkę, syna, robotę, w której cię cenią, dlaczego to, do kurwy nędzy, zrobiłeś?!

Patryk znowu ciężko odetchnął. Wstał wolno z leżanki, zasznurował buty, poprawił krawat i podszedł do lekarki. Nachylił się nad nią i ledwie słyszalnie wyszeptał:

– Bo nie mam motywacji. – Dostrzegłem na jego twarzy złośliwy uśmiech. – Miałaś to na jakimś wykładzie?

Rozdział 2

Anna zadzwoniła do komisarza, kiedy na zegarze ściennym wybiła dziewiętnasta. Szedł do domu przez park. Wiosna stawała się coraz cieplejsza, więc nawet wieczory nie zaskakiwały już nagłym chłodem, jak to bywa w marcu. Na stojącym na moim dawnym biurku kalendarzu Anna zmieniła kartkę „kwiecień" na „maj" już kilka dni temu... Patryk Skalferin najwyraźniej dobrze pamiętał jej numer telefonu, bo niezwłocznie odebrał. Gdy się przedstawił, jeszcze przez dłuższą chwilę słyszał ciszę. Ania musiała wziąć kilka głębokich oddechów. Nagle zaczęło boleć, ale na szczęście tym razem krótko.

– Panie komisarzu... – jej głos przez moment był słaby. – Panie komisarzu...

– Tak? Czy coś się stało? – spytał z nieudawaną troską w głosie Patryk.

– Wiem, że być może to późna pora, ale gdyby znalazł pan teraz czas, chciałabym zaprosić pana na herbatę.

Teraz przez kilka sekund milczał Skalferin. Kiedy opanował zaskoczenie, odezwał się żywym jak na niego i ciepłym głosem:

– Oczywiście. Mam nadzieję, że wszystko w porządku?

– Trochę mi niezręcznie o tym mówić.

Komisarz przełożył nerwowo komórkę z jednego ucha do drugiego.

– Proszę mi powiedzieć, co się stało.

– W mieszkaniu tej pani...

– Marty Lamer?

– Tak. Tam ktoś jest. Zauważyłam przypadkowo, wracałam ze sklepu... ale tam za drzwiami na pewno ktoś jest. Poza tym pali się światło, widziałam z dołu. Dlatego zwróciłam uwagę.

– Czy próbowała pani tam zapukać? – zaniepokoił się Patryk.

– Nie. Wolałam zadzwonić do pana.

– To doskonale. Zaraz będę. Proszę zostać w domu.

– No, wie pan, *07 zgłoś się* to ja też oglądałam. – Ania uśmiechnęła się rezolutnie. – Co robić w takich sytuacjach, to się wie.

Zmusiła do uśmiechu także Skalferina.

– Już jadę, a i herbaty, jeśli pani pozwoli, chętnie się napiję.

Rozłączył się i przyśpieszył kroku.

„Co robić... to się wie" – powtórzył sobie w myślach wesoło.

Anna była bardzo podniecona i zaaferowana. Kiedy policjant delikatnie zastukał, szybko otworzyła drzwi i kazała Patrykowi natychmiast wejść. Nie pamiętam, aby od mojej śmierci tak energicznie się zachowywała. Nagle znów, jak przed wielu laty, stała się małą dziewczynką, którą wciąga... zabawa. Jaka? Miałem nadzieję, że nie tylko w „policjantów i złodziei", ale wiesz... po prostu w jakąś jeszcze jedną historię. To bardzo ważne, żeby – kiedy już wiesz, że niedługo trzeba się żegnać – mieć dużo historii. Aby było co opowiadać. Aby nawet po pożegnaniu... mieli co opowiadać.

To, czego chyba nie potrafił z siebie wykrzesać Skalferin, biło teraz z oczu chorej, samotnej staruszki, której być może po raz ostatni – życie wpadło w ramiona z niezrozumiałą energią.

Ciągle miałem w głowie dźwięk tego czarodziejskiego słowa, dzięki któremu być może także i ty umiałeś wstawać rano, widząc jakiś sens. Motywacja. Wyobrażasz sobie koszmar, gdy budzisz się po nocy, a tu... pustka? Nie ma po co się zebrać, wyjść, coś zdziałać. Nikt niczego od ciebie nie oczekuje. Nic ciekawego nie może się zdarzyć, aż do momentu, kiedy znowu położysz się spać. Nie masz kłopotów, niczego do pokonania. Nie masz nawet prozy życia, z którą można by było coś zrobić...

Może wtedy wielkim wydarzeniem jest każdy dźwięk zza okna, przelatujące gołębie czy kłótnia na dole, na chodniku. A gdy i to przestaje cię obchodzić, zapadasz się... jakbyś leciał w nieskończoność w dół. Dopada cię strach, który już nie odpuści. I to tyle.

Nie pytaj, nawet mnie, co to jest samotność, bo nikt tego tak naprawdę nie wie.

Odgłos własnych kroków na schodach, kiedy niesiesz siatkę z zakupami tylko dla siebie? Gdy każdy tramwaj jest dobry? A może cisza? Czy właśnie ogłuszający hałas bezimiennego tłumu w Hali Mirowskiej lub Galerii pełnej stoisk z za drogimi ubraniami, butami i zegarkami? Nie wierzę nikomu, kto krzyczy: „Jestem samotny!".

Wierzę temu, kto łapie się ostatniej deski ratunku i wmawia sobie każdego strasznego dnia: „Jeszcze coś na pewno zostało…".

Więc nie dziw się, że coś, co dla ciebie mogło by być drobiazgiem, w Annie obudziło przyjemny smak przygody. Wypieki na policzkach i motor życia każdego z nas – ciekawość.

– Jest tam – wyszeptała konspiracyjnie.

– Zaraz tam pójdę i sprawdzę. Może to po prostu pani Lamer.

– O, nieee – zaprzeczyła z przekonaniem Anna, pomagając sobie wyrazistym gestem dłoni. – Chodzi szybciej, lżej, sprawniej. To młoda osoba. Z pewnością kobieta.

– Nie wie pani, jak tam weszła?

Ania rozłożyła ręce.

– Drzwi wyglądają normalnie, jakby miała klucz.

– Może miała – mruknął do siebie Patryk.

– To by było bardzo dziwne. – Ania zawsze umiała usłyszeć to, co chciała. – Nigdy nikogo tu oprócz pani Marty nie widziałam.

Komisarz spoglądał na nią z uznaniem. Wyczułem, że właśnie tego oczekiwała. Była zadowolona i dumna z siebie, świetnie zresztą to ukrywając.

– No dobrze. – Patryk miał chyba (a może to tylko moje wrażenie) trochę mniej zachmurzoną minę niż zwykle. – Pójdę tam teraz.

– Ale niech pan szybko do mnie wróci.

– Oczywiście. – Bez wątpienia się uśmiechnął.

Nacisnął klamkę, wyszedł na klatkę schodową, a następne cicho zszedł piętro niżej. Tu zapukał już głośniej i bardziej zdecydowanie. Drzwi otworzyły się niemal natychmiast.

Anna nie podsłuchiwała. Nie potrafiłaby nigdy nikogo podglądać czy słuchać jakichkolwiek rozmów bez wiedzy zainteresowanego. Przekręciła zasuwkę, wróciła do sypialni, usiadła na łóżku, położyła ręce na kolanach i czekała.

Piętro niżej w progu stała młoda, szczupła dziewczyna z zagadkowym uśmiechem błąkającym się po całej twarzy. Ciemne, gęste włosy spadały jej swobodnie za ramiona. Wyglądała na nie więcej niż dwadzieścia pięć lat. Duże, niebieskie oczy, usta zarysowane jak na obrazach Vermeera, ciepłe kojące spojrzenie. Była uderzająco piękna. Nie wyglądała na zaskoczoną. Patrzyła na komisarza bez niepokoju, jakby znała go od dawna. Miała w sobie coś z dziecka, zaciekawionego i jakby nieco zdezorientowanego sytuacją. Można by odnieść wrażenie, że właśnie obudziła się z długiego snu.

— Czy my się znamy? — spytała z zainteresowaniem, nawet się uprzednio nie witając.

— Nie przypominam sobie — odparł Patryk. — Jestem komisarzem policji, prowadzę śledztwo w sprawie pani Marty Lamer. Nazywam się Skalferin.

— Bardzo ładnie. — Dziewczyna uśmiechnęła się szeroko.

Patryk przez chwilę był nieco zbity z tropu.

— Nie rozumiem… — Uniósł pytająco brwi.

— Ładnie się pan nazywa.

Wyraz twarzy mężczyzny nie zmienił się.

— Czy mógłbym wiedzieć, kim pani jest?

Teraz dziewczyna wydała się zmieszana. Patryk odniósł wrażenie, że ta zagadkowa, ekscentryczna osóbka ma kłopoty z przypomnieniem sobie tego, o co właśnie ją zapytał. Każde słowo wymawiała wolno, cicho, jakby z rozmysłem. Przez chwilę bałem się, że zaraz go zapyta, który mamy rok i na jakiej planecie się znajdujemy.

– Kim jestem? – spytała ciekawie.

– Tak. Jeśli nie sprawiłoby to kłopotu, oczywiście.

– Sonia – odparła pogodnie.

– A dalej? – zachęcił Patryk.

– Chce pan wejść?

Komisarz podniósł na nią zmęczony wzrok, usiłując wyczytać z jej spojrzenia jakiś punkt zaczepienia. Coś, o co można by zahaczyć. Ku swojemu zaskoczeniu, niczego takiego nie znalazł. Wiedziałem, że w ciągu wielu lat obcowania z przesłuchiwanymi ludźmi wyrobił w sobie umiejętność czytania z masek, które przywdziewają świadkowie, oskarżeni, czasem nawet ocalałe ofiary… Teraz jednak poczuł się bezradny, a równocześnie miał chyba nieodparte wrażenie, że na swój sposób jest oszukiwany. Tak jakby ktoś stał za plecami tej ślicznej dziewczyny i szeptał do ucha, co ma mówić. Jej wygląd, zaciekawienie w oczach i coś, co można by nazwać ufnością do świata, zupełnie nie pasowały do jej słów. Spytasz zaraz, czemu nie huknął na nią: „Skup się, kobieto, i zacznij odpowiadać normalnie na pytania!"? Nie umiem tego wytłumaczyć. Skalferin po prostu skinął głową i dał się zaprosić do środka. Układ mieszkania był taki jak piętro wyżej u Anny, tylko oczywiście meble inne. Nawet ta sama klepka na podłodze. Poczułem zapach starości. Wyobrażasz sobie? Jak to możliwe? Przecież w tym świecie nie mam ciała! Może to tylko wrażenie…

– Sonia Rotwicz-Skalska. – Gdy tylko za komisarzem zamknęły się drzwi, podała mu delikatnie rękę. – Niech pan usiądzie. – Wskazała zdezelowany fotel.

Już chciał podziękować, ale postanowił chyba zyskać na czasie. Opadł na fotel, nie spuszczając wzroku z dziewczyny.

– Znam już pani nazwisko, ale czy mógłbym się dowiedzieć, kim pani jest i jak tu się pani dostała? – spytał konkretnie.

Sonia zaczęła przechadzać się po pokoju.

– Jestem jej wnuczką – odpowiedziała wreszcie.

– Wnuczką? – upewnił się Skalferin.

– Tak. Opiekuję się teraz jej mieszkaniem. Mam klucze, jak pan widzi. – Cały czas była ciepło uśmiechnięta. – Otworzyłam nimi drzwi.

– Czy może to pani jakoś udowodnić?

– Nie ma chyba śladów włamania?

– Nie o to pytam. Czy może pani udowodnić, że jest wnuczką pani Lamer?

Dziewczyna po dziecięcemu wzruszyła ramionami.

– Chyba nie.

Patryk zamknął na chwilę oczy, aby się lepiej skupić.

– Nie mogę tego tak zostawić, proszę pani. Zgłoszono nam zaginięcie pani Lamer. Mam obowiązek jej szukać, a pani jest jedynym śladem.

– Ona nie zaginęła. Wyjechała. Nie wiem, kto zgłosił zaginięcie, ale się mylił.

– Wyjechała? Dokąd?

– Nie wiem. Jest bardzo samodzielna, prosiła, aby zaopiekować się mieszkaniem.

– Rozumiem. Chciałbym się jednak jakoś skontaktować z pani babcią oraz... proszę wybaczyć, ale muszę panią wylegitymować.

– Nie wiem, gdzie ona jest.

– Poproszę pani dowód osobisty.

– Nie mam dokumentów... wiem, że to może dziwne. Ale zgłosiłam to już na policję. Kiedy leciałam z Budapesztu, ukradziono mi wszystkie dokumenty. Wyrabiam sobie nowe. Nie spodziewałam się pana...

– Przyleciała pani z Budapesztu?

– Tak. Studiuję tam.

– Jeśli nie może się pani wylegitymować, a znajduje się pani w mieszkaniu poszukiwanej osoby, muszę panią zatrzymać.

– Nie... – Uśmiech natychmiast zniknął z jej twarzy. – Proszę... Jutro wyrobię sobie zastępcze dokumenty.

– Oszukuje mnie pani.

– Nie. Niby dlaczego?

– Ma pani potwierdzenie zgłoszenia zaginięcia dowodu tożsamości?

Wreszcie Skalferinowi udało się zdjąć dziewczynie maskę. Nawet ja wyczułem w niej strach.

– Gdzieś mam... zaraz poszukam. Ale wie pan co?

– Tak? – Patryk patrzył na nią surowo.

– Mam list do mnie! Chce pan zobaczyć?

– Oczywiście – odparł dość chłodno policjant.

Dziewczyna pobiegła do drugiego pokoju i niemal zaraz przybiegła z kopertą.

– Mogę go pożyczyć?

– Może pan. Tam jest napisane, że Marta Lamer prosi, abym przyjechała i zaopiekowała się tym mieszkaniem.

– Być może, ale nadal nie jest pani w stanie udowodnić, że osoba, o której mowa w tym liście, to pani.

– Jestem w stanie. – Sonia znowu promieniała kompletnie zaskakującym, jak na tę sytuację, uśmiechem.

Patryk rozłożył ręce.

– Jak? – spytał, kręcąc z niedowierzaniem głową.

– To nie jest nasze mieszkanie. Wynajmujemy je.

– Wiem.

– Właściciel. On wszystko panu wytłumaczy.

Patryk usiadł przed Anną, mając na twarzy wymalowane zarówno wciąż nieustające zdziwienie, jak i skupienie, nakazujące umysłowi podejmować z konieczności szybkie, nietypowe decyzje.

– Kłamie – zwierzył się, nie czekając na pytanie.

– Kto to jest? – Ania poprawiła się na łóżku, co było oznaką szczególnego podniecenia.

– Mówi, że jest jej wnuczką. Ale nie ma żadnych dokumentów i...

– Tak jak tamta... – zauważyła słusznie moja żona.

Mówiąc szczerze, miałbym tu kilka rzeczy do dodania, ale żebym nie wiem jak się starał, to nie jestem w stanie nawet zrzucić wazonu, a co dopiero z nimi pogadać. Skupiłem się więc, licząc na... bo ja wiem... jakąś telepatię albo co... Ale gdzie tam! Nic. Gadali ze sobą, kompletnie nie zwracając uwagi na stojącego tuż obok nieboszczyka, który akurat tym razem bardzo dużo miał do powiedzenia.

– Tak jak ta zaginiona?

– Tak.

Skalferin wzruszył ramionami.

– Wygląda na to, że tamta miała, ale fałszywe.

– Dziwne to trochę. – Ania pokiwała głową, podniosła się z kanapy i poszła w stronę kuchni. – Zrobię herbatę – rzuciła rześko.

Komisarz wyjął telefon i wystukał numer.

– Tu 714, potrzebuję pomocy do obserwacji.

W słuchawce przywitała go najpierw cisza, a później zdziwiony głos.

– Patryk... czy ty się dobrze czujesz? Miałeś znaleźć siedemdziesięciolatkę...

– Przekaż Chrząszczowi, o co proszę – mruknął zmęczonym głosem Skalferin. – Pojawiła się osoba podająca się za jej wnuczkę. Nie ma dokumentów, kręci i jest jedynym śladem. Każ mu wykonać zadanie. Ma się tym zająć.

– Chrząszczowi?

– Tak, Chrząszczowi. Nie będę tego powtarzać, bo zapluję słuchawkę do reszty.

– A nie trzeba by było najpierw do...

– Nie trzeba. Zanotuj namiary.

Anna wniosła na tacy dwie herbaty. Komisarz skończył dyktować dyżurnemu i rozłączył się.

– Dlaczego jej pan nie aresztował? – spytała, siadając na krześle przy stoliczku, na którym postawiła filiżanki.

– To by nic nie dało. Chcę ją poobserwować. Jest jakaś... dziwna. Jakby ktoś ją nagle zrzucił z obłoków i kazał wejść między ludzi. Odniosłem wrażenie, że w ogóle nie rozumie, czego od niej chcę. Była cały czas uśmiechnięta, miła, jakby nie zdawała sobie sprawy z sytuacji.

– A może ona jest jakaś... nie tego... – Anna narysowała palcem kółko na czole.

– Trudno powiedzieć. – Patryk bezradnie rozłożył ręce. – Wysłałem aspiranta, aby ją śledził.

– Aspiranta?

– Tak. – Skalferin uśmiechnął się dobrotliwie. – Taki ktoś między sierżantem a dawnym porucznikiem.

– Pan wierzy, że to jej wnuczka?

Komisarz w swoim stylu pokręcił głową.

– Nie wiem, co myśleć. Potwierdzę sprawę u właściciela mieszkania. Ta dziewczyna nie wygląda na groźną ani niebezpieczną, ma klucze, nie włamała się, więc udałem, że jej wierzę. Pani ma wnuczki?

– Nie. Nie mieliśmy z mężem dzieci. Ale pan chciał o coś zapytać…

Patryk głośno westchnął.

– Jak pani sądzi, czy to nie dziwne, że ktoś, kto przylatuje do swojej babci aż z Budapesztu, w rozmowie, choćby z policjantem, mówi o niej po prostu „Marta Lamer"? Czy to nie naturalne, że wspominając o kimś, z kim się jest związanym uczuciowo, aż korci, aby zaznaczyć: „to moja babcia", „mama", nawet „ciotka"?

– Oczywiście.

– Ona ani razu nie użyła słowa „babcia", „moja babcia". Powiedziała tylko: „Jestem jej wnuczką".

– Dość dziwne – przyznała Anna. – Opiekowałam się czasem dziećmi sąsiadów. Nawet one lubiły mówić do mnie per „babciu".

– No właśnie. A więc, jeśli unika się takich określeń kogoś bliskiego, to może oznaczać…

– Że ta osoba wcale nie jest bliska – dopowiedziała Ania, marszcząc brwi.

– Czyli mamy młodą dziewczynę, która nie chce się wylegitymować, mówi o matce jednego ze swoich rodziców jak o obcej osobie, ale przyjeżdża do niej aż z Węgier. Nie ma w niej nawet krzty niepokoju, że babcia zaginęła; twierdzi wręcz, że wyjechała, choć nie potrafi powiedzieć dokąd. Ale ma klucze, być może rozpozna ją właściciel mieszkania i... ma list. To się kompletnie nie trzyma kupy.

– Jaki list? – zainteresowała się Anna.

– Od babci. Wygląda na autentyczny. Nadawczyni prosi, aby wnuczka przyjechała zaopiekować się mieszkaniem. Na razie tylko go przejrzałem, nie miałem jeszcze okazji dokładnie przeczytać. Ale nawet na pierwszy rzut oka widać, że w nim także nie ma zwrotów typu „kochana wnusiu". Jakby pisał dyplomata do dyplomaty. Uprzejmie, ale oficjalnie.

– Zakładając, że to autentyczny list. – Moja żona, jak wyczułem, całkowicie wsiąkła w śledztwo.

– Sprawdzę to. Mamy próbki pisma pani sąsiadki, a także odciski palców. Muszę iść.

– Mam pomysł. – Anna chwyciła Skalferina za dłoń.

– Tak?

– Pójdę do niej dzisiaj. Jako sąsiadka. Poznać się.

– Ależ... – Komisarz był całkowicie zaskoczony. – Nie mogę pani wciągać w takie sprawy... I tak to, że tak sobie rozmawiamy, jest z mojej strony pewnym nadużyciem.

– Dobrze, że tak rozmawiamy, Patryku – po raz pierwszy odezwała się do niego bezpośrednio. – Czasem warto posłuchać starej kobiety. Jak ogólnie wiadomo, Panu Bogu... starość... jakoś się nie udała. Przynajmniej ty nie traktuj mnie jak bezużytecznego, niepotrzebnego balastu. Pójdę tam i dowiem się czegokolwiek. Bo ty nigdy nie dasz rady porozmawiać z nią tak jak ja. Ani ty, ani żaden z twoich kolegów.

Nie pytaj, jak mi się to udało, ale wyczułem (jakby to mnie samego dotyczyło!), że po plecach Skalferina przebiegł miły, ciepły dreszcz. Spojrzał staruszce w oczy i uśmiechnął się tak jak nigdy, odkąd go znam.

– To będzie nasza tajemnica, Patryku. – Pogłaskała go po policzku.

W przyciemnionym pokoju chłopiec bujał się na swoim, specjalnie do tego przystosowanym, ulubionym fotelu. Skalferin kupił mu go cztery lata temu i od tej pory dzieciak nie siedział na nim tylko wtedy, kiedy malował. Ojciec przysunął sobie krzesło. Nie zapalał światła. Daniel lubił siedzieć w półmroku. Nucił cicho melodię *Michelle*.

– Jak poszło, synku? – Skalferin spytał cicho.

– Głośno, 468 ludzi – odpowiedział Daniel, patrząc niezmiennie na swój regał z książkami.

– Nie jesteś zmęczony?

– Dwa języki… – szepnął chłopiec.

– Tak. – Skalferin pogłaskał go po głowie. Daniel pozwalał się dotykać tylko matce i jemu. – Beatlesi śpiewali tę piosenkę w dwóch językach. Część po francusku, część po angielsku. Opowiedzieć ci, co mi się dzisiaj przydarzyło?

– *Michelle, ma belle* – nucił chłopiec.

– Byłem dzisiaj znowu u tej starszej pani, o której ci wczoraj mówiłem. To bardzo mądra osoba. Lubię z nią rozmawiać. Ty też byś ją polubił.

– ...*sont les mots qui vont tres bien ensemble*...

– Ona mi pomaga. Zawsze lubiłem pracować sam, ale teraz chyba się cieszę... Niektórzy pomyślą, że to dziwne. Ona umie rozmawiać z ludźmi trochę lepiej niż ja. Bo widzisz... czasem tak jest, że mimo iż... tata jest trochę smutny, to...

– ...*tres bien ensemble*...

– Potem rozmawiałem z pewną młodą, piękną panią... Ale ona, choć się uśmiechała, to jednak nie chciała powiedzieć mi prawdy.

– Kłamczucha... – Daniel przestał się bujać i śpiewać.

– Trochę tak. – Patryk uśmiechnął się i z czułością pocałował chłopca w czoło. – Ale teraz ta starsza pani pójdzie do niej i być może pozna prawdę.

– Taty nie było w domu 486 minut... – Daniel znowu zaczął się bujać.

– Tak, przepraszam.

– Był u starszej, mądrej pani i kłamczuchy.

– Tak właśnie było. Czytałeś coś dzisiaj?

– Tak. *Co widziały wrony.* Czytałem 146 stron. Nielogiczny tytuł.

– Malowałeś?

– Wczoraj.

– Wiem, a dzisiaj?

– Wczoraj.

Skalferin wstał i objął chłopca.

– Tata bardzo cię kocha.

Jeszcze raz ucałował go w głowę i wyszedł, przymykając za sobą drzwi.

Wszedł do salonu, gdzie żona i córka oglądały jakiś serial

z „miłością" w tytule, ale który dokładnie z przebogatej oferty tego typu, Patryk nie był w stanie rozpoznać.

– Kto dał mu książkę Ann MacDonald? – spytał ponuro, kryjąc pod posępnym tonem głosu, gniew.

Mimo że telewizor grał dość głośno, obie odwróciły się raptownie, z wyraźnie widocznym strachem w oczach.

– Ty, Kasiu? – spojrzał na córkę.

– Tak… ale tato, ja też to czytałam! To fajna…

– Wiesz, co teraz będzie?

– To jest o dzieciach… to znaczy o takiej dziewczynce…

– Katarzyna! – przerwał surowo. – On zapamiętuje każdą linijkę, każdą scenę i wszystko, co tobie jutro wyleci z głowy, kiedy będziesz latać po szkolnych korytarzach. Ty będziesz ganiała z chłopakami, a on będzie malował przez miesiąc morderstwa i strach Madeleine z tej książki. Ile razy ci mówiliśmy, jak trzeba uważać?!

– Patryk… – przerwała łagodnie żona. – Już rozmawiałyśmy o tym kilka godzin temu. Udało mi się odciągnąć jego uwagę. Puściłam mu *Rubber Soul**, zaczął sobie śpiewać, jest okej…

– Jest okej… – szepnął Skalferin.

– Tak, jest okej! – powtórzyła z naciskiem kobieta. – Przeczytał może ze sto stron. Miał ją nie dłużej niż dwadzieścia minut…

– On czyta jedną stronę w dziesięć sekund i zapamiętuje ją niemal na pamięć, Martyna! Dalej jest okej?

– Patryk… – Kobieta wstała z fotela, podeszła do męża

---

* *Rubber Soul* – dosł. „gumowa dusza" – tytuł szóstego (wg oficjalnego katalogu) albumu zespołu The Beatles, wydanego 3 grudnia 1965 roku.

i spróbowała go objąć. – Ona wie, że źle zrobiła. Nie stresuj jej więcej, niż trzeba.

Skalferin skinął potakująco głową i wyszedł z pokoju, uwalniając się z uścisku. Być może nawet nie zauważył łez na policzkach Kasi. Matka podbiegła do niej i mocno ją przytuliła.

– Zaraz z nim porozmawiam. Obejrzyj spokojnie ten serial.

– Nie obchodzi mnie ten film! – dziewczyna zaszlochała, łapiąc gwałtownie oddech. – Teraz nie będzie się do mnie odzywał przez tydzień. Wiesz, jaki jest!

– Będzie – uspokoiła ją matka. – To wszystko mija. Nie jest już taki jak dawniej – szeptała jej do ucha, tak aby mąż nie usłyszał. – Chodzi na terapię.

– I co?! I tam, po tylu latach olewania mnie, nagle go przekonają, że warto pogadać czasem z córką?! Wiesz, co się zmieniło od wypadku? Że zawsze, kiedy wraca, przyjdzie, nawet mnie obejmie, i koniec. Takie zrobił postępy! Do wieczora go nie widzę, chyba że przychodzi do Daniela. Widać uwielbia gadać z warzywami i guzik go obchodzi, że mam serce w strzępach!

– Katarzyna! – matka uniosła głos i wyprostowała się jak struna.

Dziewczynę natychmiast obleciał strach.

– Mamo… – szepnęła. – Przepraszam, nie chciałam tak powiedzieć, przepraszam… zdenerwowałam się…

Zaczęła coraz bardziej szlochać, tak głośno, że ani jedna, ani druga nie usłyszały odgłosu zamykanych drzwi wejściowych, za którymi zniknął właśnie Patryk Skalferin.

* * *

Anna wolno zeszła po schodach, poprawiła fryzurę oraz zielonkawą broszkę przypiętą do swetra. Zapukała delikatnie w drzwi, które otworzyły się tak jak wtedy, gdy zastukał komisarz – niemal natychmiast.

Widząc dziewczynę, kobieta ukłoniła się nieznacznie, witając ją uśmiechem.

– Mam na imię Anna – rzekła pewnym głosem. – Mieszkam piętro wyżej. Widzę, że pani dopiero co się wprowadziła. Pomyślałam, że odwiedzę sąsiadkę pierwszego dnia...

– Wspaniale! – zareagowała entuzjastycznie dziewczyna, oczywiście z przyklejonym uśmiechem. – Jestem bardzo... wdzięczna. Proszę wejść!

Moja żona z chęcią przystała na tę propozycję i wkroczyła do mieszkania, w którym nigdy chyba nie była, ale ponieważ miała identyczne, poczuła się raczej dość swobodnie.

– Był tu u mnie policjant – zwierzyła się natychmiast Sonia, siadając na kozetce. Anna z pewnością zanotowała w myślach, że dziewczyna nie zaproponowała jej fotela ani krzesła, więc aby nie robić ceregieli, usiadła na pierwszym lepszym krześle.

– U mnie też był – przyznała moja żona.

– Ma fajne nazwisko! – dziewczyna zachichotała jak dzieciak.

Anna przyjrzała się jej uważnie. Chyba podobnie jak ja odniosła wrażenie, że ma przed sobą dziesięciolatkę w ciele dorosłej kobiety.

– Pani... ma teraz chyba egzaminy na studiach? – spytała.

– Egzaminy? – Sonia zrobiła skupioną minę, jakby to było naprawdę trudne pytanie.

– Tak, egzaminy.

– O… pewnie tak. Jak wrócę do Budapesztu, to zdam kilka.

Ania udała, że tego nie usłyszała.

– Jak podróż?

– A, super… przyleciałam szybko. Potem taksówką z lotniska. A pani znała Martę Lamer?

– To znaczy pani babcię?

– No… tak.

– Znałam. Oczywiście. Byłyśmy sąsiadkami.

– A ja… – Sonia nagle zmarkotniała. – Znałam ją mało. Czy nie… – zawahała się przez chwilę. – Pani taka miła…

– Śmiało.

– Czy nie opowiedziałaby mi pani trochę o niej? Co robiła, jakie miała zwyczaje, dokąd chodziła?

– Oczywiście. Pani Marta jest bardzo aktywna. Rzadko bywa w domu. Lubi spacery, rozmowy o polityce. Bardzo popiera obecnego premiera. A pani? – Anna przeniosła wzrok z makatki, na którą właśnie patrzyła, prosto w oczy Soni.

– Co ja? – jej nierozumiejące spojrzenie powodowało, że na zmianę drażniła mnie i budziła litość.

– Czy lubi pani obecnego premiera? – Wyczułem, że moja żona właśnie przystąpiła do ataku, który dokładnie obmyśliła sobie w domu.

– Nie wiem… nie interesuję się takimi sprawami.

– Nie wie pani, czy lubi premiera?

– Tak. Lubię go trochę, wydaje się miły, ludzki. Ale nie interesuję się tym wszystkim. Ja mieszkam w Budapeszcie.

Anna głośno westchnęła.

– Soniu… – Teraz nie spuszczała już wzroku z oczu dziewczyny. – Co ty tutaj robisz?

– Nie rozumiem. – Jej głos znowu stał się bezradny.

– Nie wiesz, prawda?

– Czego nie wiem?

– Nie wiesz, co tu robisz!

– Wiem przecież! – Zaczęła tłumaczyć się jak dziecko. – Mar... babcia napisała list... więc przyjechałam...

– Jestem starszą kobietą i niemal non stop mam włączone kanały informacyjne. Wczoraj od rana, aż do siedemnastej, nie wylądował na lotnisku Chopina żaden samolot. Był strajk ostrzegawczy. Nie przyleciałaś tu z Budapesztu, prawda?

– Ale... – W oczach dziewczyny pojawiły się łzy. – Źle się poczułam, niech pani już idzie! Pani nie rozumie...

– Tak? Nawet nie spytałaś, skąd wiem, że jesteś studentką. Który mamy rok, miesiąc, Soniu?! Nie wiesz, prawda?! Kto jest prezydentem Polski?

Sonia spuściła bezradnie głowę i zaczęła cicho płakać.

– Wiem, który jest rok... źle się czuję...

– Dlaczego źle się czujesz, co się dzieje? Wezwać lekarza?

– Nie! Broń Boże! Chcę zostać sama!

– Czy nie dlatego źle się czujesz, że nie wiesz, jak się tu w ogóle znalazłaś, co tu robisz, i nie masz pojęcia, dokąd iść? Skąd masz klucze i ten list?

– Nie ma pani prawa mnie tak...

– Być może – przyznała twardo Anna. – Jestem tylko starą kobietą. Mieszkam piętro wyżej i nie mam nikogo. Nikt się ze mną nie liczy i nikomu nie jestem potrzebna. Nie mam prawa napastować cię w twoim mieszkaniu, jeśli jest twoje. Ale tu chodzi o ludzkie życie. – Anna wysłała jej ciepłe spojrzenie.

– Miałam przy sobie list i klucze. Nie wiem skąd – wyszeptała dziewczyna. – Dlaczego pani mnie tak o to wszystko pyta?!

– Chcę tylko pomóc. W mieszkaniu zaginionej kobiety pojawia się dziewczyna bez dokumentów, która niczego nie pamięta. Zgodzisz się chyba ze mną, że potrzebujesz pomocy.

– Zostawcie mnie w spokoju!

– Zaufaj policjantowi, który był u ciebie. On pomoże. Skoro miałaś przy sobie list, klucze, a właściciel mieszkania cię pozna, to oznacza, że musiałaś mieć coś wspólnego z Martą Lamer!

– Pani tylko się wydaje, że wszystko rozumie. To nie tak. – Dziewczyna otarła łzy. Wyglądało na to, że powoli bierze się w garść.

– Nie mówię, że wszystko rozumiem, ale wiem na pewno, że masz kłopoty. Może miałaś jakiś wypadek, może stało się coś, co spowodowało zanik pamięci. To się zdarza. Jestem byłą nauczycielką. Umiem patrzeć.

– Jeszcze raz mówię. Nic pani nie rozumie – upierała się Sonia. – Potrzebuję tylko trochę czasu i wszystko będzie okej. Dziękuję, że pani przyszła, ale teraz muszę trochę odpocząć.

– Oczywiście. Już idę. Na pewno nie potrzebujesz lekarza?

– Na pewno.

Anna powoli uniosła się z krzesła.

– Rzadko daję rady – rzekła zdecydowanym głosem. – Ale tym razem jestem pewna tego, co mówię. Cokolwiek się stało, jakiekolwiek masz kłopoty, powtarzam, zaufaj temu policjantowi.

– Dobrze go pani zna?

– Nie zawiedzie cię. Posłuchaj starej nauczycielki.

– Nie dlatego pytałam. – Sonia pokręciła głową. Uśmiech zupełnie zniknął z jej twarzy. – Zastanawiam się po prostu, jaka jest szansa, że nie powtórzy mu pani naszej rozmowy.

– Nie mam wyjścia. – Anna zaczęła iść w stronę drzwi.

Sonia sięgnęła po szklankę, napełniła ją wodą z kranu i wypiła duszkiem.

– Pani myśli, że mi pomaga, a jest akurat na odwrót! – spróbowała jeszcze raz.

Moja żona odwróciła się wolno i wzięła głęboki oddech.

– Skąd masz klucze i list? – spytała znowu.

– Niech pani mi po prostu da czas do jutra, to wszystko.

– Przypomnisz sobie, ot tak?

– Już mówiłam. Nie rozumie pani, o co tu chodzi. To może wyglądać dziwnie, ale gdyby nie przypadek, gdyby nie odwiedziny tego policjanta, pani, wszystko byłoby w porządku. Kto zgłosił zaginięcie Mar... mojej babci?

– Nie wiem. – Anna otworzyła drzwi i wyszła.

– Ma amnezję?! – jeszcze raz upewnił się Patryk.

– Tak. Wyglądasz na bardziej zmęczonego niż zwykle. Źle spałeś? – spytała Anna.

– Spędziłem noc w „fabryce"... to znaczy... na komendzie.

Anna z niezadowoleniem pokręciła głową. Siedzieli w salonie przy stoliczku do herbaty.

– Jak pani na to wpadła? – Skalferin wyraźnie nie był zadowolony, że sam tego wcześniej nie ustalił, choć pewnie myśl, że dziewczyna jest nieźle pokręcona, przeszła mu przez głowę niejednokrotnie.

– Słuchałam uważnie, co do mnie mówiłeś, a potem zwyczajnie do niej poszłam.

– Ona może pozwać panią za...

– Myślisz, że to zrobi? – przerwała hardo staruszka.

Teraz Skalferin pokręcił z niedowierzaniem głową i pociągnął łyk herbaty z filiżanki.

– Wszystko mi pani opowiedziała dokładnie?

– Na tyle, na ile mi skleroza pozwala.

– Jasne... – Spojrzał na nią krytycznie, ale za chwilę uśmiechnął się dobrotliwie.

– Pójdziesz do niej jeszcze raz? – zaciekawiła się Anna.

– Na razie nie ma jej w domu, wyszła. Śledzi ją mój człowiek.

– Aha... Chcesz ciastko?

– Nie, dziękuję... albo... może poproszę. – Patryk przetarł oczy i dyskretnie ziewnął tak, aby moja żona tego nie zauważyła.

– Wiesz... – Anna ciężko wstała i skierowała się do kuchni. – Ona jest jak dziecko.

– To zauważyłem – potwierdził komisarz.

– Nie słuchasz, co do ciebie mówię. – Podeszła do blatu w otwartej kuchni, wzięła do ręki nóż i zaczęła kroić sernik. – Nie jestem lekarzem, ale myślę, że po pierwsze, taka amnezja nie bierze się znikąd, a po drugie, to że ktoś niczego nie pamięta, nie oznacza, że nagle staje się naiwnym dzieckiem.

– Różnie to bywa. – Skalferin rozłożył ręce. – Widziałem już dziwniejsze rzeczy.

– Czyżby? Zauważyłeś, żeby miała jakieś rany, ślady po wypadku?

– Mógł nastąpić dawniej.

– Jest tu od trzech dni. Myślisz, że osoba, która nie ma pojęcia, w jakim kraju się znajduje i kim naprawdę jest, byłaby w stanie dotrzeć tu z Budapesztu, jak twierdzi?

Anna przyniosła talerz z ciastem, postawiła go na stole i znowu usiadła.

– Ten list jest dziwny – mruknął jakby do siebie Patryk.

– Jak to wszystko. Masz go przy sobie?

– Nie. Jest w laboratorium.

– Coś już wiesz?

– Na pewno pisany bardzo niedawno, na pewno przez Martę Lamer. Mamy jej próbki pisma. Reszta zajmie trochę więcej czasu.

– Mówiłeś, że jest dziwny…

Skalferin przez chwilę rozważał zapchanie się ciastkiem, ale odłożył to jeszcze na chwilę.

– Zaczyna się: „Do Soni Rotwicz-Skalskiej".

– Trochę oficjalnie, ale to już ustaliliśmy. Dziwne były między nimi stosunki.

– Dalej pani Lamer pisze aż przesadnie dokładnie, co Sonia ma robić. W jaki wsiąść autobus, gdzie, ile przejść kroków. To jakby instrukcja dla osoby… która nie ma pojęcia o mieście, o tym, jak to wszystko funkcjonuje… Pamiętam takie zdanie: „…jak zamkną się drzwi autobusu, usiądź na najbliższym wolnym fotelu…". Tak się nie pisze do młodej studentki. Z pani słów wynika, że sąsiadka nie wyglądała na sklerotyczkę? Przepraszam…

– Nie szkodzi. – Anna pozwoliła sobie na nieskrępowany uśmiech.

– Pisze, skąd, dokąd i jak jechać, ale wszystko w granicach miasta. Jak odebrać klucze, jak trafić tutaj. O Budapeszcie tylko jedno zdanie: „…jak już odpoczniesz po locie z Budapesztu, gdzie studiujesz…", jakby musiała jej w ogóle przypominać, skąd przyjechała.

– Czyli że babcia wiedziała, w jakim stanie jest wnuczka.

– Nie, pani Anno. – Teraz Skalferin zdecydował się już na przełknięcie kawałka sernika. Uniósł wzrok na moją żonę, aby szczególnie zwróciła uwagę na to, co chciał powiedzieć. – To po prostu oznacza, że obie kłamią. Sonia nigdzie nie studiuje, a już na pewno nie za granicą. Jest upośledzoną lub chorą dziewczyną, którą babcia, jeśli to jej babcia, nie mam pojęcia dlaczego, chciała sprowadzić tutaj, i to tak, aby przyjechała sama. Pani Lamer zasugerowała w liście Budapeszt, aby w razie problemów trudniej nam było to sprawdzić. Cała wiedza Soni jest zawarta w liście. Nie powiedziała nic, czego nie moglibyśmy w nim znaleźć.

– Myślisz, że Sonia tak naprawdę mieszka niedaleko?

– Tak, a nawet mniej więcej wiem gdzie.

– Z listu?

– Oczywiście. Prowadzi dziewczynę od przystanku na rogu Wałbrzyskiej i Puławskiej. Służew nad Dolinką. Tam musi mieszkać.

– Co teraz zrobisz?

– Spróbuję ustalić, gdzie dokładnie jest ta druga meta, ale najpierw osobiście odwiedzę pana właściciela mieszkania.

Anna wzięła głęboki oddech.

– Weź mnie ze sobą – wydusiła nagle, jakby coś znowu zaczęło ją boleć, ale z jej ciałem wszystko było w porządku. Takie rzeczy każdy porządny duch wie. Nie pytaj skąd. Co nie oznacza, że miałem wtedy choćby pojęcie, o co jej chodzi. Moja ukochana żona, staruszka, która do tej pory zmuszała się, aby wyjść po mleko, nagle chciała pomagać policjantowi w tak niebezpiecznym śledztwie. No wiem, że wtedy jeszcze ani on, ani ona nie zdawali sobie z tego sprawy, ale i tak to było szaleństwo.

– To niemożliwe. – Skalferin, odkąd go poznałem, rzadko pozwalał sobie na okazywanie uczuć, ale teraz wyraz jego twarzy był mieszanką zaciekawienia, niepokoju i właściwie… wydawał się jednym wielkim znakiem zapytania.

Anna uśmiechnęła się smutno.

– Bardzo jej się podobało, jak się nazywasz – powiedziała cicho.

– Mnie też o tym wspominała.

– To chyba dość rzadkie… nazwisko… Skalferin. – Ania dyskretnie położyła rękę na swoim brzuchu. Ból przyszedł w bardzo nieodpowiednim momencie. Wiedziałem, że nie zrezygnowała, ale gdyby teraz dostała ataku, nie miałaby najmniejszych szans na przekonanie go do czegokolwiek, nie mówiąc już o uczestnictwie w śledztwie.

– Moi dziadkowie ze strony taty byli Islandczykami – wyjaśnił chętnie Patryk, zadowolony, że staruszka nie ciągnie tematu śledztwa. – Dziadek nazywał się Skarphedin Gunnarson, a babcia Ragnheiður Matthíasdóttir. Islandczycy tak naprawdę nie mają nazwisk. Mają imiona, a to, co my uważamy za nazwisko, jest po prostu informacją, czyim się jest dzieckiem. Gunnar-son, czyli syn Gunnara, Matthías-dóttir, czyli córka Matthiasa. Kiedy wyjechali do Stanów Zjednoczonych, chcieli tak jak ich sąsiedzi mieć to samo nazwisko, więc dziadek zaczął używać „Skalferin", czyli swojego prawdziwego imienia w trochę uproszczonej formie pisanej, jako właśnie nazwiska. Ładnie jego zdaniem brzmiało. Ładniej niż nudne Gunnarson. No cóż, Ameryka – kraj wolnych ludzi.

Patryk się uśmiechnął.

– Zawsze mnie śmieszy ta historia – usprawiedliwił się. – Imię babci dla Amerykanów było nie do wymówienia, więc zmieniła je po prostu na Joanna, a dziadek swoje na John. Ich najstarszy syn poznał w Chicago Polkę – i to są moi rodzice. Przyjechali do Polski w 1989 roku. Byłem wtedy po pierwszym roku studiów.

– Znasz islandzki? – dociekała zaaferowana Anna, z ulgą zauważając, że chwilowy ból mija.

– Oczywiście, ale w domu częściej mówiło się po polsku.

– Zabierz mnie ze sobą, Patryku.

Kolejne ciastko, po które sięgnął komisarz, wypadło mu z rąk.

– Mówiłem pani, to niemożliwe i, szczerze mówiąc, trochę dziwne.

– Posłuchaj mnie, synku. Mam zakrzepicę i wątrobę w strzępach. Lekarz mi daje niewiele czasu. Mój mąż zmarł czternaście miesięcy temu. Nic mi już nie pozostało. Ale wiem, że potrafię jeszcze trzeźwo myśleć. Przydam ci się i nie będę sprawiała kłopotów. Poszukujesz staruszki, takiej jak ja. Nie masz pojęcia, jak takie osoby myślą, co czują, jak się zachowują w określonych sytuacjach. Masz na czole wymalowane kłopoty i niechęć do tego, do czego zmusza cię codzienność. Nie masz też szacunku dla własnego życia, a to czyni cię ślepym. Czuję, że tu chodzi o coś więcej niż zwykłe zaginięcie kogoś z sąsiedztwa. Razem ją znajdziemy. To ostatnia rzecz, którą chcę zrobić. Zabierz mnie ze sobą, Patryku.

Skalferin długo milczał, mając jednocześnie szeroko otwarte oczy ze zdziwienia. Nawet gdy po pewnym czasie jego ręce zaczęły lekko drżeć, nie wiedział, jak się zachować. A więc wciąż milczał. Długo milczał.

Rozdział **3**

Widzisz… mógłbyś powiedzieć, że to trochę nieuczciwe. Takie wykorzystywanie tego, że jest się chorym, nawet umierającym. Ale jeśli ktoś tak myśli, ciśnie mi się na usta (no wiem, że nie mam ciała, ale to taka przenośnia) pytanie do wszystkich: zamienilibyście się z nią na miejsca w życiu? Jeśli nie, to się przymknijcie. Ja też wiem, że jeśli komuś guzik zależy na życiu, tak jak Skalferinowi, to łatwiej łamie zasady, łatwiej odpuszcza. A może nie mam racji? Może patrzę zbyt prostacko? Może ten chłopak właśnie łaknie życia jak ryba wody, tylko to, co dostaje, przeraża go i pozbawia motywacji? Może to strach? Wszechobecny władca wszystkiego. Ty szczególnie chyba wiesz, że to bardziej przekonujący potwór niż ból. Jeśli wierzymy w antropomorficzną istotę, która to wszystko stworzyła i jest władna także niszczyć, jeśli zdecydowaliśmy się oddać jej całą władzę nad sobą… to oznacza, że strach musi być silniejszy od wszystkiego, co nam znane. Więc sięgamy po to, co nieznane, a dobre. I czy Bóg istnieje, czy nie – na tym opiera się nasze istnienie. Dla niektórych to prosta prawda. Ale… jest już tajemnicą, o której nikt nie ma pojęcia, to, że – jak widzisz – ja nie żyję, a nadal nie wiem, o co w tym wszystkim chodzi.

Nie wiem, czy istnieje nieśmiertelny Jezus, Jahwe, Allach czy Ahura Mazda. Nadal nie znam sensu. Nie wiem, po co to wszystko. Nie wiem nawet, czy jestem w połowie drogi. Kiepska wiadomość? Nie wydaje mi się. Powiesz: skoro z ciebie taki filozof, to gadaj, co robić?! No to ci filozoficznie odpowiadam: trzeba robić swoje. Skoro jesteś – rób swoje. Nieważne, że są lepsi od ciebie ludzie, coś tam nie wyszło albo niebo wali ci się na głowę.

Nie wiem, czy Anna przekonała Skalferina, ale siedziała obok niego w samochodzie (którego wreszcie zdecydował się użyć!) gdy jechał spotkać się z właścicielem mieszkania. Facet mieszkał w podwarszawskiej willi – dość bogato wyglądającym domu, który otaczał ogródek o bardzo wydumanej konstrukcji, stanowiącej zbiór maleńkich fontann, skalniaczków i dziwacznych kwiatów posadzonych w taki sposób, aby wyrażały różnorakie obrazy, zwykle przypominające tatuaże na ciałach „prawdziwych mężczyzn". A więc tu naga pani, tu kotwica, tam wąż kusiciel i tak dalej. Na środku stał... krasnal. Nie z kwiatków. Prawdziwy, chyba plastikowy. Ogród był urządzony tak, aby każdy mógł z ulicy wszystko zobaczyć i – zanim nacisnął dzwonek – odpowiednio pozazdrościć gospodarzowi. Ogrodzenie, utworzone z niezbyt gęsto rozstawionych, ale metalowych prętów, nie było już może tak artystyczne jak otoczenie domu, za to dawało poczucie bezpieczeństwa.

Skalferin nie uprzedził właściciela mieszkania oraz wspomnianej willi, że przyjedzie. Chyba nie lubił, kiedy świadkowie przygotowują się do wizyty policjanta.

– Jest szansa, że zostanie pani w samochodzie? – spytał pełen nadziei Patryk, gdy zaparkowali przed willą.

– Nie, synku – odparła z uśmiechem, który zawsze zwalał mnie z nóg.

Komisarz siedział przez chwilę bezradnie, patrząc w przednią szybę auta, po czym wysiadł i okrążył samochód, by otworzyć Annie drzwi. Moja żona wysiadła z gracją i – hmm, jak by ci to powiedzieć... – z pewnego rodzaju dumą bijącą z twarzy. Towarzystwo damy spowodowało, jak zauważyłem, kilka ważnych zmian w zachowaniu Skalferina. Przede wszystkim zaczął mieć pewien kłopot ze swoim prochowcem. Do tej pory nie zwracał uwagi na jego flejtuchowaty wygląd, ale teraz... komisarz zaczął mu się krytycznie przyglądać. Dokonał nawet kilku rozpaczliwych prób wyprostowania najbardziej widocznych wygnieceń, opróżnił kieszenie z drobiazgów pamiętających poprzednią zimę, a nawet chyba wpadł mu do głowy szalony pomysł... wyprania płaszcza (!) w najbliższym czasie. Poza tym zajął się swoją fryzurą. Na razie nie użył jeszcze do tego grzebienia, ale zauważyłem, że coraz częściej przygładzał dłonią czubek głowy, co niby miało wprowadzić tam względny porządek. Chmurne spojrzenie starał się zastąpić wrażeniem skupienia, ale to chyba wychodziło mu jak na razie stosunkowo najgorzej.

Teraz jednak, jak wskazywał mu instynkt, skupił się całkowicie na czekającej go rozmowie. Gospodarz okazał się pyzatym jegomościem w znoszonym dresie, z wydatnym brzuchem i jeszcze bardziej bezsensownym nosem niż miał Karl Malden. Wiesz, ten aktor. Widząc gości, a szczególnie Annę, otworzył furtkę bez kłopotów.

– Pan Michał Kowal? – spytał sennie policjant.

– Tak.

– Dzień dobry, nazywam się Patryk Skalferin, rozmawialiśmy wczoraj telefonicznie o identyfikacji pani Soni, jestem komisarzem prowadzącym dochodzenie w sprawie zaginięcia pani Marty Lamer, która wynajmowała pańskie mieszkanie – wymamrotał policjant. – A to jest... bardzo ważny świadek, pani...

– Znam panią Annę. – Grubas się uśmiechnął, a nawet wykonał coś w rodzaju ukłonu. – Proszę wejść, jest ładna pogoda, może usiądziemy w ogródku? Spodziewałem się kogoś z was. – Zaczął kroczyć w stronę czegoś w rodzaju altanki ze stoliczkiem i kilkoma krzesełkami. – Słyszałem o zaginięciu. Wie pan, nie da się ukryć czegoś takiego. Jak ktoś doniesie policji, zaraz o tym wiem. Proszę się rozgościć. – Wskazał wiklinowe siedziska, gdy już doszli na miejsce.

Patryk klapnął na krzesło zaraz po tym, jak Anna zajęła swoje.

– Nie niepokoi to pana? – spytał prosto z mostu komisarz.

– Co? Zniknięcie?

– Tak.

– To żadne zniknięcie. – Kowal machnął ręką. – Pani Lamer wyjeżdżała wiele razy.

– Wiele? Skąd pan o tym wie? Przecież mieszka chyba u pana od niedawna?

– Piętnaście miesięcy. I w tym czasie opuszczała mieszkanie przynajmniej ze cztery razy. Nie wiem, po co te wszystkie ceregiele. Kobieta wyjechała, zostawiła klucze i list wnuczce. Ona je odebrała i tyle.

– Wiem, że u pana była tym razem. A poprzednio?

– Była jej matka. Parę miesięcy temu.

– To znaczy córka?! – Skalferinowi nagle przestało się chcieć spać.

– Córka pani Lamer? – włączyła się Anna.

– Tak. Nie wiedzieliście? Kiedy zobaczyłem Sonię, od razu wiedziałem, że to jej córka. Są jak dwie krople wody.

– Niech dobrze zrozumiem – Patryk usiłował trochę przystopować – Znał pan panią Lamer i jej córkę, ale Soni pan nigdy nie spotkał z wyjątkiem tego wczoraj rano?

– No nie, ale to skóra zdjęta z matki.

– Wie pan, gdzie one mieszkają? – spytał komisarz.

– Nie mam pojęcia. Wnuczka podobno studiuje za granicą, a matka mieszka gdzieś na południu. Kraków albo Katowice.

– Ile pan ma kompletów kluczy do tamtego mieszkania?

– Dwa. Jeden jest u mnie, drugi ma pani Lamer.

– Ewentualni goście zapowiedziani przez panią Lamer klucze dostają od pana?

– Różnie. Czasem od pani Lamer. Podobno listy zostawia w skrytce pocztowej. One przyjeżdżają i odbierają. Jak pan widzi, nic w tym dziwnego i niezwykłego.

– Mogę o coś zapytać? – zagadnęła, grzecznie milcząca do tej pory, Anna.

– Ależ proszę. – Kowal się uśmiechnął.

– Powiedział pan, że odwiedzały go te panie.

– Tak.

– Po co, skoro między sobą mogły wymieniać się kluczami? Mieszka pan dość daleko.

– Kilka razy były u mnie, ja kilka razy wpadałem, kiedy coś się popsuło…

– Często się coś psuło? – wtrącił Skalferin.

– Nooo… – Grubas zamyślił się na chwilę.

– Przez piętnaście miesięcy te panie widziały się z panem… ile razy?

– No nie wiem… Kilka.

– Nie chcę od pana wynajmować mieszkania, więc nie musi mi się pan reklamować. Interesuje mnie tylko, dlaczego tak często te panie bywały u pana?

– No, nie tak często… Dwa, może trzy razy… To piękne kobiety. Szczególnie pani Sonia i pani Milena.

– Pani Milena… czyli matka Soni? – upewnił się Patryk.

– Tak.

– Jak się dokładnie nazywa?

– Milena Rotwicz-Skalska.

– Legitymował może pan je kiedyś?

– Panią Lamer oczywiście tak. Wynajmowałem jej przecież mieszkanie. Ale rodzinę… no, nie wypada. Przecież starsza pani zawsze uprzedzała, że ktoś przyjedzie i może się w razie czego skontaktować. Nie było powodu.

– Mówił pan, że nieźle znał moje sąsiadki – zagadnęła z uśmiechem Anna.

– Tak – odpowiedział uprzejmie Kowal.

– Ja trochę też, ale wie pan… jestem już stara i trochę sklerotyczna. – Nie traciła uśmiechu z ust.

– Ależ skąd, pani Anno! – grubas przepisowo gwałtownie zaprzeczył.

Moja żona machnęła ręką, jakby było jej to obojętne.

– Tak czy owak, starsi ludzie mają czasem trochę spaczony ogląd rzeczywistości.

– No, ja tam nie wiem… – Na pucołowatej twarzy Kowala pojawił się lekki rumieniec.

– A więc – Anna klasnęła w dłonie – czy nie wydaje się panu, że pani Sonia jest trochę… inna?

– Inna?

– Tak. Trochę dziwna, może wydało się panu, że jest, jak to się w mojej młodości mówiło, ekscentryczna?

– Chyba nie... Normalna, wesoła, młoda osoba. Bardzo podobna do matki. Nic takiego nie zauważyłem. A co w niej dziwnego?

– Przepraszam. Mówiłam, że to ta skleroza. – Ania roześmiała się jak na zawołanie. – Musiało mi się coś przywidzieć.

Skalferin rzucił Ani krótkie spojrzenie, ale chyba doskonale wyczuł, o co jej chodzi, więc uważnie wpił wzrok w grubasa, usiłując wyłuskać z jego oczu ewentualne kłamstwo.

– Oczywiście nie wie pan, gdzie teraz może być pani Lamer? – zapytał po dłuższej dopiero chwili.

– Nie mam zielonego pojęcia. To jej sprawa. Płaci mi z góry za rok. Jest najlepszą lokatorką.

Skalferin zamilkł, ale nie spuszczał wzroku z grubasa. Chyba to był jego sposób na skonfundowanie rozmówcy, co w końcu mogłoby dać jakiś efekt. Upewnienie się, że kłamie, coś ukrywa albo że... być może mówi szczerą prawdę.

Kowal siedział rzeczywiście trochę zmieszany, ale tylko przenosił wzrok z policjanta na Annę i czekał na dalsze pytania. Patryk w końcu odpuścił.

– Dziękujemy. – Uniósł się wolno i wyjął z kieszeni wizytówkę. – Proszę zadzwonić, gdyby przypomniało się panu coś, co pomogłoby nam znaleźć panią Lamer.

– Ona nie zaginęła. – Grubas pokręcił z niedowierzaniem głową. – Tracicie czas. To znaczy policja – poprawił się. – Z całym szacunkiem dla pani Anny. – Skłonił się nisko.

* * *

Skalferin jechał wyjątkowo wolno.

– Jeszcze chwila i szef każe mi umorzyć sprawę – mruknął w swoim stylu.

– Dlaczego? – spytała nieco naiwnie, moim zdaniem, Anna.

– Nikt z rodziny nie potwierdza zaginięcia, nikomu nic się nie stało, to bez sensu...

– A motanie się Soni? – nie rezygnowała

– To nie jest podstawa do śledztwa. Właściciel ją zidentyfikował.

– Ale ją zidentyfikował... „Skóra zdjęta z matki"...

– Zaraz znajdziemy matkę i będzie po wszystkim.

– Chyba że oni wszyscy są zamieszani w zniknięcie pani Lamer! – Anna wciąż była pełna nadziei na zainteresowanie Patryka. Ale on tylko spojrzał na nią krytycznie, licząc wyłącznie na to, że się zreflektuje.

– No, może rzeczywiście trochę przegięłam... – przyznała po chwili z żalem.

Skalferin tym razem jeszcze uważniej i z jeszcze większym zdziwieniem spojrzał na Annę.

– Byłam nauczycielką, synku – rzekła z dumą. – Oczekujesz ode mnie dziewiętnastowiecznego języka?

– Ależ skąd! – Policjant podjął znaczne wysiłki, by przywołać na twarz powagę. – Nigdy w życiu...

Rozmowę przerwała ponura melodyjka robiąca za dzwonek telefonu Patryka.

– Tak? – chrapnął leniwie do słuchawki.

– Możesz tu szybko przyjechać? – usłyszał podenerwowany głos.

– Zgubiłeś ją? – Skalferin chyba gotów był się wkurzyć.

– Nie, ale obawiam się, że potrzebna mi pomoc.

– Do śledzenia dwudziestopięcioletniej gówniary?

– Słuchaj… jest dziwnie. Przyjedź tu, bo inaczej nie uwierzysz!

– Gdzie jesteś?

– Przy jakiejś wiejskiej drodze. Pierwszy zakręt za Nadarzynem w prawo, potem od razu w lewo, kwadrat…

– Co ty tam robisz?! Ona wyjechała za miasto?!

– Tak, autobusem. A potem poszła dokładnie w polną drogę, a potem… Jezu, no nie uwierzysz… Tu jest taki dom…

– Opisz dom.

– Stary, dach z taniej blachy falistej. Całość drewniana, zielonkawa.

– Jadę. Jak zmienisz pozycję, dzwoń. – Patryk rozłączył się i mocniej nacisnął gaz.

– Co powiedział? – moja Ania błyskawicznie wyczuła aferę.

– Że jest dziwnie.

– Czy to zwiastun tego, że jeszcze nie kończymy śledztwa?

Patryk znów nie mógł opanować rozbawienia.

– Chyba tak, pani Anno. Chyba tak.

Dojechali po dobrych czterdziestu minutach. Komisarz łatwo znalazł miejsce, o którym mówił policjant. Skręcił w prawo, potem w lewo, przejechał kilkaset metrów i wreszcie zatrzymał wóz. Rozejrzał się uważnie dookoła. W oddali domy, przed nimi wiejska droga, po bokach – pola.

– No i co teraz? – odezwał się, nie wiadomo, czy do Anny, czy do siebie.

– Może zadzwoń do niego?

– Nie powinienem. Śledzi świadka.

– Miałam wrażenie, że wzywa pomocy…

– Nie dzwonił drugi raz, powinien więc tu gdzieś być. Nie widzę nawet samochodu…

– Chyba nie ma tu innej drogi – zauważyła pomocnie Anna.

– I mam nią jechać?!

– Możemy jeszcze wjechać w to pole.

Komisarz pokręcił głową niezdecydowany.

– Skoro to jedyna droga… Właściwie, co nam szkodzi?

Sam jednak ukrywał zaniepokojenie, które z łatwością wyczułem. Trudno to było nazwać strachem, ale chyba nie spodziewał się niczego dobrego. Ujechał może z kilometr. Po wertepach można było wlec się nie więcej niż piętnaście, dwadzieścia kilometrów na godzinę, aż w końcu za kolejnym zakrętem, w oddali, zobaczył zaparkowany z boku drogi wóz kolegi. Zatrzymał się, ale dopiero jakieś dwadzieścia metrów za nim. Poświęcił chwilę na krótkie zastanowienie.

– To on? – spytała Ania.

– Jego samochód, ale jego samego tam nie ma.

– Skąd wiesz?

– Proszę tu zaczekać – powiedział to tak zdecydowanym tonem, że biedna staruszka nie odezwała się nawet słowem. Wysiadł, sięgnął ręką pod marynarkę, gdzie miał – co tu dużo mówić – gnata, i wolno ruszył do przodu. Okno auta od strony kierowcy było otwarte. Na przednich siedzeniach na prawym boku leżał ubrany w lekką, brązową kurtkę raczej niewysoki i raczej szczupły mężczyzna. Miał szeroko otwarte oczy. Ze sporej dziury w skroni, którą przestrzelono, nie płynęła już krew – zdążyła zakrzepnąć. Skalferin ciężko oparł się o samochód kolegi. Według jego zegarka, była druga po południu. Słońce świeciło na całego, w promieniu kilkuset metrów była świetna widoczność i ani żywej duszy. No, oprócz mnie, ale wiesz… ja akurat nie jestem za bardzo żywy. Przynajmniej z waszego punktu widzenia. Patryk powoli zawrócił, otworzył drzwi swojego wozu i opadł na fotel.

– Wiedziałeś, że ktoś tam jest? – W głosie Anny wyczułem prawdziwy strach.

Skalferin nie odpowiedział. Zamknął oczy i przez dłuższą chwilę milczał.

– Kto to? – spytała znowu Ania.

– Aspirant Jan Chrząszcz – odparł cicho.

Rozdział 4

Światła migających kogutów wozów policyjnych, faceci robiący zdjęcia, rozciągający taśmę i stawiający jakieś tabliczki wokół miejsca morderstwa – to wszystko chyba zaczęło Annę nieco męczyć. Na początku naprawdę żywo ją to interesowało, ale po pewnym czasie biegający dookoła gliniarze i cała ta krzątanina stała się najzwyczajniej w świecie nudna. Patryk rozmawiał z lekarzami czekającymi na ciało i nie wracał już od dobrych kilkunastu minut. Konsekwentnie nie pozwalał jej wychodzić z samochodu. Sama nie rwała się specjalnie do oglądania nieboszczyka, choć śmierć już jej nie przerażała. Nie znała człowieka, który – tam, w samochodzie, dwadzieścia metrów dalej – leżał martwy, ale umiała zdobyć się na tyle empatii, by tak po ludzku rozumieć Skalferina. Pierwszy szok minął, drżenie ciała ustało, teraz czuła zmęczenie. Poczuła, jak oczy same jej się zamykają.

Komisarz wreszcie podszedł do samochodu, ale widząc ją śpiącą, odetchnął tylko z ulgą i wrócił do pracy. Ciemny ford escort dojechał do reszty dosłownie kilka sekund temu i zatrzymał się gwałtownie, wzniecając tuman kurzu. Wysiadł z niego elegancki, wysoki, szczupły facet w drogim, czarnym garniturze i natychmiast podszedł do Patryka, po czym odciągnął go na bok. Wyglądał na pewnego siebie ważniaka przyzwyczajonego do wydawania poleceń.

– Masz mi trochę do wyjaśnienia! – burknął, groźnie marszcząc brwi.

Skalferin nie bał się go. Wciąż był spokojny, opanowany i... znowu bił od niego ten chłodny, irracjonalny smutek. Jego myśli, uczucia znów stały się dla mnie hermetycznie zamknięte, jakby ukrył je za niewidzialnym, szczelnym murem. Ale z pewnością nie czuł lęku. Nie wyjął rąk z kieszeni spodni. Nie śpieszył się z odpowiedzią.

– Patryk, kurwa, to nasz człowiek! – nie wytrzymał ważniak. – Wzywasz go, a on po trzech godzinach nie żyje!

– Nie mam pojęcia, szefie, co tu jest grane – mruknął posępnie Skalferin. – Wysłałem go do śledzenia wnuczki zaginionej kobiety. W czasie przesłuchania kłamała, decyzja wydawała mi się oczywista.

– Gdzie ta śledzona?

– Nie wiem.

– Jezu... przecież to się przedostanie do prasy.

Patryk skrzywił się z lekkim zniecierpliwieniem.

– To pogrzebie śledztwo – odparł.

– Zrobię co się da, ale wiesz, jak jest. – Ważniak odwrócił się w stronę karawanu, do którego właśnie wnoszono ciało.

– Jeśli nie damy rady się sami uszczelnić, trzeba uderzyć do pismaków, może nas posłuchają. Potrzebuję kilku dni.

– Czym ich przekonasz? – Elegancik znowu zawiesił wzrok na komisarzu.

– Tym, co zwykle. Obietnicą dodatkowych informacji, a jak się teraz nie zamkną, blokadą w przyszłości. Uda się.

Zawsze się udaje. A ja to, co wiem, zachowam na razie dla siebie.

– Nie możesz!

– Mogę.

– Odbiorę ci sprawę!

– To odbierz.

– Ty pieprzony arogancie! Nigdy się, kurwa, nie zmienisz, co?! A jak i ciebie zetną?! Wrócimy do punktu wyjścia!

– Dzięki za troskę.

– Pieprz się! Jak chcesz to załatwić z pismakami?

– Dużo roboty. Weronika będzie wiedziała, co robić. Trzeba być u nich przed przeciekiem, który, jak wiemy, na pewno nastąpi.

– Okej. – Szef ciężko odetchnął, po czym zmienił ton na mniej upierdliwy, a bardziej opiekuńczy. – Jak się czujesz? – spytał spokojniej.

– Świetnie – odparł wisielczo Skalferin.

– Jasne. Sam nie wiem, po co pytałem. Daj mi swój telefon i kod do odtwarzania, chcę posłuchać waszych rozmów.

– Zostawiłem w płaszczu. Jest w samochodzie.

– No to zapier… – W tym momencie ważniak dostrzegł Annę śpiącą w wozie komisarza. – A to kto?!

– Ważny… świadek – szef chyba nie wyczuł w jego głosie zakłopotania.

– Brak ci towarzystwa? – warknął elegancik, wracając do poprzedniego tonu. – Co ona tutaj robi?!

– Chyba śpi. Jest zmęczona.

– Dawno cię ktoś nie kopnął w jaja?!

– Naprawdę była mi potrzebna. Znała poszukiwaną.

– Ma ze sto lat!

– Tak jak i poszukiwana. Jest tu przez przypadek, nie chciałem tracić czasu. Chrząszcz mnie wezwał.

– Co ci powiedział?

– Że potrzebuje pomocy…

– No, co ty powiesz…

– I że jest dziwnie.

– Że jak jest?!

– Dokładnie tak się wyraził: że jest dziwnie.

– A ty, oczywiście, jak na starym filmie kryminalnym, nie spytałeś o szczegóły, tylko odłożyłeś to do waszego spotkania, aby mogli go zabić!

– Jezu, szefie! Śledził dzieciaka! Nawet mi do głowy nie wpadło, że to może być w najmniejszym stopniu niebezpieczne. Byłem nawet bliski zamknięcia śledztwa, nie potwierdzono zaginięcia.

– Coraz lepiej – warknął ważniak. – Jeśli do końca tygodnia nie dostanę raportu, wypadasz.

– Dziękuję. Powinno starczyć.

– Już ci mówiłem. Pieprz się. Dymaj po chipa od telefonu.

Anna zbudziła się dopiero po chwili, gdy samochód podskoczył na jednym z licznych wertepów.

– Przepraszam – szepnęła, jeszcze nie do końca obudzona.

– Dobrze, że pani trochę odpoczęła. – Patryk wjechał na główną drogę do Warszawy.

Ania odruchowo poprawiła włosy i sukienkę.

– Starość… – Westchnęła cichutko, rozcierając dłonie o kolana.

– Młodzi ludzie też sypiają. – Skalferin zdobył się na miły uśmiech, ale nie zmylił tym mojej żony.

– To był twój przyjaciel? – spytała odważnie.

Patryk pokręcił przecząco głową.

– Znajomy, pracownik.

– Dokąd jedziemy?

– Odwiozę panią.

Przez chwilę milczeli.

– Masz znowu to samo spojrzenie, synku – podjęła Anna.

– Jestem skupiony, to wszystko.

– Kiedy cię pierwszy raz zobaczyłam, tak właśnie patrzyłeś. Jak to kiedyś powiedział jeden dość znany pisarz: demony wróciły?

– Nie ma żadnych demonów – odparł dość szorstko.

– Oczywiście. Myślisz, że rozmowa z ledwo co poznaną starszą kobietą nie ma sensu. Lepiej zachować swoją tajemnicę, wyjątkowość. To już stało się twoim drugim ja, prawda? A może pierwszym?

– Anno! Bardzo panią proszę… – Patryk mocno zacisnął usta.

– Przepraszam. – Moja żona odwróciła się, aby popatrzeć na mijane drzewa.

Skalferin ciężko nabrał powietrza do płuc.

– Nie czuję się winny. Wysłałem go, bo tego wymagała sytuacja. Znał ryzyko. Obaj nie mieliśmy pojęcia, że tym razem to będzie aż tak niebezpieczne.

– U ciebie niewiele trzeba, aby je obudzić… a to była śmierć człowieka.

– Jezu… niech pani przestanie z tymi demonami. Życie jest, jakie jest. Taka rozmowa nic nie zmieni.

– Bardzo się mylisz, Patryku. W tej akurat kwestii, mogłabym rzec... że jestem ekspertką.

– W kwestii tego, jakie jest życie?

– Nie. W kwestii tego, jaki jest smutek.

Patryk zamilkł. Mocniej ścisnął kierownicę i trochę przyśpieszył.

– Tu nie można nie mieć racji – odezwał się po dłuższej chwili. – Nie można zmusić się do tego, aby nagle stać się innym, inaczej czuć, inaczej patrzeć... Nie kocham cię już, Romeo. Ależ skąd, Julio, mylisz się, przecież jestem pięknym, młodym i szlachetnym młodzieńcem. Pstryknij palcami i poczuj coś innego. Aaaa rzeczywiście, Romeo. Pstryk – i już cię kocham!

– No tak – westchnęła boleśnie Anna. – Wydaje ci się, że jesteś niepowtarzalny, a myślisz jak wszyscy dookoła.

– Jasne. Dziękuje za psychoanalizę.

– Proszę bardzo. Myślę, że kochasz żonę, kochasz swoje dzieci, a świat dalej cię rozczarowuje i możliwe, że to cię... przeraża.

– A nie mógłbym pobyć sobie taki, jaki jestem?

– A taki właśnie jesteś?

– Być może.

– To już milknę. Może jeszcze tylko jedno pytanko, tak z ciekawości: co cię pcha do przodu?

– Jezu... – Patryk zwiesił bezradnie głowę.

– Patrz, synku, na drogę – poprosiła Anna. – Może i jestem umierająca, ale chętnie jeszcze trochę poczekam na tę wielką tajemnicę.

Skalferin nagle i – przyznam – zupełnie bezsensownie roześmiał się wisielczo. Było w tym coś okropnego i obrzydliwego.

– Ale z ciebie gnojek – Ania powiedziała to wyjątkowo spokojnie i chłodno.

Patryk natychmiast umilkł.

– Cholera… naprawdę przepraszam. To nie tak jak pani myśli. Cholernie mi głupio.

– I słusznie. Ale jesteś w błędzie, myśląc, że wzięłam to do siebie. Uważam, że jesteś gnojkiem, bo teraz mam niemal pewność, że próbowałeś…

– Proszę…! – przerwał ostrzegawczo Skalferin.

– Mój Boże… Masz żonę, dwójkę dzieci i zrobiłeś to… to znaczy próbowałeś, bo, jak widzę, nadal żyjesz.

– I kto tu myśli schematycznie…

Teraz Anna pokręciła z niedowierzaniem głową.

– Chcesz pojechać jeszcze raz do tego właściciela mieszkania, prawda?

Patryk pokiwał głową potwierdzająco.

– Nie odwoź mnie, szkoda czasu.

– Jest pani zmęczona.

– Wyspałam się. Jedźmy tam razem.

– Nie.

– Okej. Ani słowa o tamtym.

Skalferin odwrócił się w stronę pasażerki.

– Słowo starej, przemądrzałej zrzędy. – Ania podniosła uroczyście w górę dwa palce prawej dłoni.

Tym razem dojechali, o dziwo, trochę szybciej.

– Myślisz, że kłamał? – spytała, kiedy stanęli przed furtką.

– Coś mi nie grało w tej jego gadaninie.

– Może źle pytaliśmy?

– Właśnie. – Nacisnął dzwonek. Potem jeszcze raz i jeszcze raz. Żadnej reakcji. Nic.

– I co teraz? – szepnęła konspiracyjnie Ania.

Patryk jeszcze raz zadzwonił.

– Może po prostu wyszedł do sklepu. Samochód stoi na podjeździe, ale po chleb do sklepu za rogiem nie jedzie się samochodem. – Nacisnął klamkę furtki. Otworzyła się. Słowo ducha, że poprzednio była zamknięta. Dobrze pamiętam. Moja żona tylko westchnęła.

– Idę – zadecydował Patryk. – Może pani jednak zostanie?

– Ani mi się śni! – mruknęła gniewnie.

Komisarz rozłożył bezradnie ręce.

– No dobrze, ale proszę się trzymać blisko mnie.

Przeszedł ostrożnie przez ogród i zbliżył się do balkonu. Grubas leżał tuż za szklanymi drzwiami. Tym razem rana w głowie była świeższa. Wiesz, może nie jestem detektywem, ale widziałem, że krew na pewno nie zdążyła jeszcze zakrzepnąć; poza tym – kto się lepiej zna na trupach od nieboszczyka? Patryk szybko się cofnął, aby powstrzymać Annę. Na szczęście nie zdążyła podejść zbyt blisko.

– O, mój Boże. – Zakryła dłonią usta, czytając wszystko z wyrazu twarzy Skalferina.

– To teraz mamy pewność, że albo kłamał, albo coś ukrywał.

– Wiedziała, że u niego byliśmy...

– Cholera, chyba nie mogła zabić ich obu w tak krótkim czasie! – Komisarz powiódł wzrokiem dookoła.

– Jest po szóstej – zauważyła Anna, choć dalej była w szoku.

– Fakt. Chrząszcz zginął między pierwszą a drugą, było sporo czasu.

silniejszy w danej chwili bodziec. A potem broni się. Jeśli ból fizyczny jest zbyt silny – mdlejemy. Z psychiką to trochę bardziej skomplikowane. Istnieje wiele mechanizmów, które do tego służą. Ania otrzymała akurat tej nocy od swojego umysłu dar w postaci spokojnego snu, gdy o drugiej w nocy udało jej się wreszcie zasnąć. Skąd ta wiedza? Właściwie… nie mam pojęcia. Nie pamiętam. Mówiłem ci, nawet nie mam pojęcia, kim byłem za życia. W każdym razie nie odwiedziłem tej nocy Skalferina. Czuwałem przy Annie. Wstała, jak na siebie, bardzo późno – o ósmej i… pierwszym jej uczuciem był niepokój. Najpierw niewytłumaczalny, bez źródła, bez rozpoznawalnej przyczyny. Później bardziej jawny, odkryty, ćmiący jak uparty ból zęba. Widziałem i świetnie czułem, jak potrafi spokojnie i metodycznie go wyciszyć. Nie przerażała jej śmierć. Ani tych dwóch, właściwie obcych, ludzi, ani jej własna, która zbliżała się równym rytmem coraz bardziej kurczących się dni. Nie „skrycie", czy „przebiegle", jak to czasem mówicie, gdy próbujecie oswoić strach. Jak najbardziej jawnie, otwarcie i naturalnie. Śmierć się zbliżała, a Anna, choć umiała zdusić w sobie strach, jednego uczucia w żaden sposób nie potrafiła pokonać, osłabić lub chociaż przetłumaczyć na język niewiedzy bądź nieświadomości. Wyobraź sobie nieodwracalny, przejmujący aż do fizycznego bólu… żal. Że koniec nie jest już abstraktem, ukrytym daleko za horyzontem. Że tak wiele rzeczy już się nie stanie. Że inni będą uczestniczyć w przeżyciach, które tobie nie będą dane. Że przyjdzie taki dzień, w którym nic już cię nie spotka. I to nie jest strach. To nieopanowany, duszący od środka… żal.

Kiedy Ania usiadła w kuchni przy gorącej zielonej herbacie, była już spokojniejsza. Uśmiechała się do siebie, licząc skrycie na telefon od Patryka. Postanowiłem więc sprawdzić, co u niego.

Wyczułem go łatwo, choć w nieco nieoczekiwanym miejscu. Nie w domu, nie w jego gabinecie, tylko… na dywaniku u szefa. Tego samego, który wymachiwał rekami i zapluwał się przy zwłokach aspiranta Chrząszcza, znalezionych w aucie na wiejskiej drodze. Szef na tabliczce miał napisane „podinspektor Jan Wolański". Od wczoraj zmienił garnitur, krawat i buty, ale fryzury i nadętej miny – nie. Starszy był od Skalferina niewiele – może osiem czy dziesięć lat. Przy stole dla gości siedział grubousty okularnik z czerwonawymi wypiekami na twarzy – albo po solarium, albo po wódzie; mówiąc szczerze, nie wiem.

– Siadaj, Patryk! – Szef wygramolił się zza biurka i dołączył do miłośnika niezdrowej opalenizny (chyba to jednak nie wóda, nie miał przekrwionych oczu).

Przy stoliku stały trzy krzesła, co chyba oznaczało, ze nikt już więcej nie dołączy. Skalferin rozluźnił krawat, co moim zdaniem lepiej się komponowało z wysłużonym, ciemnobrązowym garniturem komisarza niż zapięta pod szyję koszula i wstrzymujący przepływ krwi w tętnicach, urzędniczo ściśnięty krawat.

– Mamy kłopot – zaczął dość niekonkretnie Wolański.

– Z kim? – spytał rzeczowo Skalferin, opierając o krzesło torbę ze swoim laptopem, którą właśnie zdjął z ramienia.

– Znacie się? – Szef wskazał na okularnika.

– Z widzenia – przypomniał sobie uprzejmie komisarz.

– Mirosław Urbaniak, z laboratorium, Patryk Skalferin, z piętra niżej – dokonał pośpiesznej prezentacji podinspektor.

– Z laboratorium mamy problem? – spytał nieco znużony Patryk.

– Z tobą mamy problem.

– Słucham? – Komisarz nieco się rozbudził. – Przecież mam czas do końca tygodnia! Obiecałeś mi to wczoraj!

– Oczywiście, tylko kogo chcesz szukać?

– Mówiłem już. Soni Rotwicz-Skalskiej, a także jej babki i... matki.

– Całej rodziny... – Szef uśmiechnął się uprzejmie, jak uśmiecha się do pacjenta, który ma być zaraz obezwładniony kaftanem bezpieczeństwa.

– Sonia... ładne imię – postanowił zauważyć koleś z laboratorium.

– To, poza wszystkim, podobno bardzo atrakcyjna kobieta – dopowiedział Wolański. – Patryk... czy uczęszczasz do psychiatry, co było, jak pamiętasz, warunkiem twojego powrotu do pracy?

Skalferin posłał w stronę okularnika nieprzyjemne spojrzenie. Był wkurzony, że podinspektor mówi przy obcych o takich rzeczach.

– To nie ma nic wspólnego ze sprawą – odparł spokojnie.

– Niestety ma. Odpowiedz, proszę.

– Zostałem skierowany do psychologa na serię spotkań terapeutycznych.

– Chodzisz tam?

– Oczywiście.

– Jeśli chcesz dalej pracować, proszę o kontakt z tym psychiatrą.

– Psychologiem...

– No właśnie. I to natychmiast.

– W celu?

– Musze mieć podkładkę napisaną przez niego...

– …przez nią.

– Kobieta. No, dobrze. Zostaw mi kontakt do pani doktor…

– Dam go potem. O co ci chodzi?

– Zamykamy śledztwo zaginięcia pani Lamer.

– Co ty mówisz?!

– Bo nikt nie zaginął. Natomiast mamy dwa morderstwa. Ale tym zajmie się kto inny.

– Jak to nikt nie zaginął?! – ciągnął Skalferin z coraz większym rozdrażnieniem. – Nie mamy z nią kontaktu.

– Bo jest wolną obywatelką i może jeździć, gdzie chce, nie spowiadając się z tego policji. W domu właściciela jej mieszkania znaleziono list, w którym zawiadamia go, że wyjeżdża na dwa tygodnie. Sprawdzono i porównano z próbkami pism z laboratorium. Koniec sprawy. Donos o jej zaginięciu był anonimowy. Zabójstwo pana Michała Kowala miało charakter rabunkowy. Skradziono kosztowności, profesjonalnie się włamano, chcesz oskarżyć o to siedemdziesięciolatkę, która w chwili zabójstwa była najprawdopodobniej trzysta kilometrów stąd?

– List?!

– Tak. List. Nie powiedział ci?

Patryk zmarszczył brwi. Był wkurzony, że nie przeczesał dostatecznie dokładnie tamtego domu.

– To jest z nią związane, a także z jej wnuczką!

– Z czego to wnioskujesz?

– Z rozmowy z nią.

– Z kim? Z tą… Sonią?

– Tak.

– Gdzie z nią rozmawiałeś?

– W mieszkaniu pani Lamer! – Skalferin wreszcie podniósł głos.

– Mirek... – mruknął prosząco Wolański do Urbaniaka.

– Panie komisarzu – zaczął spokojnie okularnik. – Wczoraj i przez dzisiejszą noc dokładnie badaliśmy to mieszkanie. Dyskretnie.

– Walę kasę, której nie ma na benzynę dla chłopaków – warknął przez zęby szef.

– No i co? – spytał, nie wykazując specjalnego entuzjazmu, Patryk.

– Tam nikogo nie było oprócz pana, pani Lamer i jej sąsiadki – wyjaśnił rzeczowo facet z laboratorium.

– Przecież widziałem! Wiem chyba lepiej od was! – nie wytrzymał Skalferin.

– Na tym właśnie polega problem. – Szef się skrzywił z lekkim zniecierpliwieniem. – Przeszukali każdy skrawek, każdy milimetr, zeskrobali wszystko i jest tam od cholery DNA, odcisków pani Lamer, twoich, sąsiadki, właściciela i nikogo innego!

– Tam od miesięcy nie było nikogo oprócz waszej czwórki – wtrącił Urbaniak.

– Mogła zatrzeć ślady! – nie ustępował Patryk.

– Przy metodach, które zastosowaliśmy, to kompletnie niemożliwe – odparł spokojnie laborant. – Nawet najwyższej klasy profesjonalista, znający się na tym lepiej niż my, miałby z tym kłopoty.

– Skąd mieliście znaczniki odcisków palców sąsiadki?

– Guzik cię to obchodzi – mruknął niedbale Wolański – Mirek, mógłbyś wyjść? – poprosił laboranta.

– Jasne. – Facet wstał i wyszedł z gabinetu.

– Nie istnieje żadna Sonia Rotwicz, Skalfi – ciągnął szef. – Byłeś tam i rozmawiałeś ze ścianą.

– Oskarżasz mnie o służbowe kłamstwo?!

– Nie. – Szef był chłodny i spokojny. – Gdyby tak było, aresztowałbym cię dzisiejszej nocy.

– Boże... masz mnie za świra?!

– Obaj wiemy, że masz kłopoty. Jesteś świetnym gliną, ale leczysz się psychiatrycznie i jesteś po próbie samobójczej...

– To dlatego, że za długo pracuję z tobą.

– I dlatego musiał zginąć Chrząszcz?

Jeśli Patryk miał na twarzy resztki ironicznego uśmiechu, to teraz zniknął on bezpowrotnie.

– To kiepski żart, Jasiu.

– Nie siedzisz w pierdlu tylko dlatego, że badania są tajne. A jeśli teraz nie powiesz, kogo naprawdę miał śledzić mój aspirant, wyjdziesz stąd w kajdankach!

Skalferin zerwał się z krzesła.

– Czy ty naprawdę wierzysz, że przywidziała mi się osoba, którą dokładnie potrafię opisać, a jej sąsiadka ma identyczne zwidy jak ja?!

– To umierająca staruszka. Wiemy, że się z nią przyjaźnisz!

– Śledzisz mnie?

– Gówno cię to obchodzi. Byłeś wczoraj z tą „sąsiadką" w dwóch miejscach i mamy dwa trupy. W dodatku oboje „widzieliście" nieistniejącą studentkę z Budapesztu, z zanikami, jak twierdziłeś, pamięci. Masz cholerne problemy z równowagą psychiczną, a staruszka z jakiegoś powodu z tobą współpracuje. O co chodzi? O spadek? Pieniądze? Co dla niej robisz, żeby „widziała" to, co ty? Sonia to wytwór twojej wyobraźni. Sprawdzaliśmy nie tylko w tym mieszkaniu. Nie istnieje osoba o takim nazwisku, w tym wieku. Moim zdaniem jesteś poważnie chory.

– Mogła podać fikcyjne nazwisko...

– Jasne i wyczyściła ślady po sobie lepiej niż James Bond. Nikt oprócz waszej dwójki nie widział jej – ani jak wchodzi, ani jak wychodzi.

– Niemożliwe...

– Kogo miał śledzić Chrząszcz i jaki to ma związek z tą starszą kobietą?! Dlaczego to ukrywasz?!

– Daj mi kilka godzin... proszę... będziesz miał odpowiedź jak na tacy!

– I ja mam w to uwierzyć?

– Mam dowód. Kilka godzin!

– Co to za dowód?

– Inny list. Ten, który dała mi Sonia.

– Ten duch, którego wymyśliła twoja psychika?

– Ten list jest dowodem na istnienie Soni.

– Gdzie niby jest ten list?

Patryk zwiesił bezradnie głowę.

– Nie mogę na razie powiedzieć.

– Dosyć tego... – Szef wstał i podszedł do okna. – Muszę cię zatrzymać.

Skalferin chwilę się wahał, aż wreszcie porwał laptopa i wybiegł z gabinetu.

Wolański spokojnie sięgnął po telefon.

– Niech dwóch chłopców pobiegnie za nim. Tylko nie tak, aby go złapać – mruknął do słuchawki.

Do gabinetu wszedł równie wymuskany facecik, jak ten cały szef. Przystojny, wysoki, idealny do gadania w telewizji.

– No i jak? – spytał z zaciekawieniem.

– Już myślałem, że nigdy nie wybiegnie. – Wolański skrzywił się z lekkim zniecierpliwieniem.

– Ryzykujesz, Janek...

– Niewiele. Stała obserwacja, dwa zespoły. Zginął nasz człowiek – podkreślił z naciskiem szef.

– Jezu... On pracował dla nas piętnaście lat...

– Jest chory! Od dawna daję mu idiotyczne sprawy, licząc na to, że jakoś wyjdzie z dołka. Ma tu niemal urlop. Staruszka, która nie wróciła do domu na czas?! Słyszysz, jak to brzmi?! Skąd mogłem wiedzieć, że posypią się trupy?!

– Dlaczego go nie zatrzymałeś?

– Sam mówiłeś: to nasz chłopak.

– Nie aresztowałeś go, bo wtedy nigdy byś od niego nie wyciągnął, o co tu chodzi.

Wolański odwrócił się znowu do okna.

– Dopilnuj roboty.

– Szybko się zorientuje.

– Wiem. Chcę mu pomóc, a nie go zgnoić. On wierzy w to, co mówi. Zaprowadzi nas, dokąd trzeba.

– Nie wierzę, żeby kogokolwiek zabił. – Elegancik zmarszczył brwi, wpatrując się w szefa i oczekując jakiejś reakcji.

– Dopilnuj roboty.

Skalferin błyskawicznie pokonał pięciostopniowe schody i pobiegł najszybciej, jak potrafił, w stronę niewielkiego parku. Wiedział, że ktoś go goni, ale chyba był daleko. Autobus? Taksówka? Może park? Nie, bez sensu. Wreszcie wtargnął na jezdnię, wyciągnął odznakę i zatrzymał pierwszy z brzegu samochód – czarną toyotę z przestraszoną brunetką w środku. Dziewczyna pośpiesznie wysiadła. Komisarz wskoczył do wozu, zdążył krzyknąć, że komenda dzielnicowa zgłosi się do niej w ciągu kilku godzin i tyle go widziała.

– Policja polska dziękuje za współpracę! – usłyszała jeszcze zaskoczona obywatelka, żegnając wzrokiem własny samochód, znikający z piskiem opon za pobliskim zakrętem.

Patryk sięgnął do kieszeni po komórkę. Zrobił to, skurczybyk, naprawdę sprawnie. Jak wiesz, mam małe problemy z pamięcią, ale wydaje mi się, że za życia też jeździłem samochodem, i to chyba nieźle. Właściwie… to jestem tego pewien. Kojarzę pewną wycieczkę z Anną gdzieś poza miasto. Przypominam sobie dokładnie okolicę, pogodę i… zapach. Wiesz, jak to jest. Zapach, nieważne z pozoru detale, niewielkie szczegóły można czasem pamiętać dużo dłużej niż teoretycznie istotne fakty, zdarzenia czy sytuacje. Dlatego bywa, że po wielu latach, z niewiadomych przyczyn, robi ci się nagle bardzo przyjemnie, gdy natykasz się na jakiś specyficzny zapach, i sam nie wiesz dlaczego. Nie chodzi tu o jego urodę samą w sobie, tylko właśnie o powiązanie z czymś wyjątkowo przyjemnym, w czym uczestniczyłeś bardzo dawno. Tak jest i teraz… Pamiętam ten zapach. Coś jak… mokra od deszczu trawa. Wilgotny piasek na wiejskiej drodze. A na deser delikatnie chłodny wiatr na twarzy. Pamiętam krzywe drzewo, po którym, gdybym był dzieciakiem, z łatwością wspiąłbym się aż do konarów. Dalej mała polana z wyciętych drzew. Na skraju lasu dzika, zaniedbana łąka z nierówną trawą. Leżeliśmy tam. Było niewygodnie, wszystko uwierało.

Słowem – było wspaniale. Chyba poparzyły nas pokrzywy, a nogi mnie swędziały, zadrapane przez jakieś gałęzie i chwasty sięgające pasa. Przyjemnie uwierało, bolało, swędziało i parzyło. Cisza… Widzę to, jakbym był tam wczoraj, a nawet nie mam pojęcia, w którą stronę musiałbym teraz pójść, by tam wrócić. Ani w jakim byłem wtedy wieku. Nie pamiętam, czy się tam kochaliśmy. W ogóle nie pamiętam, co tam robiliśmy. Ale to musiało być ważne, bo to, czym teraz jestem, zapamiętało zbyt wiele szczegółów z owego dnia. Między innymi fakt, że prowadziłem samochód. Miałem na pewno ważniejsze myśli w głowie niż zmiana biegów czy płynność jazdy, a więc musiałem prowadzić pewnie, dobrze. Widzisz, jakie to fajne rzeczy przypominają się tyle czasu po śmierci?

To chyba musiało być dość dawno. Myślę, że zanim wymyślono telefony komórkowe. A Skalferin właśnie wystukiwał numer telefonu, jednocześnie bardzo szybko prowadząc, i to nie swój samochód. Oglądałem ostatnio z Anną… parę dni przed tymi wydarzeniami… program, w którym gliniarz wygłaszał kazanie o tym, że używanie komórek w czasie jazdy jest groźniejsze niż alkohol. Powiem szczerze, że program był nudny, ale wiesz… nie mogłem nie tylko zmienić kanału, ale nawet tego zaproponować.

– Odbieraj, Rudy! – krzyczał Skalferin, zupełnie nie jak to on, do słuchawki. Ponure spojrzenie na świat chyba mu się nie zmieniło, ale tętno na sto procent podskoczyło, i to niemało! Odkąd go poznałem, miałem faceta za cykającą bombę z opóźnionym zapłonem i muszę ci się przyznać, że cholernie ciekawił mnie wybuch. Ale on, nawet teraz, na swój sposób był spokojny. Działał szybko, zdecydowanie, ale nie czułem w tym chaotyczności. Kiedy wybiegł z komendy, przez chwilę musiał przecież improwizować, ale i to wydawało się płynne i pozbawione zbędnych posunięć. Oczywiście, to tylko wrażenie. Przecież nie mógł przewidzieć na swojej drodze idiotki w zbyt dobrym wozie męża ani tego, co zrobi za moment, chociaż... W chwilę potem pierwszy raz usłyszałem, jak prawie krzyczy. I to do słuchawki, w której długo słychać było tylko buczący przerywany co pewien czas sygnał.

– Tak, słucham? – głos tego całego „Rudego", który był, jak na mój gust, trochę zniewieściały (no, wiesz – zbyt cienkawy jak na mężczyznę), usłyszeliśmy wraz z Patrykiem po długim oczekiwaniu.

– Muszę mieć z powrotem ten list – rzucił do słuchawki bez wstępów Skalferin.

– Nie wiem, o czym mówisz, Patryk – odparł bez nuty zastanowienia Rudy. – Poza tym muszę teraz jechać na badania. Nie mogę się z tobą spotkać.

– Za ile wrócisz z tych badań?

– Za cztery godziny.

– Dobrze, zadzwonię. – Skalferin nacisnął czerwoną słuchaweczkę na aparacie i przyśpieszył, mijając kolejne samochody na jezdni jak pirat drogowy.

Dopiero sporo później dowiedziałem się dokładnie, o co chodzi, ale wtedy osłupiałem. Facet mu mówi, że nic nie wie o liście, a Patryk nawet nie protestuje i się rozłącza. Nietrudno było się domyślić, że Rudy to był właśnie ten człowiek, któremu Skalferin dał list do badania, i to poufnie. A ja dopiero teraz doceniłem jego przezorność. Pewnie w przeszłości też tak robił, kiedy sprawa była niejasna. Tego nie wiem. Ale jeśli szef ma cię za świra, lepiej tak robić, niż później żałować. Faktem jest, że od chwili, kiedy skończył gadkę z kolegą, wziął kurs na konkretne miejsce. Nie zastanawiał się, nie kombinował, którędy łatwiej będzie uciec, tylko po prostu jechał. Dokąd? Do restauracji sushi – Bonsai na Grzybowskiej vis à vis hotelu Radisson, o czym przekonałem się pięć minut później.

Jak ci jednak mówiłem, dużo później się dowiedziałem, o co chodziło. Patryk miał z Rudym ustalony kod. Jeśli sprawa wyglądała tak, że nie można było gadać przez telefon, rozmówca mówił, iż „jedzie na badania". Jeśli miał wrócić z nich za godzinę – spotkanie natychmiast przy pomniku Chopina, za dwie – Grób Nieznanego Żołnierza, za trzy – Starówka, Fukier, cztery – Bonsai i tak dalej. Wspólny był tylko jeden element: spotkanie najszybciej, jak się da.

Rudy wcale nie był rudy, tylko gruby. Mówił tym swoim dziwnym głosikiem jeszcze śmieszniej niż przez telefon. Miał fajne czerwone okulary, trochę podobne do cyngli tego faceta, co robi Wielką Orkiestrę Świątecznej Pomocy, ale ty pewnie nie wiesz, o co chodzi. Nie patrz tak na mnie, może nie umierałem młodo, ale wiedziałem, o co w życiu chodzi. Ta cała młodzież, ci gówniarze myślą, że wszystkie rozumy pozjadali. Że wszystko im się należy. Że mogą potrącić chorą staruszkę wracającą z zakupów, bo jest nieważna i nic jej już w życiu nie czeka. Że Orkiestra kręci się od tylu lat i to tylko ich zasługa. A guzik prawda. Większość pieniędzy pochodzi od ludzi, którzy skończyli pięćdziesiąt lat. Każdy emeryt wysupła choćby kilka złotych, aby dać, a gówniarz pięć razy się zastanowi, czy przypadkiem nie lepiej wydać na gówniary i benzynę do bryk kupionych przez tatusiów. Nie to jest najgorsze, że starość się

Bogu nie udała. Najgorsze jest to, że gnojki w każdym po czterdziestce widzą starucha! Rozumiesz?! W połowie życia! Nie wiedzą nawet, z jakim zapałem piłują gałąź, na której siedzą. Ja też byłem kiedyś gnojkiem. Niewiele sobie mogę z tych czasów przypomnieć, ale co do jednego mam pewność – byłem wtedy kretynem. Pomyśl. Najpierw jesteś dzieckiem, później nastolatkiem, uczysz się, potem może studiujesz i tak, gdy masz dwadzieścia kilka lat, stajesz się dorosły. Młody. I ile to trwa? Kilkanaście lat? I koniec. Bo po czterdziestce gnojki nazwą cię staruchem. I tak, jako „staruch", żyjesz następne czterdzieści, może pięćdziesiąt lat! Zbaczam trochę z tematu? No, bo mnie to, kurczę, denerwuje. Nieważne. Kiedy Skalferin wszedł do restauracji, Rudy już tam był. Nie miał najszczęśliwszej miny. Wyglądał na przestraszonego i poważnie zdezorientowanego. Zamówił zieloną herbatę i lunch z sushi, chlipał biedaczek z filiżanki i dosłownie co kilkadziesiąt sekund poprawiał te swoje okularki. Obaj lubili tę restaurację nie tylko ze względu na świetne żarcie, ale także na „wiszące japonki" czyli kotary odgradzające stoliki z wizerunkami… Japonek. Gdy tylko Patryk usiadł naprzeciwko Rudego, podszedł do nich manager.

– Cześć, Skalfi – uśmiechnął się uprzejmie, pozdrawiając ponownie grubego – Jak leci?

– Cześć, Wąski. Chyba potrzebuję czegoś ostrzejszego – westchnął komisarz.

– Black Tiger?

– Świetnie. Gdyby Tafa zrobił poza tym jeszcze coś urozmaiconego byłoby super, wiesz kilka maków, nigiri…

– Nie ma problemu – odparł pełnym zrozumienia, uspokajającym tonem Wąski, po czym odszedł w stronę kuchni.

– Masz list? – spytał bez niepotrzebnych wstępów Rudego Patryk.

– Nie.

– A gdzie go masz?

– Nie mam. I nie mam zielonego pojęcia, o co chodzi.

Skalferin rozejrzał się uważnie dookoła, po czym wbił wzrok w kolegę.

– Rudy, ja nie żartuję. Gdzie badałeś list?

– U siebie – wybąkał Rudy. – Tak jak prosiłeś. Tam był. Kiedy dzisiaj siedziałem w robocie, ktoś rozpieprzył mi mieszkanie, rozebrał mi meble i laboratorium na czynniki pierwsze. List zniknął, a chata wygląda gorzej niż po wizycie gestapo.

Skalferin zamarł.

– Siedziałeś w nocy w robocie?

– Tak. Było zlecenie. Co tu jest grane, Skalfi?! – jęknął drżącym, zdenerwowanym głosem grubas.

– Mówiłeś staremu?

– Jeszcze nie. Chciałem najpierw gadać z tobą.

– Dlaczego nie zadzwoniłeś wcześniej?

– Wszedłem do domu pięć minut przed twoim telefonem. Mieszkanie było zamknięte na klucz. Nie było śladów włamania, rozumiesz, kurwa?! Jak to możliwe?!

– Uspokój się i nie klnij tutaj, zwracasz uwagę – zbeształ go Skalferin. – Zginął tylko ten list?

– Nie wiem. Zadzwoniłeś, zamknąłem mieszkanie, żeby sąsiedzi nic nie zauważyli i jestem. Nie wiem, co robić. Jakoś mam dziwne wrażenie, że gdybym był w środku, wyglądałbym teraz jak moja szafa! Słyszałem, że Chrząszcz nie żyje, bo kazałeś mu kogoś śledzić. Potem ktoś zdjął faceta, do którego pojechałeś wczoraj wieczorem.

– Kto ci to powiedział? To tajne.

– Nieważne. Ale ty mi teraz powiesz, o co chodzi.

– Lepiej, żebyś nie wiedział.

Do stolika podszedł Wąski, aby podać zupę z krewetkami oraz zestaw sushi, po czym wyczuwając nastrój, postanowił dać chłopcom spokój i bez słowa odszedł.

– Dlaczego nie chciałeś, aby stary wiedział o tym liście, i do czego ci on teraz potrzebny?

Patryk przez chwilę się wahał.

– Nie mam zbyt wiele czasu. Mam ogon. Na razie ich zgubiłem, ale w końcu i tak mnie znajdą.

– Kto cię, do cholery, śledzi?! – Rudy sprawiał wrażenie jeszcze bardziej przerażonego.

Skalferin znowu się rozejrzał. Kilka sekund się zastanawiał, co powiedzieć, a czego nie, i znowu wbił zniecierpliwione spojrzenie w kolegę.

– To wyglądało na małą sprawę. Zaginęła starsza kobieta. W jej mieszkaniu niespodziewanie pojawiła się wnuczka. Piękna dziewczyna. Sonia. Miała list, który ci dałem i... dziwne zaniki pamięci. Dosłownie, to nie przenośnia. Dziewczyna nie wiedziała, jak się tam znalazła. Kazałem ją pilnować Chrząszczowi. Przyjąłem, że to ważny świadek, w dodatku trefnie to wszystko wyglądało. Parę godzin później Janek nie żył, a Sonia zniknęła. Pojechałem do właściciela mieszkania zaginionej kobiety, on też nie żył. Stary wysłał ekipę, aby zbadała obiekt. Przychodzę rano do roboty i się dowiaduję, że tam nigdy z nikim nie rozmawiałem. Nie było nawet skrawka śladu żadnej Soni. Ten list to jedyny dowód, że ona istnieje. Stary mi nie wierzy, myśli, że mi odwaliło.

– Nie masz innych świadków?

– Mam. Sąsiadkę. Stary uważa, że ona konfabuluje. Jest starszą kobietą, ma ponad siedemdziesiąt lat.

– Chcesz powiedzieć, że śledzą cię nasi ludzie?!

– Tak. Zwiałem z fabryki. Stary chciał mnie aresztować.

– Matko Boska... – Rudemu filiżanka o mało nie wypadła z rąk.

– Uspokój się, myślę, że to podpucha.

– Nie kumam.

– Dał mi zwiać. Za łatwo poszło. Pewnie kazał mnie śledzić. Myśli, że nie chciałem mu powiedzieć prawdy. Chyba nie podejrzewa, że to ja ich zabiłem, ale na pewno jest przekonany, że mi odwaliło.

– Skalfi... – Rudy po raz setny poprawił okulary. – Jestem twoim kumplem i wierzę ci, ale większość chłopaków tak myśli. Od dawna. Odkąd próbowałeś... tamtego, patrzą na ciebie... no wiesz. Wielu myśli, że nie powinieneś pracować.

– Ty wiesz, że mi nie odwaliło. Zbadałeś list.

– Nie wiem, skąd go masz. Porównałem tylko dwie próbki pisma, które mi dałeś.

– Ty też mi nie wierzysz?!

– Próbuję ci uwierzyć, ale nie ułatwiasz mi sprawy. Jeśli śledzie powiedzieli, że tam nie było innych śladów, to nie było.

– Czy to możliwe, żeby ktoś całkowicie wyczyścił po sobie wszystko?

– Amator? Raczej nie. Zawodowiec... prawdopodobne.

– Okej. – Patryk swoim zwyczajem zamknął oczy i spuścił głowę. – Jedź do fabryki. Powiedz o swoim mieszkaniu.

– Nie mogę powiedzieć mu o liście. Nie przyjąłem go oficjalnie. Stałbym się…

– Podejrzanym? Jasne. Bohaterski z ciebie policjant.

– Przyjąłem nieoficjalną prośbę! Ten list nie istnieje. – Rudy po raz pierwszy gniewnie spojrzał na Skalferina.

– Nie mów o liście. Teraz to i tak niewiele by dało. Ale nie wracaj do swojego mieszkania. Powiedz, że miałeś włamanie. Niech stary wyśle tam chłopców. Masz gdzie zniknąć na parę dni?

– Jezu…

– Nie becz. Komuś chodziło tylko o ten list.

– Jasne. Ktoś zna mój adres, ma moje klucze, wchodzi do mojego prywatnego laboratorium, zabiera list, o którym wie, że tam jest, a mnie, czyli jedynego świadka tego, co zawierał, olewa?! Tobie rzeczywiście odpierdoliło!

– Jedź i powiedz staremu o włamaniu.

– Chrzań się! – Rudy wstał. – Dzięki za kanał, w który mnie wpuściłeś. Dam sobie radę. Nie wyłaź ze mną. I zapłać mój rachunek.

Grubas wybył z restauracji szybciej, niżby to zrobił duch (wiem, o czym mówię). Ale ja zostałem ze Skalferinem. Byłem niemal pewien, że spróbuje skontaktować się z Anną. I oczywiście miałem rację.

Rozdział 5

Domowy telefon Anny nie odpowiadał, więc – jak się zapewne domyślasz – Patryk był naprawdę zaniepokojony. Myślę, że bardzo żałował błędu, którym było zostawienie jej samej. Trup słał się gęsto, a nawet nie było wiadomo, o co mordercy chodzi. To nie jest tak jak na filmach, że ktoś umiera, staje się duchem, a ja po minucie już robię z nim wywiad. Oni nie budzą się nagle z melancholijnym smutkiem na twarzy przy moim boku, by, patrząc w dal, mówić, ile to jeszcze niezałatwionych spraw im w życiu zostało, a tu, cholera, umarli i teraz muszą się błąkać po świecie. Niestety, nie mam pojęcia, gdzie teraz jest Jan Chrząszcz ani właściciel mieszkania. Nie wiem, co się z nimi dzieje. Wiem tyle, ile wiedział sam Skalferin. No... może trochę więcej. Na swój sposób zdążyłem się już z nim zaprzyjaźnić. Naprawdę go polubiłem, choć mogłoby to o tyle wydawać się dziwne, że on nawet nie mógł przypuszczać, że ma takiego przyjaciela jak ja.

Patryk wiedział, że przyjazd do Anny to automatyczne wpadnięcie w łapy Wolańskiego, czyli tego elegancika, jego szefa, który kazał go śledzić. Udało mu się zgubić kolegów, gdy jechał do Bonsai, i na razie nie chciał, by go znaleźli.

Kiedy kombinował, jak się dowiedzieć, czy Annie nic nie grozi, stała się rzecz niesamowita. Zadzwonił jego telefon, a kiedy odebrał, w słuchawce usłyszał głos mojej żony.

– Masz kłopoty, Patryk? – spytała profesjonalnie jak na filmie.

– Anna?! Nic ci nie jest?! – na chwilę się zapomniał. – Przepraszam, gdzie pani...

– Proszę cię o jedno – przerwała zdecydowanie. – Od ponad roku nikt nie wymawiał mojego imienia. Jeśli jeszcze raz powiesz do mnie „pani", odłożę słuchawkę i tyle się dowiesz.

Skalferin nie dał się długo prosić.

– Naprawdę dobrze cię słyszeć, Anno, wspaniale, że dzwonisz – w jego głosie wyczułem prawdziwą radość. Dziwne, że w ogóle był do niej zdolny. Myślę, że specjalnie powtórzył jej imię, aby sprawić staruszce przyjemność.

– Mam ogon! – poskarżyła się, kolejny raz starając się nie wychodzić z roli.

Skalferin oniemiał. Oczywiście był niemal pewien, że ją obserwują, ale wolał, gdy jej słownictwo pasowało do wieku.

– Znaczy się... śledzą cię?

– Nie. Mam wstydliwy problem przy końcu kręgosłupa! No jasne, że mnie śledzą. – Ania była wesoła, jakby najarała się marihuany.

– Posłuchaj, to nie zabawa. Trochę się pokomplikowało... – próbował nadać rozmowie poważniejszy ton.

– Zazwyczaj trup komplikuje trochę życie. A my mamy aż dwa! – jej głos wciąż był rezolutny, ale już stateczniejszy.

– Nie tylko o to chodzi. Wyjaśnię ci później. Skąd dzwonisz?

– Z bezpiecznego telefonu – usłyszał konspiracyjny szept.

Skalferin opuścił bezradnie głowę. Miał na karku babcię, która wyraźnie zapomniała, że to nie serial kryminalny w jej przestarzałym telewizorze.

– Anno…

– Posłuchaj, młody człowieku – przerwała mu po raz kolejny. – Wyszłam z domu, bo zauważyłam, że jakiś samochód w dwoma gogusiami w środku od wczesnego ranka stoi przed moim blokiem. Kiedy wsiadłam do autobusu, cały czas jechali za mną. Gdy wysiadłam, szli za mną. Muszą być wspaniali w swojej robocie, skoro siedemdziesięciolatka się zorientowała, że jest śledzona.

No, trochę się odmłodziła, ale zawsze tak robiła.

– Domyśliłam się, że nie możesz przyjechać – kontynuowała. – Więc odciągnęłam ich od domu i po raz pierwszy w życiu kupiłam sobie telefon komórkowy w jakiejś młodzieżowej sieci.

– Brawo! – ucieszył się znowu Skalferin.

– Wiesz, jaki to wydatek dla emerytki?

– Wiem, przykro mi… – Zrobiło mu się głupio.

– Nie wiesz. Dostałam go za złotówkę. Bardzo miły pan wytłumaczył mi, jak to obsługiwać, i wsadził mi kartę na czterdzieści minut rozmowy. Trochę dziwne, że to małe pudełko nie ma kabla, ale lubię nowoczesność.

– Anno… – Patrykowi wciąż nie było do śmiechu. – Nawet tacy idioci jak ci, którzy cię śledzą, mogą się domyślić, że dzwonisz do mnie, skoro weszłaś do sklepu z telefonami.

– Do biura obsługi sieci… no, jakiejś tam. Nie pamiętam – poprawiła po nauczycielsku.

– Oczywiście. Gdzie teraz jesteś?

– A jak myślisz? Gdzie mogę być, aby spokojnie z tobą rozmawiać?

– W klubie seniora? – nie wytrzymał Patryk.

– W kiblu!

Skalferina ponownie zatkało.

– W domu towarowym – uszczegółowiła.

– Skoro jesteś, Anno, w damskiej toalecie... – Chyba nawet jemu zachciało się śmiać. – ...to wyrzuć do sedesu moją wizytówkę i spokojnie stamtąd wyjdź.

– Masz jakiś pomysł?

– Chyba tak. Gdzie jest ten dom towarowy?

– Na Mokotowie.

– Wspaniale. Czy możesz jakoś dotrzeć do ulicy Odolańskiej?

– Oczywiście. Jestem dziś w świetnej formie.

– Wiesz, gdzie to jest?

– Patryku! – znowu przyjęła ten krytyczny, nauczycielski ton. – Mieszkam w tym mieście dwa razy dłużej, niż ty żyjesz.

Tym razem to przesadziła ze swoim wiekiem w drugą stronę. Ale byłem dumny. Ta dydaktyka w niej, zawsze mnie podniecała.

– To niewielka ulica. Mam tam znajomego fryzjera – kontynuował Skalferin. – Zadzwonię do niego, będzie na ciebie czekał. Chłopców zostawisz w ten sposób przed wejściem. Do tej pory nie próbuj ich zgubić. Jestem w tej chwili w wozie, jadę tam.

– Jeszcze jakieś prośby?

– Może byś poudawała staruszkę?

– Jak długo? – Anna znowu poweselała.

Biedny, załamany Patryk głęboko nabrał powietrza do płuc.

– Fryzjer będzie ci układał włosy. Dam mu w odpowiednim momencie znać, żeby pozwolił ci wyjść drugim wejściem. Tam będę czekał. W ten sposób ich zgubimy.

– W jakim samochodzie?

– Nie wiem. Po drodze coś zaimprowizuję. Muszę zmienić wóz.

– Dobrze. Wychodzę – zdecydowała odważnie Anna. – Jeszcze pomyślą, że przez nich dostałam niestrawności.

– Słusznie. To by było niedopuszczalne. – Skalferin rozłączył się i o mało nie zjechał z jezdni na krawężnik, ale zanim zdążył wyrżnąć w słup, jakoś się jednak opanował.

Anna spokojnym krokiem wyszła od fryzjera. W małej uliczce Skalferin czekał na nią w sportowej mazdzie. Uchylił okno i poprosił uprzejmym, ale zdecydowanym gestem, aby jak najszybciej wsiadła.

– Nie są może za bystrzy, ale w końcu się zorientują – wyjaśnił, gdy z niemałym trudem mościła się na siedzeniu pasażera.

– Strasznie niski ten samochód, niewygodny – pożaliła się.

– Ale za to szybki.

– Twój?

– Nie.

– A czyj?

– Nie wiem.

– Mówiłam – westchnęła Anna. – Niegrzeczny z ciebie chłopczyk. Dwója ze sprawowania.

– Teraz są już jedynki – przypomniał Skalferin, ostrożnie wyjeżdżając na główną ulicę.

– I tak nigdy nie lubiłam stawiać uczniom stopni ze sprawowania. Mógłbyś mi powiedzieć, dlaczego mam tych policjantów na głowie? – zmieniła temat, tonem głosu wyraźnie przesyłając mu nieskrywaną pretensję.

Policjant głośno westchnął.

– Mój przełożony nie uwierzył w naszą opowieść.

– W naszą opowieść?!

– Tak. Nie wierzy, że Sonia w ogóle istnieje.

– W takim razie jest idiotą. Niech wyśle tych swoich błyskotliwych pracowników do tego mieszkania, zamiast do ścigania starszych ludzi spokojnie spacerujących po ulicach.

– Wysłał. I to specjalistów.

– Nic nie słyszałam.

– Bo tamci akurat znają się na robocie.

– I nic nie znaleźli?

Patryk pokręcił przecząco głową.

– Mało tego. Stwierdzili, że prócz ciebie, Anno, Kowala, mnie i Marty Lamer nikogo nie było tam od tygodni. Zdjęli pewnie z twojej klamki odciski palców. Nie mam pojęcia skąd mieli próbki.

– To niemożliwe!

– Możliwe. Codziennie otwierasz klamką drzwi.

– Nie o tym mówię!

– No niestety. Uważają, że ja mam zwidy i rozmawiam z nieistniejącymi kobietami, a ty starczo konfabulujesz lub popierasz moje zdanie z powodu bliżej nieokreślonych korzyści.

– Nikt ze mną na ten temat nie rozmawiał.

– Ja im o tym mówiłem. Powiedziałem, że jesteś moim jedynym świadkiem.

– Może ktoś cię… jak to mówią w filmach, wrabia?

– Po co? – Patryk wzruszył bezradnie ramionami, po czym mocniej ścisnął kierownicę. – Zresztą musiałby to być ktoś z policji. I to ktoś na tyle potężny, że miałby władzę, aby nie tylko sfałszować badania, przekupić lub nastraszyć laborantów i ekipę, ale także zabić swojego kolegę oraz innego niewinnego człowieka. To nie trzyma się kupy. Dla nikogo nie jestem tyle wart. Sto razy łatwiej byłoby mnie po prostu zlikwidować.

– Może masz rację. – Anna postanowiła przejąć obowiązki obserwatora. Wyjęła z torebki okulary i zaczęła dokładniej niż do tej pory obserwować ulicę.

– Nie jestem nikim ważnym – ciągnął Skalferin. – Dostaję błahe sprawy. Ten sam szef, którego nazywasz idiotą, trzyma mnie, abym miał z czego żyć. Po moim… – Na chwilę zamilkł, ale szybko opanował emocje, aby nie prowokować Anny do dyskusji na ten temat. – Po moim wypadku powinien mnie zwolnić.

Moja żona oczywiście już miała na końcu języka komentarz na temat „wypadku", ale tym razem się powstrzymała.

– On nie śledzi nas po to, aby mi zrobić krzywdę – Skalferin znowu przeszedł na swój znany, ponury ton. – Sądzę, że chce rozwikłać zagadkę, ale i chronić mnie.

– To co teraz robimy?

– Nie wiem. Muszę pomyśleć. Na razie jadę za miasto.

– Jeśli rzeczywiście jest tak, jak myślisz. Uciekając przed śledzącymi, potwierdzasz jego teorię.

– Ktoś bardzo groźny zabija, a Sonia istnieje. Oboje to

wiemy. Być może, gdyby nie ty, sam bym uwierzył, że do reszty postradałem już zmysły. Ale ty istniejesz, prawda?

– Ponad wszelką wątpliwość.

– I na pewno widziałaś młodą kobietę w mieszkaniu Marty Lamer?

– Rozmawiałam z nią.

– A więc sami musimy udowodnić, że mamy rację. Oni nam nie pomogą. Gliny nie lubią, jak ktoś zabija gliny. Uwijają się teraz jak w ukropie, aby znaleźć zabójcę Chrząszcza, a my jesteśmy dla nich tylko bocznym śladem.

Skalferin zauważył, że od pewnego czasu Anna słucha go mniej uważnie i mruży oczy, jakby nad czymś szczególnie głęboko myślała.

– Boli cię? – zaniepokoił się.

– Nie. Szklanka – odpowiedziała, nadal poważnie skupiona.

– Nie rozumiem.

Teraz dopiero odwróciła się w jego stronę.

– Powiedziałeś, Patryku, że oddałeś list do laboratorium.

– Niezupełnie. – Policjant westchnął boleśnie. – Oddałem go zaufanemu oficerowi naukowemu, który zbadał go we własnym laboratorium. Ale list zniknął. Ktoś go wykradł.

– Możesz się z nim skontaktować? – Anna chyba miała naprawdę niezły pomysł, skoro zostawiła kradzież listu kompletnie bez komentarza.

– Trochę to ryzykowne, ale mogę.

– Zadzwoń więc i zapytaj go o szklankę.

Patryk uniósł brwi w zdziwieniu.

– Kiedy z nią rozmawiałam ostatni raz, była bardzo zdenerwowana – ciągnęła Anna. – Piła wodę ze szklanki, która, kiedy wychodziłam, na pewno stała na stole. Może jej nie umyła, może dalej są na niej odciski palców albo DNA? Szklanka miała wzorek w takie... babcine kwiatki. Wiesz na pewno, jakie szklanki kupują babcie. Ta była w jakieś czerwone maki, dokładnie nie widziałam.

– DNA?

– Patryku. Może nie jestem najmłodsza, ale wykształcona – owszem. W ślinie można przecież wykryć DNA.

– Wiem, Anno, ale to nie ma sensu. Gdyby ta szklanka zawierała cokolwiek ważnego, na pewno bym o tym wiedział. Oni nic tam nie znaleźli!

– Możesz do niego zadzwonić? – upierała się staruszka.

Skalferin mijał właśnie Ursynów i jechał w stronę Piaseczna.

Przez długi czas nic nie mówił.

– Jeśli zadzwonisz, powiem ci coś ważnego, co naprowadzi cię na ślad Marty Lamer. – Anna zmarszczyła gniewnie brwi.

Patryk raptownie odwrócił się w jej stronę.

– Z kim rozmawiałaś?

– Zadzwoń, proszę, do laboranta.

– Dlaczego tak się upierasz Anno?

– Patrz na drogę, nie na mnie. I dzwoń.

Patryk zawsze złościł się tak, by na zewnątrz było to ledwie widoczne. Miałem wrażenie, że mimo wszystkiego, co go dręczyło, mimo potwornych myśli, z którymi musiał żyć, cały czas umiał decydować o tym, co otoczenie może zobaczyć, a czego nie.

Chyba po raz pierwszy Anna go rozdrażniła. Zwolnił, sięgnął po telefon i wybrał numer.

– Możesz rozmawiać? – spytał Rudego bez wstępów, jak to miał w zwyczaju.

Usłyszał chwilową ciszę, po czym zniecierpliwiony głos grubasa.

– Przez chwilę tak. Czego chcesz?

– Prosić cię o ostatnią przysługę w tej sprawie. Jest szansa, że mnie wysłuchasz?

– Niewielka.

– Jesteś oficerem naukowym, masz dostęp do naszego laboratorium. I dostęp do wyników badań.

– Wiem o tym.

– To trudne, ale czy mógłbyś tam pojechać i znaleźć wynik badania jednego przedmiotu z mieszkania Marty Lamer?

Znowu chwila ciszy.

– To nie jest trudne. O który przedmiot ci chodzi?

– O szklankę. Kiedy ostatni raz tam... byłem, stała na stole. Za ile mógłbyś to mieć?

Anna jakoś przełknęła zniewagę pomijającą jej rolę i kłamstwo Skalferina.

– Za chwilę. Jestem tutaj.

– Jesteś w laboratorium?!

– Tak. Powiedziałem szefowi o włamaniu. Wysłał tam chłopców, a mnie kazał jeszcze raz przejrzeć wyniki z nocy, a w razie wątpliwości jeszcze raz je przebadać.

– To ty badałeś mieszkanie Marty Lamer!

– Między innymi ja. Nie musiałem ci o tym mówić.

– I była tam szklanka, o którą mi chodzi?

– Stała na stole. Kolorowana na czerwono wzorem w maki.

Skalferin nabrał głęboko powietrza do płuc i spojrzał, pełen niepokoju, na Annę.

– Masz gdzie spać? – spytał Rudego z prawdziwą troską w głosie.

– Tak. Mogę pomieszkać u Rodziewicza. Dwa tygodnie temu opuściła go żona. Przyda mu się towarzystwo.

– To twój przyjaciel… Mówiłeś mu o liście?

– Nie. Ale powiedziałem, że się trochę boję i do czasu wyjaśnienia sprawy chciałbym pobyć poza domem. Uznał, że po śmierci Chrząszcza ostrożności nigdy nie za wiele. Poza tym, jak ci mówiłem, potrzebuje teraz wsparcia.

– Jak na ironię ja również. Masz tę szklankę?

– Stoi przede mną wraz z wydrukiem wyników. Po co ci ona?

– Ponad wszelką wątpliwość piła z niej Sonia, na krótko przed tym, jak zniknęła.

Tym razem cisza w słuchawce była dłuższa.

– Patryk… – zniecierpliwiony głos Rudego zdradził zaniepokojenie.

– Są tam jakieś odciski?

– Patryk… – powtórzył jeszcze bardziej zaniepokojony grubas. – Naprawdę potrzebujesz pomocy.

– Wiem, przeczytaj mi wyniki!

– Nie wiesz. Na szklance są wyraźne odciski palców i wyodrębnione DNA. Są tożsame z licznymi innymi w mieszkaniu, włącznie z tymi, które znajdowały się na przedmiotach, o których na pewno wiadomo, że dotykała ich właścicielka mieszkania. Mamy niezbite dowody. A odciski i DNA ze szklanki należą ponad wszelką wątpliwość do Marty Lamer! Patryk… Przestań uciekać. Wróć. Wiem, że to rozumiesz. Potrzebna ci pomoc.

Skalferin wypuścił telefon z rąk. Ostatnim wysiłkiem zahamował, zjeżdżając na pobocze. Po raz pierwszy, odkąd go spotkałem, mogłem czytać z jego twarzy jak z nut. Był przerażony.

– Spokojnie... – Anna ciężko oddychała. Niepokoiło mnie to, że znowu trzymała dłoń z prawej strony podżebrza... Bolało

– Jestem spokojny – skłamał Skalferin.

– To musi mieć jakieś wytłumaczenie...

– Albo mieliśmy zbiorową halucynację, albo siedemdziesięcioletnia, pewna siebie kobieta oraz atrakcyjna, zagubiona, z objawami amnezji dwudziestolatka to ta sama osoba. A ty obie je widziałaś w przeciągu dwóch tygodni. Co wybierasz, Anno?

– O ile wiem, nie istnieją takie halucynacje. – Moja żona wyglądała coraz gorzej. – Podaj mi torebkę, Patryku, jest na tylnym siedzeniu. Muszę wziąć proszki.

Skalferin sięgnął za plecy.

– Halucynacje, niestety, istnieją. I podobno niekiedy bywają bardzo realne. – Podał jej torebkę.

– Biorę dość mocne leki, ale nie aż tak, aby mieć zwidy – jęknęła Ania. – Poza tym widzieliśmy ją... i ty, i ja. Ale osobno. A więc odpada zbiorowa halucynacja. Tak samo ją zapamiętaliśmy, ze szczegółami. Poza tym – szklanka. Wyraźnie widziałam, jak ją bierze, nalewa sobie wodę i pije z niej, po czym stawia na stole. Nie było jej tam wcześniej.

– Wiem – przytaknął, wciąż zagubiony w tym wszystkim, policjant. – Przed wyjściem z jakiegokolwiek pomieszczenia, poza komendą, w której przesłuchuję, instynktownie zapamiętuję jak najwięcej szczegółów. Kiedy wychodziłem, na pewno na stole nie stała żadna szklanka. Nawet jeśli Marta Lamer wróciła, to przecież nie po to, by wytrzeć wszystkie odciski palców wnuczki i zostawić swoje, po czym znowu zniknąć. To jeszcze bardziej nonsensowne niż podejrzenie, że potrafi młodnieć!

– Patryku... – Ania łyknęła dwa proszki. Zawsze robiła to bez popijania. – Myślę, że ktoś wyraźnie próbuje coś ukryć, a my stanęliśmy mu na drodze. Na ile ufasz swojemu koledze z laboratorium?

– Ufam mu, poza tym takie badania są nie do sfałszowania. Już to przecież omawialiśmy. A nawet jeżeli... to za mała sprawa.

Moja żona wyprostowała się dumnie.

– A skąd wiesz, jak ważna i duża to sprawa? – spytała naprawdę poważnym tonem. – Może nie chodzi o nas ani nawet o policję. Może chodzi o coś znacznie, znacznie większego...

Skalferin wolno odwrócił wzrok w stronę staruszki.

– Anno... Czego się dowiedziałaś?

– Na twoim miejscu pojechałabym do Krakowa. – Chciała się uśmiechnąć, ale ból znowu lekko wykrzywił jej twarz.

Moja żona Anna ma wielkie, chabrowe oczy, w których ten rzadki rodzaj jesiennego smutku nietrudno dostrzec takim jak ja, ale... z tobą chyba jednak jest inaczej. Ty przecież jesteś inny. Nigdy nie potrafiłbyś być taki jak Patryk Skalferin i pewnie dlatego patrzysz teraz na mnie chłodnymi oczami, starasz się zrozumieć to, co dla ciebie niepojmowalne, pewnie dlatego... teraz rozmawiamy. Ale nawet ty chyba rozumiesz, że dopóki żyjemy, tak trudno być pewnym czegokolwiek... Niemal wszystko jest możliwe i prawie nic nie jest pewne.

Jej już nic nie czekało. Miała przeżyć kilka cichych tygodni, a potem umrzeć nieistotną śmiercią, być może nie wiedząc nawet, że cały czas jestem przy niej. Teraz jednak ten niepozorny człowiek spowodował, że w pogodzone z przeznaczeniem spojrzenie kobiety wdarło się życie, by podarować jej jeszcze kilka ważnych chwil.

Kiedy Skalferin poprzedniego dnia odjechał spod jej domu, wieczorem do drzwi zastukał... chyba mówiłem ci o nim – Łukasz. Idiota, ale bywa czasem nieoczekiwanie przydatny. Wpadał zwykle na kilka minut, lecz teraz został na trochę dłużej i powiedział jej kilka znacznie ważniejszych rzeczy niż wszystkie te, o których od niego usłyszałem przez parę ostatnich lat. Sąsiedzi niewiele wiedzieli o Marcie Lamer, jednak oczywiście ten samotny, stary dziad zboczeniec nie wytrzymałby, gdyby nie wykorzystał sytuacji. Ostatnio rzadziej wpadał do Anny, bo – jak się okazało – częściej widywał się z jej sąsiadką!

– Trochę była dziwna, nigdy nie zaprosiła mnie do domu – żalił się mojej zdumionej żonie. – Ale tyle razy zaczepiałem ją na spacerze, że w końcu nawiązała rozmowę. Nawet była miła. Podobno ma wnuczkę gdzieś za granicą, a pochodzi z Gdańska.

– Często rozmawialiście? – spytała.

– Tak. Chodziliśmy na spacery. Była rześka jak na swój wiek.

– O czym? – to pytanie zaskoczyło nawet Łukasza.

Zareagował na nie staroświeckim, zalotnym spojrzeniem, po czym uroczyście oświadczył:

– O niczym ważnym. Czyli o życiu – zaakcentował filozoficznie. – Często ktoś do niej dzwonił. To przerywało rozważania i mnie denerwowało.

– Nie wiesz, kto dzwonił? I czy to była ta sama osoba?

W takim momencie nawet ktoś tak mało bystry jak Łukasz nabiera podejrzeń. Staruch zmarszczył brwi i pokazał mojej żonie swój najbardziej drażniący uśmieszek.

– Anno… dlaczego ona cię tak interesuje? – spytał prawie inteligentnie. Nie odważył się na szczęście „żartować" na temat jej ewentualnej zazdrości. Odkąd wiedział, że jest chora, swoje poczucie humoru – ku chyba nie tylko mojej uldze – zachowywał dla siebie.

– Jest moją sąsiadką od paru miesięcy, a nic o niej nie wiem. To frustrujące. – Anna niewinnie rozłożyła ręce.

Znała dobrze Łukasza i wiedziała, że gdyby za wścibstwo dawali medale, z pewnością na ścianach w swoim mieszkaniu nie miałby już wolnych miejsc.

– Kilka razy dzwonił do niej jakiś naukowiec z Krakowa – wyszeptał, jakby ktoś podsłuchiwał pod drzwiami.

– Skąd wiesz?

– No cóż… miałem okazję zerknąć na ekran komórki. Jestem po siedemdziesiątce, ale wzrok, chwalić Boga, wciąż mam lepszy od wielu młodych.

– Jesteś dalekowidzem, Łukaszu – przypomniała, kręcąc głową, jakby upominała niegrzecznego ucznia. – Bez okularów z bliska nawet nie widzisz, co jesz!

Staruch machnął ręką.

– Widzę to, co ważne! Ona zawsze, jak siadała na ławce,

kładła sobie telefon na kolanach, jakby bała się, że nie zdąży odebrać. Gdy szła, nie chowała go do torebki, tylko do kieszeni płaszcza, jak młodzi. Dzwonił do niej mężczyzna, który nazywał się profesor Młodzianowski.

– A na imię?

– Skąd mogę wiedzieć? Tylko tyle się wyświetlało. Dzwonił często, bo na niego miała nastawiony inny dzwonek. W tym się zorientowałem już po kilku dniach.

– Często ją widywałeś?

– Patrzyłem z okna, jak wychodziła, i „przypadkowo" ją spotykałem. Miło się z nią gawędziło. Tylko strasznie szybko chodziła, jak dla mnie. Kilka razy odprowadziłem ją na przystanek autobusowy.

– Skąd wiesz, że ten profesor był z Krakowa?

– Bo ona też czasem do niego dzwoniła i nie zawsze na komórkę, tylko na stacjonarny, bo wystukiwała kierunkowy 12.

Anna zebrała się w sobie i pokonując wyrobioną przez tyle lat życia delikatność i kulturę, zapytała powoli:

– A o czym rozmawiała… pamiętasz?

– Nigdy nie byłaś taka ciekawska. – Uśmiechnął się w swoim stylu, czyli po prostu obleśnie.

– Na stare lata sklerowacieję. – Ania zrobiła niewinną, bezradną minę.

– Zawsze grzecznie dawała do zrozumienia, że musi porozmawiać i odchodziła. Wiedziała, co robi. Ten profesor mówił głośno, jakby był głuchy. Zawsze pierwszych kilka słów mogłem usłyszeć. Raz powiedział: „jeszcze nie mam", potem: „mam to dla ciebie" (po tym się domyśliłem, że się dobrze znali), następnie: „musisz przyjechać", a nawet usłyszałem: „on zniknął".

– Na pewno takie rzeczy usłyszałeś czy opowiadasz mi jakiś detektywistyczny film?

– Oj, no już dokładnie nie pamiętam. – Machnął ręką. – Ale i tak to, co mówiła, i w ogóle to, że odchodziła, było tajemnicze – stwierdził nieco obrażony Łukasz.

– Mówisz, że często do niej dzwoniono…

– Najczęściej on. Ale i po niemiecku raz gadała, po angielsku. Mądra kobieta. I raz chyba z tą wnuczką albo jakąś młodą osobą, bo mówiła do niej „drogie dziecko".

Łukasz długo jeszcze opowiadał, tłumaczył, co tylko chciała usłyszeć Anna, koloryzując całą historię – oczywiście na tyle, na ile pozwalał mu jego mały móżdżek – i próbując ze swoich spotkań z panią Lamer uczynić serial sensacyjny. Biedny nudziarz nie wiedział, że niepotrzebnie się stara. Nie miał nawet pojęcia, jak ważne rzeczy mówi.

– Jak mogę pomóc? – spytał zaniepokojony Skalferin.

– Nie przejmuj się tym – uspokoiła go Anna. – Za parę minut będzie trochę lepiej. Dlaczego stajemy?

– Muszę wyjąć komputer, znajdziemy profesora, o którym mówiłaś.

– Łukasz to przemiły mężczyzna, ale niestety mitoman. Opowiedziałam ci o tym, bo to może być ewentualnie jedyny ślad.

Moja żona słusznie głęboko westchnęła. Stary dziad potrafił opowiadać takie banialuki, że aż głowa bolała.

Patryk odpalił laptopa i pracował na nim nie dłużej niż dziesięć minut.

– Wiesz, jak go znaleźć? – Ani wyraźnie się poprawiało.

– Tak. – Policjant zamknął komputer.

– To takie proste?

– Właśnie... za proste – mruknął jakby do siebie.

– Jeśli to istotnie ten... – Staruszka znowu boleśnie westchnęła. – Łukasz naprawdę umie zmyślać.

– Profesor Sebastian Młodzianowski, historyk – zacytował z pamięci Patryk. – Specjalizuje się w drugiej wojnie światowej. Główna Komisja Badania Zbrodni Hitlerowskich, Instytut Pamięci Narodowej – Komisja Ścigania Zbrodni przeciwko Narodowi Polskiemu.

– Ściga zbrodniarzy hitlerowskich?

– Prowadzi długoletnie badania. Zajmuje się opracowywaniem, interpretacją, analizą dokumentów; wszystko jest w Internecie, nawet tytuł pracy doktorskiej, coś na temat Żydów aszkenazyjskich i eksperymentów medycznych hitlerowskich lekarzy. Potem dokładnie się w to wczytam. Na razie nic tu się nie trzyma kupy. Czego Marta Lamer mogłaby od niego chcieć?

– Wiedzy – odparła bez namysłu Anna. – Może jako pokrzywdzona szuka czegoś na temat swojej rodziny? Nie wiem.

Skalferin pokręcił głową raczej bez przekonania.

– Niemal każda rodzina polska była pokrzywdzona przez nazizm. Co to może mieć wspólnego z zabójstwami policjanta i zwykłego handlarza mieszkaniami? Ponad wszelką wątpliwość nie byli zbrodniarzami wojennymi. Pierwszy nawet nie znał tej kobiety.

Anna długo milczała.

– Jakimś cudem ona umie młodnieć – powiedziała cicho po chwili.

– To niemożliwe! – żachnął się Skalferin.

– A jak wytłumaczysz fakt, że ma takie same odciski palców i DNA jak jej „babka"?

– Nie wiem. Musi być jakieś wytłumaczenie. To nonsens! Nie można odmłodnieć w kilka dni. Słyszałem o chorobach, po których można się zestarzeć szybciej niż zwykle, ale nie odwrotnie!

Anna wolno odwróciła twarz w kierunku Patryka.

– Istnieją na świecie rzeczy, których nie umiemy wytłumaczyć. Ja na przykład wierzę głęboko, że mój mąż patrzy na mnie gdzieś tam z góry. Mam czasem nieodparte wrażenie, że jest przy mnie. Że mi pomaga, troszczy się o mnie.

Możesz sobie wyobrazić, co poczułem, jak to usłyszałem, ale Skalferin nadal był niewzruszony. Ta jego chorobliwa szarość w oczach zamieniła się teraz w jakiś niewytłumaczalny bunt. Splin obrócił się w pozbawiony nadziei protest. Stąd się zrodziło wrażenie, które niewątpliwie wtedy odniosłem, że ten głaz – pozbawiony na co dzień motywacji, chęci, celu, a więc i strachu – zaczął nagle… panikować. Nieważne, że nie umiał poskładać wszystkiego w całość. Najgorsze dla niego było to, że w jego świecie nie mogło zabraknąć prawdy. A to, co było jedynym śladem i co na razie nie posiadało alternatywnego rozwiązania, nie miało prawa istnieć, więc było zaprzeczeniem prawdy.

– Uznaję irracjonalność wiary. Nie drażni mnie opieranie sensu istnienia na Bogu – mówił takim tonem, jakby sam sobie chciał udowodnić to, czego w istocie udowodnić się nie da. – Ale to zupełnie co innego. Próbujemy zaakceptować nonsens. A to oznacza, że gdzieś tkwi błąd, że wychodzimy ze złego założenia. Nie wiem, co źle zinterpretowaliśmy, ale

115

Anno... W naszej fizyce ludzie nie młodnieją, chociaż być może bardzo byśmy tego chcieli. W porządku; widziałem w kinie *Ciekawy przypadek Benjamina Buttona*, ale nawet on, fikcyjna postać, robił to cholernie wolno.

Moja żona uczyniła to, co pewnie i ja bym w tym momencie zrobił. Rozłożyła ręce, jakby chciała powiedzieć „jak sobie chcesz", po czym spytała:

– Co w takim razie zamierzasz?

– Odwiedzę tego profesora. Mimo wszystko. Choć gdybym ja miał problemy z pamięcią, młodnieniem, DNA, rozdwojeniem osobowości i podobnymi „drobiazgami"... to raczej nie jechałbym do historyka, tylko do jakiegoś psychiatry albo przynajmniej genetyka.

– Rozumiem, że nie zostawisz mnie w Warszawie na pastwę tych okropnych morderców? – upewniła się Ania, robiąc przy tym odpowiednio zatroskaną minę.

– Muszę najpierw coś zrobić. – Skalferin, moim zdaniem, specjalnie nie dawał się wciągać mojej żonie w jej babskie pułapki i obawiam się, że bardzo byłby jej wdzięczny za chwilę milczenia, a przynajmniej niepodejmowanie tego tematu. Miał na głowie nadaktywną staruszkę, dwa morderstwa, ścigających go gliniarzy, a do tego znikającą kobietę w dwóch (a może trzech?) postaciach. Przecież oprócz babki i wnuczki podobno istniała też i matka!

Patryk słusznie zakładał, że i tak ma już nieźle nakopane w biednej głowie, więc jeszcze kilka takich przeżyć i dobrowolnie odda się w ręce odpowiednich lekarzy, jak sugerował Rudy, czyli wiesz... ten gruby.

– Jeśli gonią nas twoi bystrzy koledzy, to może jednak się pośpieszmy – zaproponowała delikatnie Anna.

116

– Oni nie chcą nas złapać. Jestem tego prawie pewien. Chcą tylko za nami jechać – odparł Skalferin, wpatrzony w przednią szybę. – Ale ja muszę ukryć dzieciaki i żonę. Na wszelki wypadek. Prędzej czy później osoba, która odwiedziła Chrząszcza i Kowala, będzie chciała odwiedzić także mnie.

Widzisz, jaki bystrzak z tego Patryka? Przecież dokładnie tak było!

Skalferin pożyczył od Anny telefon i szybko wykręcił numer żony.

– Czy to nie za duże ryzyko? – Ania, zadając to pytanie, mimowolnie rozejrzała się dookoła.

– Nie mam wyjścia. Nie wiem, o co tu chodzi, muszę chronić rodzinę. Twój telefon trudniej zlokalizować.

– Tak? – głos żony Patryka był nieco zachrypnięty.

– Martyna... – Skalferin stał się znowu profesjonalnie, nadludzko wręcz spokojny. – Jest mało czasu. Nie denerwuj się, mam do ciebie prośbę, a nie mogę dziś wrócić do domu.

Usłyszał jej przyśpieszony oddech. Nic nie mówiła. Słuchała.

– Postaraj się, aby Kasia nie zorientowała się, co do ciebie mówię. Muszę wyjechać.

– Na długo?

– Mam nadzieję, że nie. Ale chciałbym, abyś wzięła dzieci i też z nimi wyjechała.

Skalferin wiedział, jak odczytywać reakcje Martyny. Była żoną policjanta i umiała nie panikować w trudnych sytuacjach, ale też szybko wyłapać ze słów męża znacznie gorsze wieści niż to, jak wyglądały na pierwszy rzut oka. Jej oddech teraz już nie tylko był przyśpieszony, lecz także wyraźnie drżał. Bez sensu było pytać: „Jezu, co się stało?!" i otrzymać odpowiedź: „Nie mogę ci teraz powiedzieć, to tajne". Patryk miał pewność, że akurat w takich momentach w większości wypadków może na nią liczyć.

– Wyjedź tam, gdzie ustaliliśmy, na wypadek gdyby były problemy – mówił dalej. – Na ile znam moich kolegów, już masz telefon na podsłuchu. Pomogą ci. Być może nie dostrzeżesz ich, ale będziesz bezpieczna.

– Nie ma Daniela – Martyna niemal szeptała do słuchawki, aby Kasia nie usłyszała rozmowy. Ku przerażeniu Patryka, zaczęła płakać.

– Martuś... spokojnie – głos Skalferina niezmiennie brzmiał kojąco. – To tylko środki ostrożności. Nic się wielkiego nie dzieje.

– I twoi koledzy zakładają nam podsłuch?

– To nic poważnego, ale wiesz, jak czasem jest. Teraz muszę skończyć pewną sprawę, a chcę wiedzieć, że z wami wszystko okej. Gdzie jest Daniel?

– Z profesorem. Zabrał go dziś rano. Dziś jest drugi wykład, nie pamiętasz?

– A tak. Dobrze. Znajdę go i zabiorę.

– Zabierzesz naszego syna?!

– Zrobię to szybciej niż ty. Nie mamy innego wyjścia.

– Polecieli...

– Wiem, dokąd polecieli – przerwał jej Skalferin. – Muszę kończyć. Weź Kasię i zrób, o co proszę.

Rozłączył się.

– Gdzie jest twój syn? – spytała zaniepokojona Anna.

– Właśnie ląduje w Katowicach. Będziemy mieli po drodze.

– Chcesz zabrać dziecko?

Patryk zawiesił krytyczne spojrzenie na mojej żonie.

– No, jednak mimo wszystko staruszka to co innego niż dziecko! – Ania wyraźnie przystąpiła do skomasowanej obrony.

– Nie mam innego wyjścia – mruknął ponuro. – Będzie oryginalnie. Takiej ekipy nie znalazłabyś w żadnym kryminale – dodał wisielczo.

Rozdział 6

Ciekawość nieboszczyka nie ma granic. Gdybym nie zobaczył, co słychać u naszych superśledczych, próbujących jakoś dotrzymać kroku Skalferinowi – nie byłoby zabawy. Właśnie jakiś złotogrzywek (wybacz, nie wiedziałem, jak się nazywa, ale obcięte na zapałkę blond włosy w świetle padającym z okna dawały – jak mi Bóg miły – złotą poświatę) wszedł do gabinetu szefa Patryka, czyli znanego już nam podinspektora Jana Wolańskiego. Wszedł nieśmiało, wolno, jakby ktoś z korytarza siłą wpychał go do pokoju szefa. Minę miał głupią, raczej przestraszoną, na pewno – zawstydzoną. Stanął tuż przy drzwiach jak uczniak na dywaniku u dyrektora szkoły i chyba miał nadzieję, że nie doczeka się żadnego pytania. Był wychudzony, twarz miał kościstą, oczy lekko wyłupiaste. Ponieważ nie nosił munduru, założyłem, że to też oficer, tyle że niższy stopniem i rangą.

– I co? – pytanie Wolańskiego jednak padło, a co najgorsze, ton nie wróżył nic dobrego.

Złotogrzywek przestąpił z nogi na nogę.

– Babcia im spierdoliła – wybąkał płaczliwie.

Wolański najpierw uniósł wolno brwi, a potem powiódł wzrokiem po swoim gabinecie, co dało mu pewien czas na przemyślenie trudnej do opanowania chęci zastrzelenia gnojka na miejscu.

– Mógłbyś powtórzyć? – poprosił grzecznie po kilku sekundach. – Bo chyba źle usłyszałem.

– U fryzjera – dukał dalej biedak, nie odstępując od drzwi, jakby miał się zaraz rozbeczeć. – Poszła i... nie wyszła. To znaczy... wyszła, ale nie tymi drzwiami.

– U fryzjera... – wycedził grobowym tonem podinspektor.

– Czesała się tam i...

– I pewnie nagle przestała – przyszedł z uprzejmą pomocą szef.

– Jak podejrzewamy, uciekła ubikacją. – Złotogrzywek stanął na baczność, dając w ten sposób do zrozumienia Wolańskiemu, że próbuje złożyć mu meldunek.

Szef pokiwał głową ze „zrozumieniem".

– Popraw mnie, jeśli się mylę. – Podinspektor uśmiechnął się złowieszczo, wciąż powstrzymując się od ukatrupienia kretyna. – Twoi ludzie założyli, że starsza pani, która właśnie została wplątana w śledztwo o podwójne morderstwo i która jest jedynym świadkiem Skalferina, wstała sobie rano i olewając jego, nas oraz dwa trupy, które widziała poprzedniego dnia, poszła sobie, ot tak, do fryzjera, aby się uczesać?

– No śledzili ją... Weszła tam...

– Mieszka prawie pięć kilometrów od tego fryzjera, ale co tam... Zakład na Odolańskiej, wielkości naszego kibla, jest przecież tak słynny w mieście, że gdzie indziej się czesać to prawdziwy obciach! Na przykład w trzydziestu innych zakładach znaczniej bliżej położonych, wśród których są i droższe, i tańsze, a już na pewno wygodniejsze dla siedemdziesięciolatki!

– To stało się tak szybko… Komisarz Skalferin chyba musiał z nią współpracować…

– Co ty powiesz?

– To może ja już pójdę…

Facet zmył się tak szybko, że zaimponował tym nawet żegnającemu go morderczym spojrzeniem Wolańskiemu.

Podinspektor sięgnął po słuchawkę.

– Zakładam, że już o tym wiesz? – spytał bez wstępu.

– Wiem. – Głos należał do tego samego elegancika, z którym szef gadał zaraz po ucieczce Patryka z gabinetu Wolańskiego. – Byłeś zajęty. Wysłałem do ciebie Gonza. Powiedział, co i jak?

– Zesrał się w gacie i zniknął, zanim go rozstrzelałem.

– Gonzo nie uczestniczył w tej akcji, odpuść mu.

– Odpowiada za ludzi, nie chcę o tym teraz gadać. Gdzie jest Skalfi?

– Urwał się. Ale to dobrze.

– Dobrze?!

– Uspokój się, Janek. Wiem, dokąd jedzie.

Wolański głęboko westchnął.

– Masz podsłuch u niego w domu?

– Oczywiście. I on o tym wie. Zadzwonił do Martyny i kazał jej wyjechać.

– Powiedział nam, dokąd jedzie?

– Tak. Po syna do Katowic.

– Czyli nie tylko wie o podsłuchu, ale także zdaje sobie sprawę z tego, w co gramy.

– Mówiłem ci, że jest niewinny – elegancik mówił przyciszonym głosem, jakby się bał, że go usłyszy ktoś oprócz szefa.

– Nigdy nie mówiłem, że jest winny, tylko że mu odpierdoliło, i to nie od wczoraj.

– A jeśli nie?

– Nie ma żadnej Soni. Skalfi ma urojenia, a ja boję się, że w takim stanie może zacząć narażać ludzi.

– Chrząszcz to nie jego wina. A teraz też nie wygląda na naćpanego ani popierdolonego. Wyjął tym kretynom Gonza babcię, jak chciał, urwał się Korkiemu, a teraz nadał nam, dokąd jedzie. On do nas mówi. Wie, że nie możemy inaczej, i rozumie to. Chce, żebyśmy za nim jechali i osłaniali sprawę. Chce pokazać coś, co być może w inny sposób jest nie do udowodnienia.

– No, nie wiem... – Wolański znowu głęboko odetchnął.

– Moim zdaniem włamanie do Rudego to też nie przypadek.

– Też tak myślę, chcę z nim ostrożnie pogadać i wyciągnąć, co trzeba.

– Nie dasz rady.

– Trochę go postraszę. To krawaciarz. I tak już umiera ze strachu.

– Myślę, że Skalfi dał mu coś pod stołem. I dlatego się teraz tak boi. Zorientował się, że być może to przez to giną ludzie.

– Nie zaufa nam?

– Nie teraz. Patryk po włamaniu rozmawiał z nim co najmniej raz. Nie wiem, o czym, ale to ważne. Ucieczka Skalfiego przeraziła go.

– Co proponujesz? – Wolański wyglądał na coraz bardziej przekonanego.

– Dać kogoś z mózgiem do Rudego. Tym razem chcę wiedzieć, o czym rozmawiają. Może uda się podrzucić podsłuch do jego prywatnej komórki. Skalfi wyłączył swój telefon i już go nie użyje.

– A co w końcu z Patrykiem?

– Daj mi helikopter i załatw samochód w Katowicach. Sam się tym zajmę.

– Mówisz poważnie?

– Tak. Mówię poważnie. Kazałeś przypilnować roboty. No to pilnuję.

Wolański chwilę się zastanawiał.

– Okej, jedź. I cholernie uważaj. Coraz bardziej mi to śmierdzi.

– Jestem ekspertem od śmierdzących spraw. Wezmę dwóch ludzi od siebie.

– Oni też są ekspertami?

– Nie chcesz wiedzieć, jak bardzo.

– Fakt. Nie chcę.

Podinspektor się rozłączył. Wstał i pospacerował po gabinecie. Coś mi mówi, że liczył na to, iż po tej rozmowie uspokoi się i bez dalszych niespodzianek weźmie do swojej roboty. Ale niepokój jakoś nie mijał.

Numer prywatnego telefonu profesora Jana Rotfelda znała zaledwie garstka ludzi, więc, chcąc nie chcąc, trzeba było odebrać. Ćwiczył akurat nową wersję wstępu do wykładu i był wyraźnie rozdrażniony, że ktoś mu w tym momencie przeszkadza. Dlatego jego głos zabrzmiał raczej niemiło, gdy – po chyba dziesiątym dzwonku – wreszcie nacisnął zieloną słuchaweczkę na aparacie.

– Rotfeld, słucham! – burknął, zerkając na chłopca siedzącego przed komputerem w sąsiednim pokoju.

– Patryk Skalferin, panie profesorze.

– O, pan komisarz… Przepraszam – głos naukowca wyraźnie złagodniał. – Zaskoczył mnie pański telefon.

– Nie zajmę zbyt wiele czasu. Chciałbym porozmawiać z synem.

– W tej chwili siedzi przy komputerze, to może być trudne. Dopóki nie skończy, nie będę w stanie go oderwać…

– Zna pan piosenkę *Michelle* Beatlesów?

– Oczywiście. Ale…

– Proszę do niego podejść i zaśpiewać mu fragment, a następnie podać mu telefon.

Rotfeld zgłupiał.

– Słucham?! Mam śpiewać?!

– Tak. Wtedy na pewno weźmie aparat do ręki. Nie mamy innego wyjścia. To bardzo ważne.

– Ale ja… – jęknął profesor. – Ja niezbyt sobie wyobrażam…

– Bardzo proszę – przerwał mu stanowczo Patryk. – Muszę rozmawiać z Danielem, i to teraz.

Rotfeld sztywno, jakby połknął kij, podszedł do dzieciaka, chrząknął kilka razy i zaczął niemiłosiernie fałszować:

– *Michelle, ma belle…*

Trochę mi zajęło, zanim znalazłem się w samochodzie z Anną i Patrykiem, ale zrobiłem to wystarczająco szybko, aby zorientować się, jak złośliwą satysfakcję sprawia mu dręczenie profesora. Ledwie powstrzymywał się, by nie parsknąć śmiechem, a wiesz, jak to jest z wesołością u Skalferina, więc widok był wart przelecenia w kilka sekund z Katowic do ich samochodu. Nie mam pojęcia, jak to robię... ale zawsze wiem, gdzie jest Ania. Nie sądzę, abyś był zdolny to pojąć, choć... może niedługo.

– Tata... 16 godzin, 24 minuty – Daniel mówił spokojnym, monotonnym głosem. Nie zaśpiewał dalszej części piosenki. Mimo wszystko, choć to trudne w jego przypadku, wyczułem, że jest bardziej przygaszony niż w chwilach, w których go do tej pory widywałem. Nawet na wykładzie.

– Tak, synku... Wyszedłem, zanim się obudziłeś dzisiaj rano. Dlatego mnie nie widziałeś.

– Tata... – dzieciak powiedział to i jakby urwał w pół zdania.

Skalferin dał mu jeszcze chwilę, a kiedy zorientował się, że Daniel tylko słucha, zaczął układać sprawnie w myślach pytania i prośby do dzieciaka, ale mówił na tyle cicho, by profesor miał jak najmniejsze szanse podsłuchania.

– Opowiesz mi o czymś, synku?

– O czym?

– O pewnym profesorze. Nie Rotfeldzie. Innym. Jeszcze go nie znasz.

– Opowiem.

– Nazywa się Sebastian Młodzianowski. To historyk z Krakowa. Spotkamy się za trzy godziny.

– Tata i Daniel... Za trzy godziny.

– To niedokładny czas. Około trzech godzin, synku.

– Ale o czerwonej godzinie. – Dzieciak na swój sposób weselał, choć może tylko mnie się tak wydawało.

– Tak. Postaram się wyrobić na osiemnastą.

– Powiedz mu coś więcej o Młodzianowskim! – włączyła

się nagle Anna, ale Patryk odwrócił się do niej raptownie i zdecydowanym gestem zakazał jej się odzywać.

– Starsza pani... – natychmiast zareagował Daniel. – Wiek między sześćdziesiąt dziewięć a siedemdziesiąt dwa lata. Możliwe zawody: urzędniczka, wykładowca, nauczycielka... Postępująca niewydolność wątroby, możliwe przyczyny...

– Daniel! – przerwał Patryk. – Opowiedz tacie o profesorze za trzy godziny!

Chłopiec się rozłączył. Skalferin zwiesił głowę.

– Nie powinienem na niego podnosić głosu... cholera...

– Patryk... – Anna w ostatniej fazie rozmowy na tyle zbliżyła się do słuchawki, aby słyszeć słowa dzieciaka.

Policjant spojrzał na nią z niepokojem. Błyskawicznie spoważniała, a jej twarz stała się kamienna.

– O co chodzi, Anno? – spytał nieśmiało Skalferin.

– Nie jestem już młoda, ale słuch zawsze mi dopisywał. Byłam nauczycielką i umiałam rozpoznać najcichszy szept w końcu klasy. A twój syn mówił głośno...

– Przepraszam... Nie powiedziałem ci...

– Skąd Daniel wiedział, w jakim jestem wieku, kim byłam i na co jestem chora? O co tu chodzi?!

Poczułem, jak zaskoczenie sprowadza na nią ponowną falę bólu.

– Mój syn jest... – Patryk przez chwilę nie mógł dobrać odpowiednich słów. – Inny.

– Dlaczego opowiadałeś dziecku o mnie?! I to takie rzeczy!

– Nic mu nie mówiłem! – znowu niespodziewanie, choć nieznacznie, podniósł głos.

Anna odsunęła się od niego, jakby powiedział, że zaraża groźną chorobą.

– O Boże... – Skalferin ukrył twarz w dłoniach. – Słyszałaś o tak zwanym zespole sawanta?

– Nie. – Z oczu mojej żony wciąż bił zawód. Człowiek, któremu zaufała, zawiódł ją, i to w taki sposób.

Patryk kilka razy głęboko odetchnął.

– Daniel posiada niecodzienne umiejętności – zaczął wreszcie gadać do rzeczy. – Na swój sposób jest geniuszem o trudnym do zrozumienia dla laika zakresie. Potrafi w dwa tygodnie nauczyć się języka obcego, mnoży przez siebie w pamięci pięciocyfrowe liczby, fenomenalnie maluje, zapamiętuje rzeczy tak trudne, że nam trudno nawet sobie to wyobrazić.

Anna zmarszczyła brwi.

– Chcesz powiedzieć, że twój dzieciak jest geniuszem?

– Jest. Można powiedzieć nawet, że jest kimś więcej. To, o czym mówił, stanowiło jego analizę twojego głosu.

– Jak to możliwe? – Oburzenie Anny przeszło w zdziwienie graniczące ze swego rodzaju strachem.

– Istnieją techniki policyjno-laboratoryjne analizujące głos. Komputer potrafi z nagranej próbki określić wiek nagranego, wykształcenie, region, z którego pochodzi, a nawet niektóre choroby. Głos składa się z ponad dwustu elementów, z czego zaledwie dwadzieścia procent można sfałszować.

– Zgaduję, że twój syn nauczył się takiej analizy. Pokazywałeś mu te techniki.

– Tak – przyznał Patryk. – Ale zwykły człowiek nie byłby w stanie tego zrobić. Daniel umie rozpoznać te ponad dwieście cech ludzkiego głosu.

– O, mój Boże... – teraz Anna wezwała imię Stwórcy, choć chyba nie nadaremno, i zauważyła przy okazji, że ból niespodziewanie mija.

– Wiem, że trudno w to uwierzyć, ale to prawda. Dlatego profesor Rotfeld jeździ z nim po całym kraju z wykładami. Wciąż negocjuje ze mną i z żoną wyjazd za granicę.

– Dlaczego tak dziwnie z nim rozmawiałeś?

– Daniel jest geniuszem, ale... autystycznym. Taka jest cena. Jego autyzm nie objawia się tak silnie jak w przypadkach niektórych dzieci, ale jednak to autyzm.

– I wciągasz go teraz w swoją akcję?

– Dla niego to zabawa. Jest w stanie znaleźć i zapamiętać w trzy godziny rzeczy, które mnie zajęłyby kilka dni. A u profesora jest chwilowo bezpieczny. Wykład, na którym dzisiaj wieczorem miał być, to wewnętrzna sprawa uniwersytetu. Nie jest publiczny. Niewiele osób o nim wie.

– Dziecko to jednak dziecko... – upierała się stara nauczycielka.

Skalferin zareagował jednak stanowczo:

– Anno! To mój syn. Zaraz mi po raz setny powiesz, kim byłaś, i zaczniesz uczyć mnie etyki wychowania, ale wybacz, nie jestem zainteresowany. Stoimy na tym parkingu już zbyt długo. Pora jechać.

Zapalił silnik i ruszył, wyjeżdżając na drogę.

– On reaguje tylko na piosenkę? – odezwała się po dłuższej chwili Anna, wyraźnie dostrajając pytanie do chęci pogodzenia się z Patrykiem.

– Ależ skąd. Wystarczyłoby mu powiedzieć, że tata dzwoni, i przerwałby każdą czynność. Ja po prostu nie znoszę tego profesora. – Skalferin uśmiechnął się nieznacznie.

– *Michelle ma belle…* – Ania roześmiała się teraz na cały głos.

– Taaa – mruknął pod nosem zadowolony Patryk i dodał gazu.

Elegancik do swoich dwóch kolegów mówił per Simon i Fikołek. Oni do niego, co prawda, poniekąd swojsko – Grot, ale trzeba przyznać z ogromnym szacunkiem, bez żadnego spoufalania i jak dotąd, bez najmniejszego sprzeciwu. Simon rzeczywiście był trochę podobny do Templara „Świętego". Hmmm, młody Roger Moore, moja młodość! Fikołek… Dopiero później się domyśliłem, o co mogło chodzić w jego – jak to mówią młodzi – „ksywie". Ale o tym później. Teraz? Okej. Po prostu był szalenie sprawny. Na pierwszy rzut oka robił wrażenie zwykłego. Szczupły, wysportowana sylwetka, starannie uczesane włosy, służbowy garnitur. Facet z tłumu. Idealny tajniak. Ale jak trzeba było komuś przyłożyć… Lepiej nie pytaj.

Ich samochód stał w pewnej odległości od wejścia do Instytutu Psychologii Uniwersytetu Śląskiego, w którym kilka minut temu zniknął Skalferin.

– Co za kretyńska nazwa – mruknął Fikołek.

– Która? – spytał Simon.

– Ulicy. Grażynowskiego, czy cholera wie…

– Grażyńskiego – przerwał chłodno Grot. – To przedwojenny wojewoda śląski. Przymknijcie się. On może w każdej chwili wyjść. Skupcie się, nie chcę go zgubić.

– Rozrywkowa ta babcia. – Simon się uśmiechnął. – Na cholerę on ją ze sobą ciągnie?

– To na razie nieważne. – Grot wciąż wpatrywał się w samochód, w którym została Anna.

– Zorientuje się – stwierdził Simon.

– Kto? Babcia? – spytał Fikołek.

– Nie. Skalfi.

– Skalfi już dawno wie, że tu jesteśmy – mruknął Grot. – Inaczej nie zostawiłby tej kobiety samej.

– Przepraszam, szefie… ale to trochę bez sensu. – Simon się skrzywił.

– Oficjalnie nas tu nie ma. Dopóki nikt niczego nie spieprzy, każdy musi grać swoją rolę. Inspektor nie chce aresztować Patryka, a oficjalnie powinien. Więc udajemy, że nas tu nie ma, a on udaje, że o nas nie wie. Być może to, co chce nam pokazać, jest na tyle ważne, że warto zaryzykować.

Simon wzruszył ramionami.

– Jak mamy się czegokolwiek dowiedzieć, kiedy nie wiemy, o czym gada w tym instytucie? – spytał rzeczowo.

– Tu o niczym nie gada. Zabiera syna. Chcę wiedzieć, dokąd pojedzie potem.

– Będziemy za nim jeździć i tyle?

– Nie. Ty będziesz pilnował tej kobiety i jego syna. Ja i Fikołek pojedzimy za nim. Jestem pewien, że nie weźmie na akcję dziecka i staruszki. Ukryje ich gdzieś.

– Najciemniej pod latarnią – wtrącił filozoficznie Fikołek.

– Właśnie – przyznał elegancik. – Wrzuci ich pod fałszywym nazwiskiem do jakiegoś hotelu. Jest twój samochód. – Wskazał brodą zbliżające się czarne volvo. Wóz zatrzymał się kilka metrów od nich, wysiadł z niego facet z obojętną miną, podszedł do ich samochodu, bez słowa podał przez otwarte okno kluczyki Grotowi. Następnie przeszedł na drugą stronę ulicy i po pewnym czasie zniknął za rogiem.

– Jaki agenciak. – Fikołek prychnął śmiechem.

Nawet elegancik się uśmiechnął.

– Co się tak cieszysz? – Simon przyjął śmiertelnie poważną minę. – Szanuj lokalną policję. Oni tu kiedyś Marchwickiego złapali i kilku wampirów!

Teraz obaj nie wytrzymali i wybuchnęli rechotem. Tylko Grot spoważniał i zmarszczył brwi, ciągle patrząc w drzwi wejściowe instytutu.

– Co ty tam tyle czasu robisz? – mruknął do siebie ledwo słyszalnie.

W gabinecie numer 1435 profesor Jan Rotfeld chodził od ściany do ściany i rwał włosy z głowy.

– Jak to: teraz musi go pan zabrać?! Półtorej godziny przed wykładem?!!! Dlaczego pan nie chce wyjawić powodu?

– To niestety bardzo ważna sprawa rodzinna. Umiera bardzo bliska nam osoba i muszę zabrać syna jak najszybciej do Gdańska. – Patryk rozłożył szeroko ręce. – Nie chciałbym mówić o tym więcej. Mam nadzieję, że pan rozumie.

– To przykre, ale nie można by tak po wykładzie?

Skalferin skończył pakować rzeczy Daniela i postanowił, że dwadzieścia minut tłumaczenia wystarczy.

– Mamy pociąg za dwadzieścia pięć minut. Synku!

Dzieciak stanął obok ojca gotowy do wyjścia.

– Mam nadzieję, że tym razem poradzi sobie pan bez niego. – Skalferin otworzył drzwi.

– Jak?!!!

– Napisał pan piętnaście książek, na pewno coś pan wymyśli.

Patryk wziął za rękę Daniela, wyszedł z gabinetu i najszybciej, jak to możliwe, sprowadził go do samochodu.

Chłopiec niezbyt się zainteresował starszą panią siedzącą z przodu. Skalferin zapiął skrupulatnie pas syna, po czym usiadł za kierownicą.

– To jest pani Anna – dokonał szybkiej prezentacji, ruszając z piskiem opon.

– Wiem – odparł flegmatycznie Daniel.

Moja żona złapała się mocniej oparcia fotela, ale zachowała bohaterską minę.

– Czy przed kimś uciekamy? – spytała z niemal arystokratycznym opanowaniem.

– Nie. Wczuwamy się w rolę. Moi koledzy to lubią.

– Nie sądzę, aby ktoś nas śledził. Rozglądałam się.

Skalferin odpowiedział uprzejmym uśmiechem.

– Co tam tak długo robiliście? – spytała po kilku sekundach Anna.

– Oszukiwaliśmy – wyjaśnił poważnym i dość monotonnym tonem – w swoim stylu – Daniel.

Biedaczka otworzyła szeroko oczy.

– A teraz dokąd jedziemy?

– Dalej oszukiwać. – Tym razem przyszedł z pomocą synowi Skalferin, starając się, aby uprzejmy uśmiech jak najdłużej utrzymał się na jego obliczu.

* * *

Apartament hotelowy wyglądał na dość obszerny i wygodny. Ania była już bardzo zmęczona, więc z nieukrywaną przyjemnością usiadła w wygodnym, dużym fotelu.

Daniel przycupnął skromnie na łóżku i czekał, aż tata będzie gotów wysłuchać opowieści o panu profesorze Młodzianowskim. Patryk zaczął jednak od krótkiej instrukcji.

– Mam dokumenty na nieznane nikomu nazwisko – mowę kierował do mojej biednej żony. – Na to nazwisko zameldowałem nas w tym apartamencie. Nikt was tu nie znajdzie. Proszę, abyście nie wychodzili, dopóki nie zadzwonię lub nie przyjdę.

Staruszka nawet nie protestowała. Wyglądała na tak wykończoną, że właściwie było jej już wszystko jedno.

– Kupię nowy telefon i przez niego będę się z wami kontaktował – ciągnął Skalferin. – Zaraz jak wyjdę, zamkniecie za mną drzwi.

Zbliżył się do Anny, ściszając głos.

– Proszę, pilnuj go – wyszeptał, patrząc jej prosto w oczy. – Jest, tak jak mówiłem, trochę inny, ale potwornie inteligentny i ma niezwykłą pamięć. Potrafi wypowiadać się jak wykształcony, dorosły człowiek. Niech cię to nie zwiedzie. Jest tylko dzieckiem. Nie spuszczaj go z oka. Wymaga stałej opieki.

– Muszę trochę odpocząć, Patryku – westchnęła staruszka.

– W porządku. Zamknij drzwi, a klucz schowaj gdzieś, gdzie go nie znajdzie.

Kiwnęła głową ze zrozumieniem.

Dzieciak siedział bez ruchu na łóżku. Skalferin podszedł do niego, pogłaskał po głowie i poprosił o opowieść.

– Profesor Sebastian Młodzianowski, siedemdziesiąt lat, historyk – zaczął swoim encyklopedycznym tonem Daniel. – Były więzień oświęcimski, całe życie poświęcił na badaniu zbrodni hitlerowskich. Wykształcony w Wielkiej Brytanii, praca doktorska...

– Matko Boska. – Anna uniosła się w fotelu. – I to dziecko wszystko pamięta?

– Nie przeszkadzaj... – wstrzymał ją zdecydowanie Patryk.

Daniel bezbłędnie opowiedział życiorys, wymienił tytuły książek, ich omówienia, na koniec podał adres. Był gotowy mówić dalej, ale ojciec łagodnie mu przerwał.

– Wspaniale się spisałeś, synku. – Przytulił dzieciaka i choć Daniel nie wyglądał na wzruszonego, miałem wrażenie, że był szczęśliwy.

– I to wszystko z tego komputera? Z Internetu?! – nie wytrzymała Ania. – Nawet jego prywatny adres?

– Daniel z łatwością włamuje się na zakodowane lub zastrzeżone strony. Do każdego archiwum wchodzi w dwie minuty. – Skalferin westchnął, rozkładając ręce.

– Nie ma się czym chwalić! – oburzyła się staruszka.

– Wiem. Muszę już iść. Zamówiłem kolację, kelner zaraz wam przyniesie. Później zamknijcie się na klucz.

Zbliżył się do drzwi.

– Doktor Heintz Kuthmann, w 1942 roku 32 lata – nagle znowu zaczął mówić, jakby do siebie, Daniel.

Skalferin zamarł w drzwiach.

– Co mówisz, synku?! – Raptownie się odwrócił.

– Ostatnie materiały pobrane z archiwum dokumentów zbrodni hitlerowskich i sprawców tych zbrodni IPN przez profesora Sebastiana Młodzianowskiego – ciągnął monotonnie

135

Daniel. – Numer AZHPPP/42/17625456/PL, doktor Heintz Kuthmann, tajne badania nad rzadkimi dziedzicznymi chorobami Żydów aszkenazyjskich. Dziedziczenie autosomalne recesywne, endogamia. Grupy etniczne największego ryzyka. Choroba Gauchera, choroba Crohna-Leśniowskiego, choroba Canavan, HNPCC, choroba Niemanna-Picka, zespół Rileya-Daya...

– Jezus Maria... – Przerażona Anna otworzyła szeroko oczy.

– Data pobrania dokumentu? – spytał szybko Patryk.

– 6 maja, godzina 14:32.

– Ponad tydzień temu. – Anna wciąż ciężko oddychała. – Ona szuka konkretnego człowieka!

– Niekoniecznie. To może być przypadek. – Skalferin pospiesznie myślał nad jakimś pomysłem.

– Wiem, co mówię, Patryku. Ja przeżyłam wojnę.

Dawno nie widziałem jej tak stanowczej. Zmarszczyła brwi, jej oczy stały się lodowate, usta zaciśnięte. Patrzyła tępo w ścianę.

– Może szukać z jakiegoś powodu ofiar eksperymentów medycznych – nie rezygnował Skalferin. – Daniel, czy wiesz, jakie jeszcze pobierał dokumenty profesor Sebastian Młodzianowski?

– 4 maja, godzina 12:22 – numer AZHPPP/42/1762 9879/PL, doktor Heintz Kuthmann, przypadek A-5649, badania nad wrodzonym przerostem nadnerczy, 30 kwietnia, godzina 12:45, doktor Heintz Kuthmann, przypadek A-5692, badania nad chorobą Taya-Sachsa.

– Słuchaj starszej kobiety – powiedziała Anna cicho, ale tak, że nawet po plecach komisarza przeszedł dreszcz.

Rozdział 7

Dom profesora Młodzianowskiego nie spodobał mi się. Taki szary, bury, nijaki. Obrośnięty od strony niewielkiego ogrodu jakimiś na wpół zeschłymi świństwami, od frontu – zwyczajnie brudny. Pan profesor okazał się człowiekiem oschłym, surowym, nawet nieco nieuprzejmym. Mieszkał sam i miał typowo samotnicze usposobienie. Raczej burczał, niż mówił, patrzył podejrzliwie, jakby z zasady nie lubił osób, które akurat znalazły się na jego posesji. Skalferin, jak sądzę, umiał sobie z takimi facetami dawać radę. Sam nie należał do wesołków, a jego ponuractwo, które u ludzi potrafiło wzbudzać dyskomfort, wyczuwalne było niemal natychmiast, po zaledwie kilkuminutowym kontakcie. To ustawiało do pionu zawodników nawet tak trudnych w obyciu jak Młodżianowski.

– Jest późno, czego pan sobie życzy? – odezwał się w wideofonie suchy głos.

– Komisarz Patryk Skalferin ze stołecznej policji. Proszę otworzyć!

Chwilę trwało, zanim profesor przełknął wstępną porażkę w kontakcie z władzą. Kiedy jednak policjant pojawił się w progu domu, okazało się, że gospodarz, oprócz tego, że gburowaty, był także uparty.

– Jesteśmy w Krakowie, nie w Warszawie, komisarzu – orzekł wyniośle.

– Poszukuję pani Marty Lamer, zamieszkałej w Warszawie. Mam dowody, że kontaktowała się z panem. Gdzie chciałby pan porozmawiać na ten temat? Na zewnątrz?

– W ogóle nie chciałbym z panem rozmawiać na żaden temat.

Patryk zmarszczył brwi i uważnie przyjrzał się profesorowi.

– Czy w czymś pana uraziłem? – spytał na razie uprzejmie.

– Nie lubię polskiej policji – wyjaśnił chłodno gospodarz. – Jest niedokładna, nieudolna, źle zarządzana. Nie gustuję w półprawdach, podlizywaniu się politykom, a przede wszystkim w głupocie. A w sprawie, o której pan wspomniał, nie mogę panu pomóc. Żegnam, jest późno.

– Spotykał się pan z panią Lamer?

– Jeżeli zaginęła, nie mam z tym nic wspólnego. Żegnam.

Skalferin uznał, że chyba szkoda czasu na bycie miłym policjantem.

– Profesorze, jeszcze raz mnie pan pożegna, a aresztuję pana za utrudnianie śledztwa. Przemaszeruje pan w kajdankach przed sąsiadami, a potem spędzi pan dwadzieścia cztery godziny na komisariacie, gdzie pana przesłucham. A jeżeli dojdę do wniosku, że jest pan zamieszany w sprawę, o której wspomniałem, być może dużo dłużej.

Młodzianowskiemu mina nie zmieniła się nawet o jotę. Nadal patrzył na komisarza butnie, może tylko chłodny ton wypowiedzi zamienił z nieżyczliwego na otwarcie pogardliwy:

– No właśnie, czegóż mógłbym się po policjancie spodziewać? Prymitywnych pogróżek, impertynencji i nadużywania władzy. Jesteście nadal milicją, nie widzę wielkich różnic.

– Coś w tym jest – przyznał przekornie Skalferin swoim zwykłym, ponurackim tonem. – Ale jest pan jednak trochę niesprawiedliwy. Proszę zauważyć, że mamy krótsze pałki.

Młodzianowski drgnął i postanowił się przyjrzeć gościowi bliżej. Wydusił z siebie nawet coś w rodzaju próby uśmiechu.

– No, dobrze. Niech pan wejdzie. – Otworzył szerzej drzwi.

Być może nawet nabrał ochoty na sprzeczkę z kimś, kto wyglądał na nieco bystrzejszego, niż się spodziewał, i – jak się zapowiadało – miał podobnie wisielcze poczucie humoru. Ja, przyznam ci się szczerze, na wymianę złośliwości ponuraka z impertynentem czekałem z wyjątkową niecierpliwością.

– Proszę do salonu. – Wskazał dłonią duże pomieszczenie za sporym przedpokojem. Stała tam spora, skórzana kanapa, elegancki, drewniany stolik i dwa fotele. – Niech pan usiądzie, gdzie chce, a ja postaram się znaleźć najgorsze wino, jakie mam... może chociaż tym jakoś pana zniechęcę do zawracania mi głowy.

– Mogę na kanapie? – spytał, dostosowując się do atmosfery, Patryk. – Jest z niej lepszy widok na pańską bibliotekę. Może jak zacznę ją wychwalać, pana zaspokojona próżność pozwoli mi coś zdziałać.

Tym razem Młodzianowski uśmiechnął się szerzej. Wyjął w szafki bordeaux rocznik '89, dwa kieliszki i postawił wszystko na stole. Butelka była wcześniej napoczęta. Gospodarz odkorkował ją i wlał po jednej trzeciej zawartości kieliszka dla każdego z nich. Skalferin dyskretnie sprawdził woń wina, a następnie spróbował.

– Świetne – przyznał Patryk.

– Spodziewałem się, że nie ma pan za grosz smaku. O czym chciałby pan porozmawiać?

– O Marcie Lamer. Dzwonił pan do niej wielokrotnie. Ona do pana również. Nie daje znaku życia od ponad dwóch tygodni.

– A gdybym panu powiedział, że jej nie znam?

– Jak mówiłem, mam dowody.

– Niech zgadnę. Ktoś panu doniósł, że pani Lamer dzwoniła do profesora Młodzianowskiego. Prawda? Tyle tylko, że nie jestem jedynym naukowcem noszącym to nazwisko. Skąd pan wie, że ta kobieta nie dzwoniła do profesora Adama Młodzianowskiego. Niech pan sobie wyobrazi, że jest taki.

– Nie ma. Zmarł w 1985 roku – odparł szybko Patryk, wbijając kąśliwy wzrok w gospodarza.

Na Młodzianowskim ta riposta zrobiła widoczne na pierwszy rzut oka wrażenie.

– Żyje trzech profesorów o moim nazwisku – nie rezygnował.

– Dwóch oprócz pana, ale tylko pan jest historykiem – zaryzykował Skalferin, czując, jak ciarki przechodzą mu po plecach. Dostrzegł wahanie w oczach Młodzianowskiego i to mu wystarczyło. – Fizyk i psycholog raczej nie pomogliby pani Lamer w odnalezieniu doktora Heintza Kuthmanna. A o znalezienie dokumentów o tym właśnie człowieku jej chodzi, prawda?

Gospodarz sięgnął po swój kieliszek.

– Może rzeczywiście zasługuje pan na rozmowę. – Tym razem uśmiechnął się chyba szczerze. – Spodobał mi się pana blef. Zresztą i tak, prędzej czy później, dotrze pan do solidniejszych dowodów. – Pociągnął porządny łyk. – Załóżmy, że tę panią znam. I powiem panu, że nie zaginęła. Mało tego, zapewnię, że nic jej nie jest. Oraz przekażę, że od takich jak pan ona nie chce niczego innego, jak tylko spokoju. Jak pan zareaguje?

– Gdzie ona jest, profesorze?

– Pyta pan, bo mi pan nie wierzy?

– Nie. – Skalferin nagle stał się jeszcze bardziej ponury niż zwykle. – Dlatego, że w związku z tą sprawą zamordowano dwie osoby, w tym policjanta.

– Proszę?! – Młodzianowski po raz pierwszy okazał inne uczucia niż megalomańską złośliwość. Był szczerze zaskoczony i zaniepokojony.

– Mało tego, zaginęła także jej wnuczka, Sonia Rotwicz-Skalska. Ją też pan zna?

Młodzianowski skinął głową.

– Niech pan mi powie, gdzie one są? – naciskał Skalferin. Profesor głęboko westchnął.

– Nie wiem. Naprawdę nie wiem.

– Ale widział się pan z nimi niedawno?

– Tak.

Teraz komisarz wydał się zaskoczony.

– Z obiema? – spytał wolno.

– Z Martą rozmawiałem przez telefon, z Sonią widziałem się wczoraj.

– Sonia była tutaj u pana?!

– Tak. Ale nie wiem, gdzie teraz jest.

– Od dawna je pan zna?

– Tak.

– Skoro tak, to pewnie wiele razy je pan widział… – Skalferin zatrzymał się na chwilę. – Wszystkie razem, prawda?

Teraz dopiero na twarzy Młodzianowskiego pojawił się pełny triumf. Uśmiechnął się chytrze i dopił do końca wino.

– Za odpowiedź na to pytanie… – profesor coraz uporczywiej świdrował wzrokiem swoją ofiarę – …nie tylko dałby mi pan wszystko, czego zażądam… ale także zrezygnowałby pan ze wszystkich innych pytań, które pan do mnie ma, prawda?

Patryk zdrętwiał. Sięgnął po swój kieliszek i milczał, nie spuszczając z oka rozmówcy. Obaj milczeli dobrą minutę. A minuta to – w sytuacjach takich jak ta – bardzo długo. Często ludzie nie zdają sobie z tego sprawy. Spójrz na zegarek i milcząc, odlicz sześćdziesiąt sekund. Powiedziałbym, że warto dzięki temu nietrudnemu doświadczeniu zdać sobie sprawę, jak zdradliwy i inny, niż myślimy, bywa czas… ale ty akurat chyba bardzo dobrze o tym wiesz.

– Nie odpowie mi pan na to pytanie, prawda? – spytał wreszcie Patryk.

– I chyba nie będzie pan w stanie mnie za to aresztować – odparł chłodno profesor. – Bo na resztę pytań chętnie odpowiem. Jeśli, oczywiście, będę znał odpowiedzi. Jeśli jest pan na tyle inteligentny, na ile pana oceniam, teraz pan wyjdzie. Ale możliwe, że jednak pana przeceniam.

– Obawiam się, że tak. – Patryk kiwnął smutno głową.

– A więc słucham. – Z twarzy profesora nie znikał wyniosły uśmiech.

– Heintz Kuthmann. Niech pan nie traci czasu na kłamstwa, że nie wie pan, kim on jest.

– Oczywiście, że wiem. To żadna tajemnica. Zbrodniarz wojenny. Prowadził okrutne eksperymenty medyczne na więźniach obozów koncentracyjnych. W szczególności interesowały go żydowskie dzieci i choroby genetyczne charakterystyczne dla populacji aszkenazyjczyków.

– To znaczy?

– Żydzi nie są jednolitym narodem. Dzielą się na grupy zróżnicowane religijnie i kulturowo. Językiem tradycyjnym aszkenazyjczyków jest jidysz. W średniowieczu zamieszkiwali kraje niemieckie, środkową i wschodnią Europę. Brzmieniowo sposób, w jaki mówią, jest nieco podobny do właśnie średniowiecznego niemieckiego. Inną grupą są na przykład sefardyjczycy. Oni z kolei posługują się językiem ladino, który w brzmieniu przypomina średniowieczny hiszpański. Są jeszcze mizrachijczycy mówiący w narzeczu maghrebi, który przypomina arabski. W Izraelu aszkenazyjczycy mają nawet innego naczelnego rabina niż sefardyjczycy i mizrachijczycy.

– Jeśli chodzi o stosunek do wojny i Holokaustu, to chyba niewiele ich różni?

Młodzianowski sięgnął po butelkę i nalał im obu jeszcze po kieliszku.

– Generalnie tak. Ale byli tacy, dla których to zdecydowanie inne ludy. Nie wiem, czy pan się orientuje, że generał Franco najskuteczniej w całej Europie bronił przed Hitlerem właśnie Żydów sefardyjskich. Nadawał im obywatelstwo hiszpańskie, dzięki czemu mogli uciekać z całej Europy do Hiszpanii i tam zostać lub płynąć dalej, na przykład do Stanów Zjednoczonych.

– Czym interesował się Kuthmann?

– Genetyką i... chorobami aszkenazyjczyków. Już za jego czasów było wiadomo, że ten odłam Izraelitów dużo częściej choruje na niektóre choroby niż na przykład Słowianie czy ludy germańskie.

– Czy w naszych archiwach jest coś więcej o tych badaniach, a przede wszystkim o ludziach, których badał?

Protekcjonalny uśmiech zniknął z twarzy profesora.

– On nikogo nie badał, komisarzu! – rzekł z, nawet jak na niego, zaskakującą zaciętością. – On torturował ludzi!

– Rozumiem, przepraszam – Skalferin powiedział to z wyjątkową szczerością. – Nie chciałem się źle wyrazić.

– W naszych archiwach jest niestety niewiele. Ale w Instytucie Gaucka* znalazłby pan całe tomy, zdjęcia, a nawet filmy. Od 2005 roku IPN ma oficjalną umowę o współpracy, ale lekarze to bardzo delikatny problem.

– Cała wojna to chyba bardzo delikatny problem?

Profesor westchnął głęboko.

– *Stasi* potajemnie wykorzystywała badania, między innymi Kuthmanna. Były objęte najwyższym stopniem poufności.

Patryk posłał Młodzianowskiemu nierozumiejące spojrzenie.

– To były komunistyczne służby. Chyba teraz jest to dużo bardziej ułatwione?

– Teoretycznie tak. Ale minęło wiele lat. A te badania zostały wykorzystane. I to nie tylko przez Niemców. *Stasi* pota-

---

* Instytut Gaucka – (niem.) *Bundesbeauftragte für die Unterlagen des Staatssicherheitsdienstes der ehemaligen Deutschen Demokratischen Republik* (BStU) – potoczna nazwa (pochodząca od nazwiska pierwszego prezesa – J. Gaucka) Instytutu Badawczego oraz Archiwum Akt Służby Bezpieczeństwa byłej NRD.

jemnie sprzedawała wyniki badań Kuthmanna i jego kolegów za granicę. Chodziło o ogromne pieniądze. Naukowcy z wielu krajów czerpali garściami z tych prac, często nie dbając nawet o to kto, kiedy i jak do tego doszedł. Niech pan sobie wyobrazi, jaki wybuchłby skandal, gdyby wszystko znalazło swoje dowody. Światek profesorów medycyny, drogi panie policjancie, bywa bardziej okrutny niż choroby, z którymi walczy. – Młodzianowski znowu gorzko się uśmiechnął.

– Starał się pan w imieniu IPN o te materiały?

– Oczywiście. Kilka z nich dostałem. Dokumentują winę Kuthmanna i jego zespołu, ale oczywiście nie ma w nich nawet sugestii o działalności „handlowej" *Stasi*. O reszcie materiałów, i to tych naprawdę ważnych, poinformowano mnie, że zaginęły. Ale ja wiem, że tam są.

Komisarz pokręcił z niedowierzaniem głową.

– Wie pan czym przede wszystkim interesował się Kuthmann?

Profesor pociągnął łyk z kieliszka.

– Nie jestem lekarzem, ale z tego, co wiem, głównie zajmował się tak zwanymi dziedzicznymi neuropatiami czuciowymi i autonomicznymi.

– Co to znaczy?

– Tego już będzie się pan musiał sam dowiedzieć. Ja tylko badam zbrodnie hitlerowskie na narodzie polskim, w tym także na polskich obywatelach pochodzenia żydowskiego. A wyniki szalonych naukowców-morderców, zostawiam takim jak pan.

– Nie był pan tego nigdy ciekaw?

– Proszę nie nadużywać mojej gościnności – ostrzegł Młodzianowski.

– A pani Lamer?

– To chyba wszystko, co mam panu do powiedzenia. Jeszcze jeden kieliszek, a nie będzie pan mógł prowadzić.

– Czego chciała się dowiedzieć od pana Marta Lamer? – spytał z naciskiem Skalferin.

Profesor szybko ocenił, że nie warto się spierać.

– Prosiła mnie o wiadomości o tym zbrodniarzu. Nie mogę panu zdradzić jej motywacji. Zresztą oszczędnie się o nich wyrażała. Ale zawsze bardzo prosiła o dyskrecję. Znamy się na gruncie towarzyskim od kilku lat. To żadne przestępstwo. Każdy Polak i każda Polka mają prawo do wszelkich informacji na temat okupacji hitlerowskiej w naszym kraju.

– Prowadzę śledztwo w sprawie jej zaginięcia!

– Mówiłem panu: ona nie zaginęła!

– Więc niech pan mi, do cholery, wreszcie powie, kim naprawdę jest Sonia?!!!

Profesor znowu sarkastycznie się uśmiechnął, a następnie rozparł się wygodnie na fotelu.

– Jej wnuczką – odparł pogodnie.

– Rozmawiałem z nią kilkadziesiąt godzin temu i odniosłem wrażenie, że cierpi na zaburzenia pamięci. Być może jest chora psychicznie – naciskał komisarz.

– Jednego jestem pewien: Sonia ma fenomenalną pamięć – odpowiedział niemal bez zastanowienia Młodzianowski. – A tak przy okazji... jest bardzo bystra. Z pewnością bystrzejsza od pana.

Patryk wstał.

– Wrócę tu – ostrzegł w swoim stylu.

– Wiem – rzucił obojętnie Młodzianowski. – Ale na razie za mało pan wie, aby zadawać pytania.

– Dlaczego pan nie chce mówić?

– Bo by pan nie zrozumiał. – Tym razem profesor był przekonywająco szczery. – Proszę mi wierzyć.

– Skoro nie u pana, to gdzie mam szukać prawdy?

– Prawda sama do pana przyjdzie.

Skalferin na dość długo zatrzymał wzrok na profesorze, po czym powiedział coś, co zaskoczyło nawet mnie.

– Wierzę panu.

Profesor po raz pierwszy uśmiechnął się uprzejmie.

– Niech pan na siebie uważa. Znajdzie pan to, czego pan szuka.

Grot zdjął słuchawki.

– Wyłącz laser – mruknął cicho.

– Jezu, szefie, o co tu chodzi? – Fikołka raczej niełatwo było wystraszyć, ale tym razem wyglądał na wyraźnie zdezorientowanego i zaniepokojonego. – Ten profesor potwierdził istnienie tej całej Soni. Skalfi mówił prawdę…

– Wyłącz, kurwa, sprzęt i szybko ruszaj! Zaraz będzie tu szedł Patryk! – ponaglił Grot, ale wyraźnie było widać, że jest skupiony na tym, aby przynajmniej sobie sensownie wytłumaczyć to, co przed chwilą usłyszał. Gdy Fikołek ruszył, elegancik wyjął swój telefon, wystukał numer, a gdy usłyszał głos w słuchawce, zaczął mówić… po niemiecku.

– Ralf? Nie przeszkadzam?

– Wiktor?! Co się stało? – głos był niski, nieco zaspany.

– Mogę mówić?

– Tak.

– Gdzie jesteś?

– W Berlinie.

– Mam prośbę.

– Jaka to prośba?

– Poważna.

– Słucham.

– Potrzebuję ważnych dokumentów z waszego „piecyka".

– Nie powinno być problemu. Oryginał czy kopia?

– Na razie chcę tylko informacji. Słyszałeś o doktorze Heintzu Kuthmannie?

– Nigdy nie słyszałem o facecie. Kto to?

– Lekarz hitlerowski.

– Uuuu – głos w słuchawce stracił impet. – Co jest grane, Wiktor? Co ty kombinujesz?

– Mówię poważnie. Wyślę do ciebie mojego człowieka. Przyleci rannym samolotem. Wszystko ci wytłumaczy, zgoda?

– To śliskie sprawy, Wiktor. Po co ci to? Nie chcesz żadnych komunistów albo agentów?

– Obaj wiemy, że w razie problemów twój ojciec może otworzyć każdą szufladę. Cholernie mi zależy, Ralf.

– Nawet jeśli ci to dam, to… poczekaj chwilę, oddzwonię.

Fikołek wolał nie pytać. Obaj w ciszy doczekali, aż Niemiec się odezwał. Gdy zabrzęczał telefon, Grot był perfekcyjnie opanowany.

– Tak?

– Nie wysyłaj swojego człowieka.

– Ralf…

– Sam przyleć – przerwał Niemiec. – Tylko tobie, ustnie, bez dokumentów i nie do wykorzystania publicznego. Jeśli coś znajdziemy, pokażę ci, ale niczego ze sobą nie zabierzesz.

Możesz wykorzystać wiedzę do własnego śledztwa, ale nie w sądzie, nie wspominając nawet o prasie.

Grot spuścił bezradnie głowę.

– Zgoda. Przylecę pierwszym samolotem.

– Będziesz mi winien bardzo dużą przysługę.

– Wiem.

Anna była coraz bardziej zaniepokojona. Daniel od wyjścia Patryka nie odrywał się od komputera. Nie pozwolił sobie przerwać, nie reagował na nic, co moja biedna żona mu proponowała. Jego wzrok błądził po ekranie, jakby dzieciaka ktoś zahipnotyzował. Wydawało się, że to co próbował znaleźć, było – nawet jak dla niego – trudne. W dodatku nie pozwalał Annie podejść do siebie, ostrzegając za każdym razem przerażającym ją, autystycznym krzykiem. Nie zareagował również na otwierające się drzwi. Patryk wszedł cicho, ostrożnie rzucając mojej żonie pytające spojrzenie.

Ania rozłożyła ręce.

– Siedzi tak, odkąd wyszedłeś – jęknęła bezradnie. – Trochę się boję, bo na początku był zwyczajnie zainteresowany, ale teraz jest jakby... przerażony. Nie daje do siebie podejść. Kiedy tylko chcę zobaczyć o co chodzi, straszliwie krzyczy.

Skalferin skinął głową ze zrozumieniem. Zbliżył się do dziecka i delikatnie położył rękę na jego ramieniu. Chłopiec drgnął, ale pozwolił ojcu spojrzeć na ekran komputera.

– Źli ludzie... – szepnął przerażającym szeptem.

– Co znalazłeś, synku? – spytał równie cicho Patryk.

Daniel zaczął przewracać witryny i tytuły, wszystkie w języku niemieckim: „Śmierć w Wittmund", „Spokojna rodzina

bestialsko zamordowana w Oldenburgu", „Okrutne zabójstwo w Sulingen – trójka dzieci oraz ich rodzice nie żyją",
„Wszystko we krwi – tajemnicze morderstwo na spokojnym
osiedlu Monachium". Skalferin ostrożnie odsunął chłopca
od komputera i stanął między nim a ekranem.

– Daniel... popatrz na tatę... już dobrze – starał się ukryć
własne zdenerwowanie. – To tylko niedobre obrazy, niedobre
litery i cyfry... Zaraz to wyłączę i przytulisz się do taty,
zgoda?

Dzieciak zaczął drżeć i patrzeć w sufit.

– To nie jest prawdziwe – przekonywał Patryk najbardziej
sugestywnie, jak tylko mógł. – To, co widziałeś, istnieje tylko
w komputerze – kłamał dalej, czując, jak ciarki wędrują mu
po kręgosłupie na widok wyrazu oczu chłopca.

Daniel nagle zaczął jeszcze silniej drżeć i coraz głośniej
i szybciej oddychać. Wreszcie z jego gardła wyrwał się prze-
rażający krzyk:

– Heintz Kuthmann!!!

Patryk chwycił chłopaka w objęcia i mocno przytulił.

– Przepraszam synku, Boże, wybacz mi! Tak bardzo przepraszam... – powtarzał, nie wypuszczając dzieciaka z rąk.

Ralf i Grot weszli do niewielkiej sali, w której stało kilka
krzeseł oraz fotel, a pod ścianą – projektor i rzutnik do zdjęć.
Niemiec, zapaliwszy światło, bez słowa podszedł do stolika,
na którym stał sprzęt. Usiadł na krześle, a jedyny w tej sali
skromny, czerwony fotel wskazał gościowi. Ralf był średniego
wzrostu. Miał starannie uczesane, blond włosy z przedziałkiem po prawej stronie, twarz czterdziestolatka, z trochę – jak

na mój gust – za blisko osadzonymi, niebieskimi oczami. Drogi, ciemny garnitur nosił ze swobodą i pewnością siebie. Na korytarzach instytutu wyraźnie czuł się jak ryba w wodzie, choć sprawa, z którą przybył jego polski przyjaciel, wyraźnie go niepokoiła. Nigdy wcześniej nie widziałem tego gościa, ale miałem dziwne wrażenie, że na co dzień był człowiekiem zadowolonym z życia, pogodnym i chyba lubianym. Dlaczego „dziwne"? Bo teraz jego twarz wyglądała na zachmurzoną, zatroskaną, zaniepokojoną, a może nawet trochę rozdrażnioną. Niemiec, obawiam się, żałował tego, co obiecał Grotowi, ale w żadnych na razie słowach ani czynach tego nie wyraził. W drodze z lotniska niewiele mówili, a już z pewnością nie padło ani jedno słowo o Instytucie Gaucka.

– To może wyświechtany komunał, ale jednak go powtórzę – zaczął kwaśno Ralf. – Gdyby nie fakt, ile ci zawdzięczam, o tej rozmowie nie mogłoby być mowy.

– Oczywiście, rozumiem sytuację – odparł z szacunkiem Grot.

– Tej rozmowy nie ma. Cokolwiek się stanie, Republika Federalna Niemiec zaprzeczy i stanowczo sprzeciwi się wszelkim komentarzom dotyczącym tej sprawy.

– Ralf, zrozumiałem za pierwszym razem.

– To dobrze. – Niemiec się uśmiechnął, ale nie było w tym ani krzty wesołości. – Jeśli nie odpowiem na jakieś pytanie, nie nalegaj. Jeśli ty nie odpowiesz na jakiekolwiek z moich pytań, to koniec spotkania, idziemy na piwo i gadamy o pogodzie.

Grot rozłożył ręce w geście sąsiedzkiego pojednania i pełnej gotowości do współpracy.

– W porządku.

Nie zauważyłem, by te deklaracje uspokoiły Ralfa, ale zręcznie to ukrywał.

– Po co ci to? – spytał.

– Prowadzimy dochodzenie w sprawie dwóch, a może i większej liczby morderstw, zaginięcia i cholera wie, czego jeszcze.

– Bardzo mnie interesuje to „cholera wie, co jeszcze".

– Po to przyjechałem. Zginął nasz chłopak, prócz tego cywil, zaginęła kobieta, wszystkie drogi prowadzą do doktora Heintza Kuthmanna.

– Skąd o tym wiesz?

Grot nie od razu odpowiedział.

– Z nielegalnego podsłuchu profesora Sebastiana Młodzianowskiego, naszego wybitnego historyka.

Teraz z kolei Ralf nieznacznie kiwnął głową, wyrażając w ten sposób szacunek.

– Dziękuję. Doceniam, że to powiedziałeś. Czy Młodzianowski kiedykolwiek wypowiadał się na temat Kuthmanna publicznie?

– Ty go znasz?

– Znam. No więc?

– Nic o tym nie wiem. A pewnie bym wiedział.

– Komu mówił o Kuthmannie?

– Podpuścił go jeden z naszych ludzi.

– Tak po prostu?

– Nie tak po prostu, porządnie nad tym pracował od dłuższego czasu.

– Całym zdaniem proszę, Wiktor.

Grot po raz pierwszy okazał zniecierpliwienie, wypuszczając głośno powietrze z płuc.

– Skalfi.

– Patryk Skalferin?!

– Tak.

– To on nie jest w wariatkowie albo na cmentarzu?

– Z obu tych miejsc udało mu się zbiec.

– Teraz dopiero ci wierzę, Wiktor. – Ralf uśmiechnął się, tym razem przyjacielsko. – Kto inny mógłby nam wszystkim narobić tylu kłopotów, jak nie stary, dobry Skalfi. Cały czas ucieka przez życiem, śmiercią i, jak to fajnie ująłeś, przed „cholera wie, czym jeszcze"?

– Oczywiście.

– Jestem po nieprzespanej nocy, Wiktor. Nawet nie masz pojęcia, jaka to brudna sprawa. Całą noc studiowałem te materiały. – Niemiec zacisnął mocno usta, aby kilka razy głębiej odetchnąć.

– Doceniam to, Ralfi.

– Mam nadzieję. Mamy tu codziennie do czynienia z pieprzonymi faszystami, zbrodniarzami wojennymi, komunistami i tak dalej. Ale ten zawodnik to zwierzę najgorszego typu.

– Czuję już nastrój, Ralf. Ale dlaczego tyle lat po wojnie, przy okazji serii przestępstw w Polsce, słyszę to nazwisko?

– Heintz Kuthmann był pediatrą – zaczął Niemiec. – Oczywiście nazywanie go w ten sposób to obraza dla całego człowieczeństwa, ale tak brzmi oficjalna hitlerowska wizytówka. Robił doświadczenia na dzieciach. I to takie, że nawet naziści je ukrywali. Te badania były tajne, rozumiesz?

– O, Boże… – jęknął Grot.

– O szczegóły nie pytaj. Nie mieszczą się w głowie. Skieruję cię na tory, które, jak podejrzewam, mogą wiązać się z twoimi kłopotami w Polsce.

153

– Okej.

– Na początku lat siedemdziesiątych mieliśmy w Niemczech serię potwornych morderstw dokonywanych ponad wszelką wątpliwość przez tych samych sprawców. Zawsze wyglądało to tak samo. Cała rodzina wymordowana w okrutny sposób, a na ścianie wybazgrane krwią ofiar cytaty z Apokalipsy, Tory, Koranu i górujące nad wszystkim, zapisane ogromnymi literami, słowo: NIEPAMIĘĆ.

– Niech zgadnę: sprawę prowadził twój ojciec? – spytał badawczo Grot.

– Nie. Śledztwo prowadził Jürgen Overath. Ale mój ojciec asystował.

– Ten Jürgen Overath?!

– Tak. Zamordowany w 1972 roku we własnym domu, ale bez całego tego krwawego przedstawienia. Oszczędzono też rodzinę.

– Ci sami ludzie?

– W jego kieszeni znaleziono kartkę z napisem „Niepamięć". Ludzie zaczęli się naprawdę bać. Byłem wtedy dzieckiem, ale pamiętam atmosferę w domu i rozmowy rodziców. Ojciec wycofał się i nigdy o tej sprawie nie rozmawialiśmy. Nawet po 1990 roku, kiedy zacząłem tu pracować. Śledztwo przejęli inni, ale morderstwa się skończyły. Aż do teraz. Więc włosy mi stanęły dziś w nocy na głowie, kiedy odkopałem te dokumenty i okazało się, że właśnie o tę sprawę pytasz!

– Nie do końca rozumiem, Ralf...

– Zaraz zrozumiesz. Mój ojciec tu będzie, jak tylko skończy spotkanie. – Niemiec spojrzał na zegarek. – Które właściwie już powinno się skończyć.

Grot krąży dookoła hotelu, czekając na jego niecne zamiary. Zachował ostrożność, choć – jak to on – nie panikował. Przedmieścia Krakowa obfitowały w ciemne uliczki, miejsca skryte, powiedziałbyś – niebezpieczne. Idealne na spotkanie, być może najbardziej niecodzienne w życiu Skalferina. Instynkt mówił mu, że dziewczyna być może już go obserwuje, wie, w którą stronę idzie, być może za chwilę wyjdzie zza jakiegoś drzewa lub nagle dotknie jego ramienia, zbliżywszy się cichutko tuż za jego plecami. Tym razem jednak się mylił. Sonia była dość daleko. Kiedy zadzwoniła po raz drugi, dzielił ich co najmniej kilometr. Na spotkanie wybrała jednak miejsce jak z prawdziwego horroru. Na tyłach ruin nieczynnej od wielu lat niewielkiej fabryki rozciągał się zapomniany przez miasto mały lasek, pełen śmieci, połamanych drzew i zaniedbanych, zarośniętych ścieżek. W nocy – idealne miejsce dla rasowego wampira, który spokojnie mógłby tu do woli wysysać sobie krew ze swoich ofiar, nie będąc zauważonym aż do ranka, kiedy wróciłby do swojej trumny. Tak przy okazji, skoro właśnie twoja mina stała się niezbyt inteligentna – uprzedzę pytanie. Wiem, gdzie jestem pochowany, Anna bywa na moim grobie, ale z tego, co mi wiadomo, nie jestem wampirem. No wiesz, na widok krwi do dzisiaj reaguję nie za dobrze. Wróćmy do sprawy. Kiedy Skalferin szedł ścieżką, która wydawała mu się stosunkowo najbardziej cywilizowana, być może miał podobne myśli. Sonia w pewnym momencie pojawiła się naprzeciwko niego. Wyszła zza zakrętu i pewnym krokiem podążała w jego kierunku. Wyglądała naprawdę pięknie. Była ubrana w czarny, lekki sweter i obcisłe dżinsy. Przez ramię miała przewieszony niewielki plecak. Jej spojrzenie zdawało się kompletnym przeciwieństwem tego, które komisarz poznał kilka dni temu w Warszawie. Miała, prócz zdrowej pewności siebie, jakąś – przyznam – trudną do opisania, wręcz arystokratyczną dumę, klasę, nawet wyniosłość. Na jej twarzy błąkał się tajemniczy, ale przyjazny uśmiech. Gdy zbliżyli się do siebie, uśmiech stał się jeszcze bardziej widoczny i otwarty.

– Niech pan pyta – rzekła spokojnie, wskazując dłonią kierunek, w którym chciała, aby poszli.

– Nie ma żadnej Marty Lamer, prawda? Ani jej córki, ani wnuczki…

Obawiam się, że sam Patryk zdziwił się łatwością, z jaką to pytanie w ogóle przeszło przez jego gardło.

Sonia spokojnie szła obok Skalferina, jakby przed chwilą spytał ją o coś w stylu: „co tam słychać?".

– To panu niepotrzebne do uratowania życia być może wielu osób – odparła.

– Niepotrzebne?! Przecież to pani jest główną zagadką!

– Bardzo się pan myli – zaprzeczyła wciąż pogodnym tonem. – Ciekawią pana niecodzienne zjawiska, zagadki, a nie rozwiązanie sprawy.

– Rozwiązanie sprawy?!

– Tak.

– Nie wiem nawet, od czego zacząć!

– Ależ pan wie. – Sonia spojrzała na niego w sposób, który zdeprymowałby nawet pomnik Mickiewicza na krakowskim rynku. – Trafił pan przecież do profesora.

– To pani mnie tam zaprowadziła – zaprzeczył uprzejmie Patryk. – Gdyby ten biedny staruszek nie zauważył nazwiska, które mu pani podtykała, trzymając „komórkę" na kolanach, musiałaby pani chyba wypisać mu to na czole.

Sonia oczywiście odpowiedziała uśmiechem, ale pełnym uznania.

– Upozorowała pani „zniknięcie" Marty Lamer. Wiedziała pani, że szukając starszej kobiety, trafię z pytaniami do Anny. Sprowadziła mnie pani na trop profesora i Heintza Kuthmanna. Tylko dlaczego? Kryje pani w sobie niezwykłą tajemnicę, ale jest coś jeszcze, prawda?

– Teraz zadaje pan właściwe pytania.

– Nie mogła pani załatwić tego zwykłą drogą, bo jest pani... kim jest, ale chodzi o coś więcej, prawda?

Sonia skinęła głową. Z jej twarzy powoli znikał uśmiech, zastępowało go ledwie zauważalne, ale jednak przygnębienie.

– Skąd pani wiedziała, ze trafi na mnie?

– Nie wiedziałam. Ale to musiał być ktoś kto reprezentuje prawo – odpowiedziała poważnie. – Mogłam trafić na kogoś kompletnie nienadającego się do tego, co chcę zrobić. Ale dziś uważam, że miałam szczęście.

– Dziękuję – w głosie Patryka zabrzmiała subtelna ironia. – Skoro tak, to dlaczego tu jestem? Co pani chce zrobić?

– Chcę, aby powstrzymał pan kogoś, kto może wielu ludziom wyrządzić dużą krzywdę. – Teraz spojrzenie Soni straciło nieco z pewności siebie.

– A ja mam, ot tak – pstryknął palcami – uwierzyć, że nie miała pani nic wspólnego z morderstwami? Dlatego, że jest pani miła? Czy dlatego, że umie pani być raz staruszką, innym razem czterdziestolatką, a teraz młodą, piękną dziewczyną?

– Nie rozumie pan. – Sonia spuściła wzrok, kręcąc nerwowo głową.

– To prawda. Czuję się, jakbym śnił! Ale nawet jako racjonalny ateista, muszę uznać fakt, że jest absolutnie niemożliwe, by dwie osoby miały takie same odciski palców. Nie mówiąc już o DNA! A to by świadczyło o tym, że umie pani zmieniać postaci jak rękawiczki, jednak jest to równie niemożliwe.

– To nie tak. – Dziewczyna podniosła wzrok i wyglądało na to, że odzyskuje chwilowo zachwianą równowagę.

– A jak?

– Nie zrozumie pan.

– Teraz dopiero nie rozumiem! Proste pytanie: czy Marta Lamer i pani to jedna osoba?!

Sonia rozłożyła bezradnie ręce.

– Jeśli potwierdzę, zacznie pan zadawać kolejne pytania, aż dojdziemy do momentu, którego nie będzie pan w stanie zaakceptować. Jeśli zaprzeczę, będzie pan szukał Marty. Chyba więc zakończymy ten temat, a przejdziemy do… – Nagle Sonia otworzyła szerzej oczy, jakby dopiero teraz dotarło do niej, co usłyszała przed chwilą. – Jakie morderstwa?!

– Nie o to pani chodziło, nie o zabójstwa?

– O jakich morderstwach pan mówi?! – powtórzyła dobitnie Sonia.

– Śledczego, który został zastrzelony, gdy panią obserwował oraz właściciela mieszkania Marty Lamer, zabitego w jego prywatnej willi. Kogo mam podejrzewać, jak nie panią?

– O, Boże… – Sonia przyłożyła ręce do ust i przyspieszyła kroku.

– Jasne, jak trwoga, to do Boga – mruknął swoim burkliwym tonem Skalferin.

– Powtarzam panu, nic pan nie rozumie. – Po raz pierwszy, odkąd ją zobaczył, Sonia wyglądała na zagniewaną. – Nie boję się o siebie! A już na pewno nie boję się pańskich podejrzeń! Powtarzam: zagrożonych jest wiele osób. Człowiek, który to robi, tkwi w przeświadczeniu, że czyni dobrze, ale jednak błądzi.

– Wie pani, kto jest mordercą?!

– Obawiam się, że tak.

– Niechże więc przestanie pani mną manipulować, tylko proszę odpowiedzieć na dwa proste pytania, a może na pewien czas pani uwierzę: kto jest mordercą i czy mam szukać Marty Lamer oraz jej córki, bo wnuczkę mam przecież przed sobą?!!!

– Nie.

– Co: nie?

– Niech pan nie szuka Marty Lamer.

Patryk cofnął się o krok. Bywa, że czasem do ludzi pewne trudne do uwierzenia prawdy dochodzą po dłuższym czasie. Do Skalferina to, co powiedziała, dotarło po ułamku sekundy. I co jeszcze bardziej niewiarygodne – natychmiast jej uwierzył.

– Jak to możliwe?! – spytał, patrząc na nią, jakby przed chwilą sfrunęła z kosmosu.

– Zrozumie pan w swoim czasie. Proszę mi wierzyć. Chcę jedynie, aby mi pan choć trochę zaufał.

– Trochę?! To trochę więcej niż „trochę”!

– Powiem panu rzeczy, do których sam by pan nie doszedł.

– Skąd ten wniosek?

– Bo przez prawie czterdzieści lat nie udało się nikomu go schwytać.

– A pani poucza policjanta z piętnastoletnim stażem?

– Żyję dwa razy dłużej od pana! – wybuchnęła Sonia.

– Kim pani jest?! I kim jest ten człowiek, o którym pani mówi?

Dziewczyna stanęła i znowu zakryła twarz dłońmi.

– Dlaczego ciągle pyta pan o mnie? Moja inność przesłania panu wszystko?!

– No fakt, drobiażdżek! Kobieta, która może przeistoczyć się, w kogo zechce. Z pewnością każdy oprócz mnie by to olał i zmienił temat, pytając o pogodę!

– Nie przeistaczam się, w kogo chcę! To ciągle jestem ja!

– Jak pani to robi?

– W porządku. Dowie się pan wszystkiego. Czy pan to przyjmie do wiadomości, czy nie, pańska sprawa. Zaufam panu. Ale najpierw pan zaufa mnie. Tu są nazwiska i zdjęcia osób, których szuka ten człowiek. – Podała mu teczkę, którą przed chwilą wyjęła z plecaka. – Najpierw ochroni ich pan i zapobiegnie rzezi, a potem ja odpowiem na wszystkie pańskie pytania.

– Albo znowu zagra pani amnezję?

– Nie grałam amnezji. W tamtym momencie… przez pewien czas w takich momentach mam zaburzenia pamięci. Na dość krótko.

– Gdy się pani… przemienia? – Znowu uwięzło to w gardle Skalferina.

– Ja się nie „przemieniam", to nie film science fiction.

– No proszę … nie film science fiction? Co też pani powie?!

– Wyjaśnię to panu. Ale gdy go pan złapie.

– Po to był ten list, który napisała pani do siebie? Aby szybciej odzyskać pamięć?

– Tak.

– I po to, aby zaintrygować kogoś takiego jak ja?

– Brałam to pod uwagę. W takich momentach jestem... dość bezradna. Pamięć wraca dopiero po pewnym czasie. Liczyłam na to, że będzie mnie pan śledził i dzięki temu będę bezpieczna.

– Gdybym panią śledził, już bym nie żył. Tak jak mój kolega.

– Nawet nie wie pan, jak mi przykro.

– Nie odpuszczę pani. Albo teraz wszystko pani opowie, albo panią aresztuję.

– Tak? – Sonia znowu się rozgniewała. – Pod jakim zarzutem? Że mam ponad siedemdziesiąt lat, a wyglądam na dwadzieścia? Z pewnością wszyscy panu uwierzą. Nie zaginęłam ja, tylko Marta Lamer. Mnie nie ma.

– Właśnie. Soni nie ma. A tym już ktoś się zainteresuje. Jak pani wyjaśni to, kim właściwie pani jest?

Dziewczyna rozłożyła bezradnie ręce.

– Ma pan do wyboru. Albo mnie pan aresztuje i zginą ludzie, a pan niczego się nie dowie, albo... będzie pan wiedział wszystko, jeśli zagra pan po mojemu. Inaczej wpakuje pan nas oboje w kłopoty i będzie pan miał ich na sumieniu. – Wskazała dokumenty, które wciąż trzymała w dłoni.

Przez chwilę mierzyli się wzrokiem.

– Okej. – Patryk spuścił bezradnie głowę. – Załóżmy, że pani wierzę. Co pani wie o tym człowieku?

Sonia odetchnęła z ulgą.

– Może jednak nie pomyliłam się co do pana. – Zaczęła spokojniej oddychać. – Nie widziałam go od lat. Używa wielu nazwisk. Ale wiem, że niedawno zaczął szukać tych ludzi, i wiem dlaczego. To bardzo sprawny zabójca. Potwornie nie-bezpieczny.

– Skąd pani to wie?

– Nie powiem panu, bo pójdzie pan w złą stronę i zacznie pan nachodzić niewinne osoby. A zanim pan go złapie, on dopadnie ich.

– Może pani sama poprowadzi tę sprawę?

– Wie pan, że nie dam rady. Ja tylko wyglądam na dwadzieścia lat, zresztą to nie potrwa długo. Ale pomogę panu na tyle, że będzie pan miał nad nim przewagę. On jest w moim wieku. Ma ponad siedemdziesiąt lat. A nie potrafi wyglądać i czuć się tak jak ja.

– Pani znała Heintza Kuthmanna?

– Tak.

– Chciała pani, żebym się o nim dowiedział, i dlatego zaprowadziła mnie pani do profesora?

– Tak.

– Jest pani ofiarą jego eksperymentów. – Patryk bardziej stwierdził, niż zapytał.

Sonia bezradnie spuściła głowę.

– Cała sprawa wiąże się z tym lekarzem? – pytał dalej komisarz.

– Tak. Wszystko się wiąże z tym potworem.

– I opowie mi pani o tym?

– Tak.

– A o Wittmundzie, Oldenburgu, Sulingen?

– Skąd pan to wie?!!! – Sonia drgnęła jak rażona prądem.

– No widzi pani. Są granice manipulacji. Nawet jak jest się superwoman. Nie może pani decydować o całej mojej wiedzy. – Skalferinowi trudno było ukryć satysfakcję.

– Nie jestem żadną superwoman – rzekła chłodno Sonia. – I nie chciałby pan przeżyć choćby procenta tego, co ja. Więc zanim wygłosi pan kolejną błyskotliwą ripostę, niech pan przyjmie do wiadomości pewien aksjomat: nie ma pan zielonego pojęcia, czym była wojna dla takich jak ja.

– Przepraszam.

– Zacznie pan wreszcie słuchać?

– Tak. Ostatnie pytanie i zamieniam się w słuch. Jak naprawdę się pani nazywa?

– Sonia… Sonia Horowitz.

Patryk skinął głową.

– No to teraz zamieniam się w słuch.

Rozdział 8

Elias Becker – wysoki, szpakowaty siedemdziesięciolatek – zestarzał się wspaniale. Nie widziałem go nigdy wcześniej, ale jego forma zrobiła na mnie wrażenie. Był szczupły, wyprostowany, jego ruchów nie zaburzała żadna widoczna choroba czy znak czasu. Mimo że włosy miał niemal całkowicie siwe, pozostały gęste i zadbane. Na swojego syna oraz gościa z Polski spoglądał bez sztucznego zadęcia, wyższości czy egzaltacji. Był naturalny, spokojny, jak na razie rzeczowy. Darował sobie wstępy typu: „O, jak się długo nie widzieliśmy" czy najgłupsze i jednocześnie najczęściej chyba powtarzane pytanie świata: „Co tam słychać?". Przywitał się, podając rękę Grotowi, kiwnął głową w stronę Ralfa i po prostu podszedł do teczek leżących obok rzutnika na stole.

– Jesteśmy naprawdę bardzo wdzięczni, panie pułkowniku – nie wytrzymał Grot.

– Drażni mnie fakt, że wykorzystujesz mojego syna, aby sprowadzić mnie, Wiktorze – odparł dość chłodno, ale wciąż uprzejmie Becker. Większości ludzi opieprzenie kogoś przychodzi z pewnym wysiłkiem. Pułkownik sprawiał wrażenie takiego typa, który nie ma z tym problemu. Jego ogłada, opanowanie i uprzejmość, obawiam się, nie miały zbyt wiele wspólnego z tym, co czuł czy myślał naprawdę.

– To, z czym przyjechałem, wydało mi się szczególnie ważne. – Grot również umiał być chłodny. I nie lubił połajanek.

– Akurat tu masz rację – przyznał Becker. – Dawno już chciałem to załatwić. Gdybym tylko potrafił...

Szczerość pułkownika tylko na pozór wyglądała na oznakę słabości. Na kilometr czuć było od niego zawodowca, który nigdy nie mówi zbędnych rzeczy. Wiktor zerknął na Ralfa, ale tamten dał mu czytelny znak, żeby – niepytany – siedział cicho.

– Co wiesz? – stary agent zadał to pytanie po dłuższej chwili, przeglądając materiały w teczkach i nie obdarzając gościa nawet przelotnym spojrzeniem.

– Mamy na razie dwa niewyjaśnione morderstwa, z doktorem Heintzem Kuthmannem i, jakby to powiedzieć... dość tajemniczą kobietą w tle.

– Skąd taki wniosek?

– Jaki wniosek? – Grot chyba specjalnie chciał trochę podrażnić się z Niemcem, aby nie dać się zbić z pantałyku.

– Że to związane z Kuthmannem.

– Profesor Sebastian Młodzianowski.

– Jak do niego trafiliście?

– W toku śledztwa. Śledząc kobietę. Chętnie przedstawię pełny raport jako wyraz wdzięczności za wymianę informacji – skłamał, jak sądzę, Grot. Był raczej zniecierpliwiony pytaniami, a nie wdzięczny.

– Słyszałeś wcześniej o Kuthmannie?

– Nie.

Pułkownik kiwnął głową, jakby na potwierdzenie, że pytania dobiegły końca.

– No to zrobimy sobie kino – westchnął, włączając rzutnik. – Ralf, zgaś światło!

Na ekranie, na pierwszym, czarno-białym zdjęciu widniał bardzo zadbany, przystojny młody człowiek w białym fartuchu na tle jakichś półek z książkami.

– To jedno z niewielu zdjęć Heintza Kuthmanna z czasów wojny – zaczął wykład Becker. – Wyglądał jak harcerzyk. Podobno był nieśmiały i skryty. Tutaj ma trzydzieści pięć lat. Interesowała go, co popularne w tamtych czasach, nauka o zmienności organizmów, oparta na przesłankach, które tkwią w podstawowych jednostkach dziedziczności, czyli – mówiąc po ludzku – genetyka. Dla niego to była świeża sprawa. Niezrozumiane przez niemal pół wieku badania Mendla* miały wtedy trochę ponad siedemdziesiąt lat. Pojęcie „genetyka" za czasów wojennej działalności Kuthmanna istniało zaledwie od niespełna czterdziestu lat. Morgan** i Sturtevant*** to druga dekada dwudziestego wieku.

---

* Gregor Johann Mendel, Grzegorz Mendel (ur. 20 lipca 1822 r. w Hynčicach, zm. 6 stycznia 1884 r. w Brnie) – augustiański zakonnik, prekursor genetyki.

** Thomas Hunt Morgan (ur. 25 września 1866 r. w Lexington, zm. 4 grudnia 1945 r. w Pasadenie) – amerykański biolog, genetyk, twórca chromosomowej teorii dziedziczności, laureat Nagrody Nobla w dziedzinie fizjologii i medycyny w 1933 roku.

*** Alfred Henry Sturtevant (ur. 21 listopada 1891 r. w Jacksonville, zm. 5 kwietnia 1970 r. w Pasadenie) – amerykański biolog, genetyk. Student Morgana. Twórca tzw. liniowej teorii chromosomalnej i pierwszej genetycznej mapy chromosomalnej. Laureat najwyższego amerykańskiego odznaczenia naukowego – National Medal of Science.

Frederick Griffith* – czasy bliskie wojny. Odkrycie molekuły odpowiedzialnej za dziedziczenie, czyli pierwsze prace nad DNA to Stany Zjednoczone, 1944 rok. Kiedy Kuthmann zaczynał, nie mógł o tym wiedzieć.

Pułkownik zmienił zdjęcie. Przedstawiało grupę kilkuletnich dzieci na tle drutu kolczastego, charakterystycznego dla obozów koncentracyjnych. Wszystkie miały na sobie takie same ubranka, przypominające szpitalne koszule nocne.

– Interesowały go choroby – kontynuował Becker. – A konkretnie dziedziczne choroby Żydów aszkenazyjskich. Odkrył, że istnieją rzadkie schorzenia, których on sam czasem jeszcze nie umiał zidentyfikować, szczególnie charakterystyczne dla aszkenazyjczyków. Jak zespół Blooma czy choroba Gauchera. Kuthmann znał, oczywiście, odkrytą w dziewiętnastym wieku chorobę Gauchera, ale na przykład w zespole Blooma, opisanym dopiero dziesięć lat po wojnie błądził jak we mgle. Dokonywał nieludzkich eksperymentów na żydowskich dzieciach z obozów koncentracyjnych. I to z wielu obozów. Z niezbadanych do tej pory powodów miał wyjątkowe uprawnienia. Jeździł niemal po całej okupowanej Europie i miał wstęp wszędzie. Tyle wiemy. W 1944 roku dość nagle ograniczył się do tak zwanych rodzinnych dysautonomii. Ta grupa chorób występuje niemal tylko i wyłącznie wśród aszkenazyjczyków. A przynajmniej do dzisiaj nie stwierdzono innych przypadków.

– Wiadomo dlaczego? – wtrącił wreszcie Grot.

– Nie pytasz, co to takiego?

---

* Frederick Griffith (ur. w 1879 r. w Hale, zm. w 1941 r. w Londynie) – brytyjski lekarz i naukowiec. W 1928 r. jako pierwszy zbadał i opisał zjawisko transformacji DNA.

Wiktor nie odpowiedział. Ponownie odwrócił się w stronę ekranu; pułkownik prezentował na nim serię zdjęć z laboratoriów, w których eksperymentowano na dzieciach. Obok Kuthmanna widoczni byli jego asystenci.

– Przejdźmy do waszej sprawy – zadecydował Becker. – Jest koniec wojny, Kuthmann znika. Nigdy nie zostaje schwytany, nie odpowiada za zbrodnie. Dlaczego?

– Bo alianci nie mieli pojęcia o jego istnieniu. Bo jedynymi prawdziwymi świadkami były dzieci, a prace pozostawały ściśle tajne – dopowiedział Ralf, który nagle poczuł się potrzebny. – Dzieci po prostu znikały z obozów i trafiały do jego gabinetu w Berlinie. Do tej pory nie dotarliśmy do zeznań żadnego z nich. Musimy założyć, że wszystkie były likwidowane. Przeżyła tylko trójka.

– Poczekaj, Ralf – zatrzymał go pułkownik i zwrócił się do Wiktora: – Teraz przechodzimy do spraw, których nigdy nie wolno ci publicznie ujawnić. Taka jest umowa. Przynajmniej dopóki my na to nie pozwolimy.

– Słowo oficera – zadeklarował bez namysłu Grot.

– W porządku. – Becker kiwnął głową. Na ekranie pojawiło się zdjęcie skulonych pod ścianą trojga dzieci. – Oto ocalała trójka. Dwóch chłopców i jedna dziewczynka. Na tym zdjęciu mają po dziesięć lat. Fotografia pochodzi z 1951 roku.

– Słucham?!!! – Wiktor odwrócił się gwałtownie w stronę pułkownika.

– No, właśnie – odparł ponuro Becker. – Sześć lat po wojnie doktor Heintz Kuthmann nadal więził dzieci, niegdyś przywiezione z obozów koncentracyjnych, i nadal je torturował.

– Jezu… – Wiktor chyba nawet nie miał ochoty się powstrzymywać.

– *Stasi* przejęła go w marcu 1950 roku.

– Ale co robił przez poprzednie pięć lat i kto mu na to pozwolił?! Kto mu dawał pieniądze i kto go ukrywał?! – Grot poczuł, jak dłonie zaczynają mu się coraz bardziej pocić.

– Tego nie wiemy nawet my. Może Rosjanie. To, co teraz ci mówię, to nie tylko akta *Stasi*, ale przede wszystkim źródło, które nazywamy *Dziennikiem Baumanna*. Nie ma w nim wiadomości na ten temat. Ale jest cholernie dużo innych ciekawych rzeczy. Wrócimy do tego. Teraz trochę o tej trójce. Zaraz się zorientujesz, że to o nich przede wszystkim powinniśmy pogadać. Ten z prawej nazywał się Adam Ejszel, chłopiec obok niego to Jakub Herszberg, dziewczynka nazywała się Sonia Horowitz.

Grot drgnął. Ale pułkownik oczywiście nie dał mu wytchnąć.

– Coś o niej wiesz, prawda? – spytał dość beznamiętnie.

Wiktor rzucił w jego kierunku zaniepokojone spojrzenie, widoczne nawet w przygaszonym świetle.

– Jesteśmy niemal pewni, że kobieta, którą obserwujecie, to ona.

– Skąd ten wniosek? – nie mógł sobie darować Grot.

– Bo z grubsza wiemy, co się stało z pozostałą dwójką – odparł Becker. – Adam Ejszel jako jedyny z nich, z tego co nam wiadomo, trafił do Izraela. Znamy go jako późniejszego agenta Mossadu. Z kolei Jakub Herszberg został adoptowany przez polską rodzinę zamieszkałą w Anglii. Jego przybrany ojciec, znany profesor ekonomii, zmarł w Londynie, nigdy nie wrócił do Polski. Matka, pochodząca z arystokratycznej rodziny, historyczka, także zmarła na uchodźstwie. Jakub chyba miał najwięcej szczęścia. Został starannie wykształcony przez inteligencką rodzinę. Wrócił do kraju dwadzieścia lat temu. *Stasi* nie wytropiła go nigdy, aż do jej likwidacji. Po adopcji i zmianie nazwiska na Sebastian Młodzianowski w Anglii był nie do znalezienia.

Grot z niedowierzaniem spuścił głowę.

– Sonia, profesor i ten agent Mossadu…

– Tak. – Pułkownik głęboko odetchnął. – Dochodzimy do sedna sprawy. Całą trójkę łączy kilka tajemnic. Pierwszą z nich był powód, który sprowadził ich do Kuthmanna. Wszyscy chorowali na niezwykle rzadką chorobę z tak zwanej grupy HSAN, rodzinnych dysautonomii: si-aj-pi-eeeej – przedłużył dość wyraźnie „e". Pisze się CIPA. W waszym języku to nie za bardzo parlamentarny wyraz. Ale w tym wypadku raczej nie ma z czego żartować. To wrodzony brak odczuwania bólu, niemożność rozróżniania temperatur i brak pocenia się. Do dzisiaj zanotowano to schorzenie u zaledwie pięciuset osób na całym świecie. Trzeba przyznać, że wytrwałość Kuthmanna jest niezwykła. Całą wojnę szukał po Europie najbardziej niezwykłych przypadków, aż nagle znalazł coś, co przeszło jego wszelkie oczekiwania. Trójka dzieci, niemal w jednym wieku, z jednego obozu i jedna z najrzadszych chorób na świecie. Oczywiście nie zdawał sobie sprawy z tego, czym jest CIPA, ale z całej okupowanej Europy każdy meldunek o nietypowym zachowaniu czy nietypowych cechach więźniów natychmiast trafiał na jego biurko. Wtedy najprawdopodobniej kazał zlikwidować resztę dzieci ze swego laboratorium i zdecydował się skupić tylko na HSAN-ie. Gestapo sprowadziło do niego ocalałe rodziny tej trójki. Przebadał je i kazał wymordować. Część tych ludzi więziono wcześniej, podobnie jak Sonię, Adama i Jakuba, w stosunkowo niewielkim – jak na hitlerowskie warunki – obozie Stutthof na wybrzeżu. Ale pozostałych szukano w gettach całej Polski.

Pułkownik na chwilę przerwał, aby uważniej przyjrzeć się reakcji Wiktora. Grot siedział jednak bez ruchu, wpatrzony w ekran, nieruchomy od kilku minut jak kamień.

– One w ogóle nie odczuwały bólu – kontynuował Becker. – Fascynowało go, że cokolwiek robił, dzieci nie pociły się, nie reagowały na gorąco i zimno ani na żaden, nawet najdotkliwszy, ból. Jak pisze autor *Dziennika Baumanna*, doktor za wszelką cenę chciał zbadać, jak możliwe jest ewentualne wszczepienie takich cech na przykład niemieckim żołnierzom. Hitlerowiec, który zazdrości swoim największym wrogom ich rasowych cech... Wyobrażacie sobie, kim był człowiek, w którym zgromadziły się takie uczucia?

– Ile lat?! – Skalferin drgnął jak rażony prądem.

– Więził nas od 1944 do 1952 roku – potwierdziła ponuro Sonia. – Osiem okrutnych, strasznych lat.

– Nigdy nie wychodziliście?

– To był bardzo duży dom w jakimś lesie na pustkowiu. Wypuszczał nas pod okiem strażników lub swoich asystentów codziennie na powietrze. Chodziliśmy jak po więziennym spacerniaku. Mur był dość wysoki, nie widzieliśmy więc, co za nim jest. Widzieliśmy tylko drzewa.

– Nigdy tam pani nie wróciła?

– Wróciłam. Wiele lat później. Dojdziemy do tego.

Patryk dobrą chwilę pomyślał, zanim zadał następne pytanie:

– Co… co on wam robił?

Wyglądało na to, że Sonia na swój sposób jakby przyzwyczaiła się do towarzystwa myśli, o które teraz pytał Skalferin. Miała skupioną, smutną twarz, ale z dawnymi emocjami – na ile to oczywiście możliwe – chyba umiała już żyć. A przynajmniej ich nie okazywać przed policjantem.

– Bywały całe tygodnie, kiedy go nie było – zaczęła cicho opowiadać. – Wtedy albo był spokój, albo asystenci robili drobne rzeczy, na przykład pobierali z nas tkanki do badania. Pamiętam lato, kiedy nie robiono absolutnie nic. I pamiętam zimę, kiedy niemal codziennie przywiązywano nas do stołów operacyjnych i przeprowadzano operacje narządów. Byliśmy przytomni, patrzyliśmy na to. Łamano nam nogi, aby później składać. Kazano cały dzień siedzieć w wodzie o temperaturze ledwie powyżej zera. Zarażano nas różnymi chorobami wywołującymi największy możliwy ból, umieszczano w nerkach kamienie, perforowano żołądek, przewiercano nam czaszki… i tak osiem lat. Niech pan nie pyta o szczegóły…

– Boże… – szepnął Patryk. – Jak wy to przeżyliście?

Sonia wypuściła głośno powietrze z płuc.

– Wie pan… Jest taki typ mężów. Moim zdaniem największych skurwieli, jacy tylko mogą być. Biją żonę do nieprzytomności, a potem troskliwie się nią opiekują wszystkimi możliwymi metodami, aby wyzdrowiała. A potem znowu zadają ból… Przejdziemy się jeszcze kawałek?

– Oczywiście. – Skalferin ruszył do przodu.

Przez chwilę szli w milczeniu.

– Kuthmann nie tylko nas leczył po tych wszystkich torturach. On nas… „ulepszał". Miał, jak to analizuję po latach, właściwie nieograniczone środki. Najnowsze zdobycze techniki i medycyny trafiały tam, gdzie nas więził, a on czynił nas jeszcze bardziej odpornymi. Nie tylko nie odczuwaliśmy bólu, ciepła, zimna, a nasze ciała się nie pociły. Z biegiem lat, mimo że wszyscy mieliśmy wielokrotnie łamane kończyny, wycinane fragmenty narządów, trepanowane czaszki… zaczęliśmy być nieprawdopodobnie odporni. Ciała się zabliźniały, gorzej z tym, co mieliśmy w głowach. Jakub, czyli Sebastian, radził sobie z tym chyba najlepiej. Był cierpliwy, nadludzko spokojny i zdecydowanie najinteligentniejszy z nas. Można powiedzieć, że Kuthmann na swój sadystyczny sposób… polubił go. Rzadko sięgał po niego, tylko wtedy, gdy uznał, że my mu nie wystarczamy. Za to często badał jego niezwykłe zdolności umysłowe. Sebastian w wieku pięciu lat znał już płynnie niemiecki. Miał pamięć fotograficzną, potrafił także zapamiętywać wszystkie rozmowy asystentów i powtarzać je niemal co do słowa. Kiedy Niemiec nauczył go grać w szachy, już po miesiącu wygrywał ze wszystkimi asystentami. Sam doktor nigdy z nim nie zagrał. Nie siada się z Żydem do jednego stołu. Uczyć małpę sztuczek to jedno, ale konkurować z nią – to już zupełnie inna sprawa.

– Jaki on był? Na co dzień? Dla was? – Patryk zaczął zadawać pytania bez zastanowienia, bez refleksji, choć obudził się w nim trudny do wytłumaczenia lęk. I to nie ten strach wędrowniczek, który czasem nas spotyka, bywa, że ostrzega, wędruje nam po kręgosłupie, wprawia w drżenie ciało, czasem zmusza do ucieczki. Lęk, który obudził się w Skalferinie, to… strach śpioch. Taki, który nigdy nigdzie nie odchodzi, nie wędruje, lecz – abyśmy mogli względnie sensownie żyć – śpi. Śpi w nas. A gdy się obudzi, zmienia wszystko. Natura i sens rzeczy stają się inne. Prawda staje się inna. A nadzieja zaczyna wydawać się śmieszna. Taki strach przypomni ci zawsze, jak bardzo każdy jest samotny. Wśród tłumu, przyjaciół, sukcesów… Jak nasza natura jest logicznie egoistyczna. Bo Skalferin, słuchając Soni, zdanie po zdaniu, nie mógł się opędzić od myśli o… sobie. „Śpioszek" drzemiący w takich ludziach jak Patryk zawsze przypomni o sobie, kiedy tylko usłyszy i rozpozna osobę, której naturę wyznaczył prawdziwy, pierwotny ból i prawdziwe dla wielu, niewyobrażalne cierpienie. To nie taki sobie strach wymalowany na twarzach ludzi, którzy tchórzą przed każdym dniem, przed wyzwaniami, nawet przed szczęściem. Lęk Skalferina umiał łamać zasady natury, które są dla takich jak on ostatnią deską ratunku. Te zasady opierają się na idiotyzmach, takich jak wiara, człowieczeństwo, to, że jesteśmy wspólnotą. I teraz strach śpioch szepnął do ucha komisarzowi Patrykowi Skalferinowi, że doktor Heintz Kuthmann i jemu podobni tkwią w tej wspólnocie. Że niewiele go od nas różni. Że ta sama natura powołała nas do życia, a więc… każdy potrafiłby być taki jak on!

– Był miły – powiedziała ponurym, zgaszonym głosem Sonia. – Nigdy nie podnosił głosu. Z uprzejmym uśmiechem prosił asystenta: „Proszę unieruchomić pacjenta numer trzy i dokonać resekcji jego żołądka. Pamiętajmy o nieużywaniu żadnych środków znieczulających i obserwowaniu obiektu". Taki był miły.

– Do dzisiaj nie umie pani czuć bólu? – spytał Skalferin.

– To rzadka, ale nieuleczalna choroba.

– Wielu by chciało nie cierpieć. Nie ma pani pojęcia o migrenach, atakach kamicy nerkowej, nawet idiotycznym lęku przed dentystą!

Sonia pokręciła z niedowierzaniem głową.

– A pan nie ma pojęcia, o czym mówi. Ten potwór właśnie tak myślał. Idealny, nie odczuwający żołnierz. Niepokonany. Co za kretynizmy! Wie pan, co to znaczy: nie kontrolować ciała? Nie wiedzieć, kiedy trzeba iść do ubikacji, jak się ubrać, aby nie zachorować? Wiecznie mierzyć sobie temperaturę, by się nie przegrzać z powodu braku potliwości? Po każdym, nawet najmniejszym wypadku, jeślibym się poślizgnęła na lodzie lub przewróciła, potykając o korzeń drzewa albo wystającą płytę chodnikową, nie mam pojęcia, czy coś złamałam, czy czegoś w swoim organizmie nie uszkodziłam. Muszę jeździć ciągle do innych lekarzy i przy okazji uważać, by nie zaczęli podejrzewać u mnie mojej choroby, tylko aby zbadali, czy jeszcze jestem w jednym kawałku!

Patryk szedł w milczeniu. Strach nie mijał. Błąkał się po całym ciele, podpowiadając coraz to nowe pytania, jednak od kilku chwil jakby przestał umieć je zadawać.

– Cały paradoks polega na tym, że Kuthmann nauczył nas z tym żyć – mówiła dalej Sonia. – Być może dzięki temu wszyscy przetrwaliśmy, i to dość długo. Mogłabym wyjść nago na dwudziestostopniowy mróz i nie widziałabym różnicy między tym a siedzeniem w saunie. Tylko że w ciągu pół godziny straciłabym pewnie przytomność, a następnie – umarłabym. On nauczył nas wszystkiego. Jak małpki.

– Jak to się stało, że was uwolnił? – wydusił wreszcie z siebie Patryk.

– Nigdy nas nie uwolnił. Uciekliśmy. Uciekliśmy w dniu, w którym śmierć wreszcie przyszła po doktora Heintza Kuthmanna.

– Uciekli 20 lipca 1952 roku. – Elias Becker zmienił kasetę ze zdjęciami. – Tak przynajmniej jest napisane w *Dzienniku Baumanna*. Nie mamy tego wszystkiego w komputerach, musimy oglądać kasety ze slajdami.

– Te dzieci miały po jedenaście lat! Wiemy, kto im pomógł? – spytał czujnie Grot.

– Wiemy. I tu dochodzimy do postaci niejakiego Michaela Baumanna. Ciekawa, tajemnicza postać. Podwójny szpieg. Od początku istnienia służb NRD był w *Stasi*. Według naszych ustaleń, stale pracujący dla Amerykanów, później długie lata w Mossadzie. A skoro tak, to najprawdopodobniej był Niemcem żydowskiego pochodzenia, który uciekł przed wojną do Stanów Zjednoczonych.

– Dziwne… – mruknął pod nosem Grot.

– Zainstalowanie go w *Stasi*? – Stary pułkownik miał najwyraźniej wciąż doskonały słuch.

– Tak.

– Też tak myślę. Amerykanie do dzisiaj mają wywiad do dupy. A co dopiero wtedy. Stworzenie całej podstawy, lipnej rodziny, przeszłości, przekroju historycznego… Ktoś, kto stworzył Baumanna, przechytrzył Rosjan i *Stasi* na kilka dobrych lat. Po wojnie zrobił się spory burdel i możliwe były takie numery, ale tu aż ręce same składają się do oklasków.

– Jak to zrobił? – spytał Wiktor, który wyraźnie dążył do tego, aby wrócili do sedna sprawy.

– Tu się zdajemy na jego dziennik. Od pół roku miał dostęp do ośrodka Kuthmanna jako jeden z łączników *Stasi*. Wszystkich siedmiu asystentów doktora pracowało dla Staatssicherheitsdienst. Wszyscy byli lekarzami, trzech z nich pracowało z Kuthmannem jeszcze w czasie wojny. Wtedy, 20 lipca w ośrodku było tylko dwóch strażników, jeden asystent, Kurt Wachman, i sam Kuthmann. Według tego, co czytamy – fenomenalnie zorganizowana akcja Mossadu. Agenci zlikwidowali wszystkich obecnych w ośrodku, uwolnili dzieci i przerzucili kanałem Baumanna w ciągu trzech godzin poza żelazną kurtynę. Tylko jak? Tego już Baumann nie opisał. Do dziś nie wiemy, którędy ich wywieziono. Najbliżej do RFN, ale najtrudniej. Bałtykiem – kompletnie niemożliwe. Przez Polskę? Za duże ryzyko. Walczyli z czasem. Moim zdaniem: Czechy, a potem Austria. Stamtąd przerzut do Izraela. Powojenny ośrodek Kuthmanna mieścił się niedaleko miejscowości Ostrau. Jakieś trzydzieści kilometrów na północny zachód od Drezna. Według dziennika, alarm wszczęto dopiero dwadzieścia godzin po likwidacji ośrodka. Dzieci pewnie odpoczywały już wtedy w Hajfie. Adopcje w Anglii i Szwajcarii dla Jakuba i Soni zostały już dawno przygotowane, i to bardzo starannie. Obie polskie rodziny prześwietlono wielokrotnie, obie były bardzo patriotyczne, antykomunistyczne i świetnie wykształcone. W czasie wojny zaangażowane w walkę z okupantem. I co najważniejsze – obie bez korzeni żydowskich. Dzieci zostały natychmiast rozdzielone i genialnie ukryte.

– Co na to Zaisser* i ruscy?

---

* Wilhelm Zaisser (ur. 20 czerwca 1893 r., zm. 3 marca 1958 r.) – szef Ministerstwa Bezpieczeństwa Państwowego (MfS) w NRD w latach 1950–1953.

– Tragedia, Wiktor – odezwał się wreszcie Ralf. – Wiesz, o jakie pieniądze i interesy musiało chodzić, jeśli ryzykowali wspieranie i finansowanie przestępcy wojennego i zbrodniczego lekarza? Co by było, jakby to wszystko wyszło na jaw?

– Sprzedawali wiedzę na Zachód.

– O tak! Ale nie to było teraz najważniejsze. Wyobraź sobie gigantyczną aferę po obu stronach żelaznej kurtyny, gdyby Izraelczycy ogłosili to całemu światu – a przecież zabrali ze sobą całą dokumentację, jaka była w ośrodku! Gigantyczny postęp w medycynie genetycznej i rozpoznawaniu oraz leczeniu nieznanych do tej pory chorób dzięki zbrodniarzowi! Słyszysz jak to brzmi?! Jak na tym tle wyglądałyby osiągnięcia Rileya i Daya*, być może kompletnie nieświadomych źródła swojej wiedzy?! Koncerny farmaceutyczne zaczęły rosnąć w siłę i umiały dbać o własne interesy. A odpowiedni ludzie potrafili zdobywać źródłowe informacje i przekazywać je odpowiednim naukowcom, odpowiednimi kanałami. Kuthmann był dojną krową, ale i ideowcem. Musiał się na to godzić. Najzwyczajniej w świecie groziła mu śmierć. Lipne konferencje naukowe podstawionych lekarzy z kupionymi od *Stasi* – w rzeczywistości – odkryciami zbrodniarza lub „zdobycze naukowe socjalistycznych niemieckich lekarzy". Ładnie wtedy to brzmiało. Cała odbudowująca się Europa była pogrążona we wszechobecnym tyfusie i ciężko chorych milionach wygłodniałych, byłych więźniach nazizmu. Powstała

---

* Richard Lawrence Day (1905–1989) – amerykański pediatra, absolwent Harvardu. Prowadził badania nad chorobami związanymi z termoregulacją noworodków i chorobami HSAN. Wraz z Conradem Miltonem Rileyem (1913–2005), również pediatrą wykształconym w Yale i Harvardzie, opisali po raz pierwszy rodzinne dysautonomie z grupy HSAN – tzw. zespół Rileya-Daya.

cała sieć przesyłu, o której kurierzy nie mieli zielonego pojęcia, skąd bierze się wiedza. Wykorzystywani byli uczciwi i nierzadko wielcy naukowcy, pacjenci, a co najgorsze – także dzieci. Pojawiły się na szeroką skalę serie odkryć. Antybiotyki zmieniły postać medycyny. Przedwojenne odkrycia Fleminga znalazły sens, o którym nigdy nie śnił. A wśród tego wszystkiego – najbrudniejszy proceder dwudziestego wieku w służbie medycyny i jej potężnych osiągnięć…

– Trudno o lepszy pomysł szatana. – Pułkownik uśmiechnął się ponuro pod nosem.

– Co się działo dalej? – kontynuował Ralf. – Zaisser poleciał ze stanowiska, a niedługo później z partii. Rosjanie się wściekli, a Ulbricht* urządził noc długich noży wszystkim odpowiedzialnym za ośrodek. A potem… kompletna cisza. Na wszystko już było za późno. Mogli tylko czekać i przygotowywać się na najgorsze.

– Mossad nigdy niczego nie ujawnił…

– No właśnie – ton pułkownika stawał się coraz bardziej ponury. – Z tego wniosek może być tylko jeden. Tym samym wywiad izraelski dał do zrozumienia komunistom: „Mordy w kubeł, to i my będziemy milczeli. Odpieprzcie się od dzieci i innych naszych ludzi, a co do reszty – to teraz nasze zabawki".

– Oddali to Amerykanom?

– Tak podejrzewamy. Potrzebne było wszystko. Wsparcie, broń na wojny z Arabami, podźwignięcie gospodarki. Zaczęliśmy wypłacać Izraelowi trzy miliardy marek po po-

---

* Walter Ulbricht (ur. 30 czerwca 1893 r. w Lipsku, zm. 1 sierpnia 1973 r. w Berlinie) – przewodniczący Rady Państwa Niemieckiej Republiki Demokratycznej, I sekretarz Socjalistycznej Partii Jedności (SED) w latach 1950–1971.

rozumieniu z 10 września 1952 roku. Komuniści schowali głowę w piasek i zaczęli zacierać ślady. Ocalałym asystentom Kuthmanna nadano nowe tożsamości, życiorysy i... wyrzucono ich do RFN-u. Tam, pod rygorem dekonspiracji, nadal byli agentami *Stasi*. Szantaż był prosty – piśniecie słówkiem, a oni was wsadzą na dożywocie lub fundną wam karę śmierci, jeśli my was pierwsi nie dorwiemy. Nastąpiła długa cisza przed burzą. A trójka naszych niezwykłych bohaterów rosła... i szykowała straszną zemstę.

– Baumann ich rozdzielił... – przypomniał Grot.

– Tak jest w dzienniku. Dość jasno i jednoznacznie pisze o Młodzianowskim. Po strasznych przeżyciach dochodzi do siebie, otoczony troskliwą opieką rodziców zastępczych, kształci się, zaczyna normalnie żyć. Ale im dalej zagłębiamy się w treść *Dziennika*, tym więcej pojawia się w nim białych plam. Rodzina majora Rotwicza mieszka przez pewien okres w Szwajcarii i wychowuje niezwykłą dziewczynkę, ale po jakimś czasie wyprowadzają się i... znikają. Nikt nie wie, gdzie byli przez całe dziesięciolecia, aż wreszcie niespełna pięć lat temu znajdujemy ich na jednym z nowojorskich cmentarzy. Jak głosi karta z kliniki Mount Sinai, do której dotarliśmy, major Rotwicz zmarł „po długiej, ciężkiej chorobie w 1983 roku", bla bla bla, przebieg leczenia, zastosowane terapie itd. Jego żona Maria Skalska – w pół roku później, znaleziono ją w jej nowojorskim mieszkaniu. Przyczynę jej śmierci określono jako naturalną. Zmarła we śnie. Małżeństwo było... bezdzietne!

– To na pewno oni? – upewnił się Grot.

– Ponad wszelką wątpliwość – potwierdził pułkownik Becker. – Trzeci dzieciak, Adam Ejszel, pozostał pod opieką

Michaela Baumanna; dzięki jego wstawiennictwu i długoletniemu poparciu zaczął pracować dla Mossadu i pod jego kuratelą z biegiem lat stał się agentem działającym na całym świecie. W kwietniu 1970 roku zaczyna się rzeź.

Pułkownik zmienił ponownie kasetę. Patrząc na te zdjęcia, każdemu z nas łatwiej byłoby zrozumieć strach Skalferina przed tym, kim potrafi stać się człowiek, ile demonów umie w sobie obudzić, gdy wypełnia go czysta, pierwotna nienawiść, i kim być może w głębi duszy jest od urodzenia.

– Poniedziałek, 13 kwietnia 1970 roku – pułkownik zaczął komentować to, co zobaczyli na ekranie, tyle że jakby nieco ciszej niż poprzednio. – Policja znajduje zwłoki Williama Schwarzenberga w jego domu na przedmieściach Wittmundu. Ciało jest poćwiartowane na wiele części. W kolejnych pokojach śledczy znajdują jego ręce, nogi, a okaleczony do granic możliwości korpus w kuchni. Wreszcie pozbawiona oczu i uszu głowa – zawieszona jak maskotka w pokoju dziecięcym. Pod nią, w łóżkach, zwłoki jego trójki dzieci. Każde zamordowane jednym profesjonalnym strzałem w głowę. Leżące pod kołdrami, jakby spały. W fotelu, przy włączonym wciąż telewizorze – żona Schwarzenberga. Również jeden strzał w głowę. Wszędzie napisy w kilku językach. Cytaty z różnorakich pism religijnych i wszechobecne we wszystkich pomieszczeniach słowo „Niepamięć". Każdy napis był wymalowany krwią gospodarza domu. Jego rodzinę zabito szybko, bezboleśnie, późnym wieczorem. Ale ponad wszelką wątpliwość wiemy, że zabójcy byli w tym domu bardzo długo. Czyli niemal pewne jest, że po szybkim pozbyciu się rodziny mściciele poświęcili wiele godzin Williamowi Schwarzenbergowi. Umierał w męczarniach, wiedząc, że jego dzieci i żona już nie żyją. Trudno sobie nawet wyobrazić, co mu robili. Prowadzący śledztwo Jürgen Overath nie wyjaśnił nigdy, aż do swojej śmierci, kim byli zabójcy. Mało tego. Dopiero od roku wiemy, kim naprawdę był pan Willi Schwarzenberg. Bynajmniej nie skromnym urzędnikiem w pobliskiej fabryce przetworów owocowych. To były lekarz hitlerowski, pierwszy asystent Kuthmanna, pracujący z nim od samego początku. To on kierował większością operacji Soni, Adama i Jakuba. Nazywali go, jak głosi *Dziennik*, „doktor skalpel". A naprawdę nazywał się Kurt Stoltz. Mimo okropności, których byli tam świadkami śledczy, dopiero prawdziwy wstrząs czekał ich trzy miesiące później.

Pułkownik zmarszczył brwi i wyłączył projektor. Podniósł słuchawkę i zamówił filiżankę kawy, którą po zaledwie dwóch minutach przyniosła mu sekretarka. Nie zapytał ani swojego syna, ani nawet gościa, czy czegokolwiek potrzebują. Gdy kobieta wyszła z sali projekcyjnej, Becker ponownie włączył rzutnik.

– Jest 24 czerwca 1970 roku, środa. Rodzina Hansa Wilhelma Kuntza. Oldenburg. Niemal kopia tego, co było w Wittmundzie. Ginie aż siedem osób. Kuntz, jego żona, czwórka dzieci i matka Kuntza. Już wiedzieliśmy, że będzie seria. Zaczynały się poważne kłopoty z terrorystami, ale nie mieliśmy pojęcia, z czym to powiązać. Właściwie dreptaliśmy w miejscu. Dziś wiemy, że naprawdę nazywał się: doktor Heinrich Wittman, neurolog. Również od początku z Kuthmannem. Cała szóstka ludzi Kuthmanna nie miała i nie mogła mieć ze sobą kontaktu. Nie znali nawzajem ani swoich nowych życiorysów, ani przykrywek, ani nazwisk. Dopiero po trzecim ataku, 30 czerwca 1970 roku w Sulingen, na Martina Kohna – czyli doktora Friedricha Ronhaua – i jego rodzinę, pozostała trójka mogła zacząć coś podejrzewać. Prasa skupiona była na Mistrzostwach Świata w Piłce Nożnej w Meksyku. Rozczarowanie zbyt skromnym zwycięstwem z Marokiem 2:1, poprawa nastrojów po 5:2 nad Bułgarią i 3:1 z Peru. Trzeci atak był już po zdobyciu trzeciego miejsca. Brukowce oddały morderstwom pierwszą stronę i sprzedawały jako zwykłą sensację. *Stasi* jednak milczy. Nie ostrzega swoich agentów. Kiedy w Monachium 15 lipca ginie rodzina Gerda Birkla, czyli doktora Franza Merkla, dopiero wtedy ostatnia dwójka – samotnie mieszkający Horst Sonnenbruch, czyli doktor Fritz Slitzer, oraz Manfred Ensslin (doktor Kurt Kiesinger) ze swoją rodziną – natychmiast starają się uciec. Ostatni ginie Slitzer, dopiero pod koniec 1971 roku. Wcześniej, również pozbawiony pomocy *Stasi*, Kiesinger nie jest w stanie się ukryć przed Adamem Ejszelem i jego ludźmi. Lekarze sądowi ocenili, że torturowano go przez trzy dni, po zamordowaniu jego czteroosobowej rodziny. Potem zabójstwa się skończyły. Aż do dziś.

Becker wyłączył projektor i kazał Ralfowi zapalić światło.

– Ejszel? – spytał krótko Grot.

– Miał największe możliwości. Michael Baumann ewidentnie mu pomagał, wykorzystując możliwości Mossadu. Pamiętajcie odwet za Monachium? Wyrżnęli niemal wszystkich odpowiedzialnych za zamach na igrzyskach w 1972 roku. I to tak, aby cały świat widział. Baumann i Ejszel działali skrycie, po cichu. I dużo okrutniej.

– Co jest w dzienniku? – spytał Wiktor.

– O morderstwach?

– Tak.

– Sucho, chłodno, bez opisów. „Likwidacja obiektu 3".
Data, godzina. „Akcja zakończona sukcesem". Koniec.

– A Sonia Horowitz? A Młodzianowski?

Beckerowie wymienili się spojrzeniami.

– Nie ma na to dowodów – zawyrokował Ralf.

– Wierzycie, że nie mieli ze sobą kontaktu?

– Dziś wiemy, że mieli ponad wszelką wątpliwość – odparł spokojnie pułkownik. – Tylko od kiedy?

– Mogli to zaplanować we trójkę?

– Motyw najbardziej oczywisty z możliwych – przyznał
Ralf. – Ale aż do tej pory w to nie wierzyliśmy. Likwidacja
lekarzy... Typowa zemsta, tylko, że oni zabijali niewinne kobiety i dzieci.

– To też mógł być element zemsty – podjął twardo
Grot. – Skąd macie dziennik?

– Nie uwierzysz – uprzedził Ralf.

– Spróbuję.

– Przysłano nam go niecały rok temu.

– Przysłano?!

– Tak.

– Jak? Pocztą?!

– Kurierem. W kasetce z szyfrem. Osobno przyszedł
szyfr.

– I, oczywiście, nie wiadomo, kto?

– Nie wiadomo.

– Baumann? Wyrzuty sumienia po latach?

– Baumann nie żyje od dziesięciu lat.

Grot spojrzał uważnie w oczy Ralfa, a następnie przeniósł
wzrok na pułkownika.

– Po moim telefonie przestaliście wierzyć, że to sam Ejszel... – podsumował z dość dużą pewnością w głosie.

Niemcy znowu spojrzeli po sobie.

– Nowe morderstwa dzieją się wokół Soni i profesora Młodzianowskiego – odparł Ralf.

– Zawodowy morderca ze wsparciem potężnego Mossadu, tajemnicza kobieta i wybitnie zdolny historyk – wszyscy z „syndromem si-aj-pi-eeeej". Niezła trójka. Ktoś to zaplanował, ktoś zorganizował i ktoś wykonał. A ten, co wykonywał, miał baaardzo osobisty stosunek do ofiar...

– Przypomnij, kto zginął w tym tygodniu? – poprosił znienacka, jakby nigdy nic, Becker.

– Policjant śledzący Sonię i właściciel mieszkania, które wynajmowała.

– No właśnie... Trochę dziwne, nie uważasz? Oni nie mieli nic wspólnego z wojną.

– To prawda – przyznał Grot. – Dziwne.

– A więc skoro tak nam się miło i szczerze rozmawia – pułkownik przybrał tylko pozornie obojętny ton – to jeszcze tylko powiedz, co przed nami ukrywasz, Wiktorze?

– Nic! – Becker wyraźnie zaniepokoił Grota. – Nie rozumiem.

– Rozumiesz. – Ralf uśmiechnął się uprzejmie. – Tylko nie bardzo wiesz, co z tym zrobić.

Druga część zdania zabrzmiała groźnie. Grot czuł przez skórę, że coś jeszcze muszą dla niego mieć. Postanowił jednak grać na czas.

– Jest jeszcze sporo zagadek. To niezwykli ludzie – podjął, obserwując reakcje Niemców.

– Adam i Sebastian rzeczywiście są niezwykli – przyznał

Ralf. – Ale co do Soni… to chyba zbyt mało powiedziane. Nie uważasz, Wiktorze?

Grot drgnął.

– Kiedy kilkanaście miesięcy temu – pułkownik przyszedł w sukurs synowi – przeczytałem notatkę Baumanna, że Sonia, cytuję: „posiada niezwykłą i niewytłumaczalną umiejętność podróżowania po swoim życiu", uznałem to za coś w stylu poetyckiej przenośni.

– Ale chyba wszyscy już wiemy – dopowiedział Ralf – że to nie do końca przenośnia…

Grot rozłożył ręce.

– Nie mam pojęcia, co o tym myśleć – przyznał, przyparty do muru. – To trochę idiotyczne…

– Nikt się nie będzie śmiał. Zapewniamy. – Becker wbił wzrok w Polaka.

Grot ciężko westchnął i uznał, że właściwie – czemu nie?

– Skalfi uważa, że Sonia… ma w tej chwili około dwudziestu, może dwudziestu kilku lat. To znaczy na tyle wygląda.

– Nieźle się trzyma, co? – spytał zupełnie niezdziwiony rewelacją Wiktora pułkownik.

– Nie mam pojęcia, co o tym sądzić – poddał się Grot. – To może być zwykła podpucha. Ktoś może robić Patryka w konia.

– Nie sądzę – odparł spokojnie Becker. – Obejrzyj to zdjęcie.

Pułkownik podał odbitkę Polakowi.

– To fotografia Moszego Tezava, izraelskiego historyka, zrobiona w Londynie, w 1991 roku. Podarunek od naszych braci z MI6. Widzisz kobietę stojącą obok niego?

– Tak.

– Przez prawie dwadzieścia lat nie wiedzieliśmy, kim jest. Ale teraz jesteśmy niemal pewni, że to Sonia Horowitz. W końcu wpadliśmy na to, aby porównać to zdjęcie z jej fotografiami z dzieciństwa, pozyskanymi z tajnego archiwum *Stasi*, które dziś widziałeś. Po otrzymaniu *Dziennika Baumanna* wydało się to już oczywiste. Wygląda tu na zadbaną pięćdziesiątkę.

– Dlaczego to wydało wam się takie oczywiste?

– Bo Mosze Tezav to syn byłego agenta Mossadu o kryptonimie „SAS", którego ty znasz zresztą od niedawna jako Michaela Baumanna. Dlatego gdy wyjechał do Anglii, MI6 obserwowało go przez pewien czas – nie tylko z ciekawości, jak się domyślasz. To jego naturalny syn, nie adoptowany jak Adam Ejszel.

– Jak długo go obserwowali?

– Kilka miesięcy. Później profilaktycznie zaglądali do niego. Bez rezultatu. Trzyma się od polityki i dawnych kolegów ojca z daleka, ale nie od Soni.

– Może to jednak nie ona?

– Proszę. – Becker podał kolejną fotografię. – Zrobiona trzy miesiące później. Tym razem Sonia jest młodsza o co najmniej dwadzieścia lat.

– Podobna – przyznał Grot.

– Tym razem już mieliśmy pewność. Na fotografii bardzo wyraźnie widać prawe ucho. To pozwala na analizę metodą małżowiny usznej, co daje właściwie stuprocentową identyfikację, tak jak odciski palców.

– Powiedział pan minutę temu, że macie „prawie pewność" – zauważył Grot.

– Bo w naszym zawodzie bez tego „prawie" profesjonalizm jest niemożliwy. Ale to ona.

– Chce pan powiedzieć, że ta kobieta umie zmieniać swe postaci?

– Ona nie zmienia postaci. Zawsze jest sobą. Nie może stać się panem albo mną. Ale z jakichś nieznanych powodów może młodnieć lub błyskawicznie się starzeć.

– Może to jakieś maski albo charakteryzacja, albo…

– Nie – przerwał pułkownik. – Nasi eksperci to także wykluczyli.

– To fizycznie niemożliwe. Nie można tak szybko i w taki sposób zmieniać struktur molekularnych. To przeczy prawom zachowania masy, a nawet energii!

– W istocie – przyznał Ralf. – Dlatego sądzimy, że ona wcale się nie starzeje ani nie młodnieje, tylko umie, dokładnie tak jak jest to opisane w dzienniku, podróżować po swoim życiu.

– Przenosi się w czasie?!!!

– Coś w tym stylu. Ale tylko po linii swojego życia. Dlatego mamy wrażenie, że młodnieje lub się starzeje. A to nadal ona, tylko że… z innego czasu własnego życia. Umie to robić. Mamy dowody. I choć to niewiarygodne, temu akurat fizyka nie jest w stanie zaprzeczyć. Na przykład w wieku pięćdziesięciu lat przenosi się w czas, gdy miała lat dwadzieścia. Efekt jest taki, że przybywa tam z takim wyglądem, jaki ma obecnie, a ówczesna jej postać automatycznie zjawia się tutaj. Masz dotrzymane prawo zachowania, masy i energii. My odnosimy wrażenie, że odmłodniała, ale to ona, tyle tylko, że sprzed trzydziestu lat.

– Przecież to śmieszne. – Grot pokręcił z niedowierzaniem głową.

– A widzisz, żeby ktoś się śmiał? – spytał groźnie pułkownik.

– W wolnej chwili poczytaj o teorii superstrun, o kwantowej teorii wielu wszechświatów Hugh Everetta* – dodał łagodniejszym tonem Ralf. – O jedenastowymiarowej przestrzeni!

– Jezu… – Grot złapał się za głowę. – Kim wy jesteście? Szwabskim wydziałem Archiwum X?!

– A jak to inaczej wyjaśnisz?! – Pułkownik popukał w zdjęcia, które przed chwilą położył na stole Wiktor. – Skalfiemu się nie przywidziało.

– Nie wiem. – Grot podniósł ręce do góry, jakby się poddawał.

– Pamiętasz, jak ci mówiłem że będziesz mi winny dużą przysługę? – spytał Ralf.

– Tak – jęknął zrezygnowany Wiktor.

– A więc to będzie ta przysługa. Znajdź Skalfiego, który właśnie znalazł Sonię, i wyjaśnij, co się dzieje, kto morduje i dlaczego. A potem rozwiąż ten nasz mały problem. Jak nam o tym będziesz meldował, wtedy może nawet trochę się pośmiejemy. To będzie twój wkład w szwabski wydział Archiwum X!

---

* Hugh Everett III (ur. 11 listopada 1930 r., zm. 19 lipca 1982 r.) – amerykański fizyk, twórca kwantowej teorii wielu światów. Sformułował uogólnioną metodę mnożnika Lagrange'a, znaną również jako algorytm Everetta. Mimo swego ateizmu głosił tzw. „nieśmiertelność kwantową". Zmarł nagle na zawał serca w wieku 51 lat.

Rozdział 9

– Chce pani powiedzieć, że Adam Ejszel wymordował tylu ludzi, aby zemścić się na Heintzu Kuthmannie?! – Skalferin wyraźnie, i chyba po raz pierwszy tej nocy, podniósł głos.

– Niech się pan nie zachowuje jak jakiś mydłek z telewizji. Ma pan kłopot ze słuchem? Którego słowa pan nie rozumie? Nie ma pan pojęcia, co przeżyliśmy! – Wzrok Soni stał się zimny jak lód. – Uważam, że jeśli chodzi o tego hitlerowca i jego ludzi, to Adam miał prawo do odwetu.

– Jak w 1972 roku za Monachium... – Ton głosu Patryka raczej nie wskazywał na pełne zrozumienie.

– Załatwił sprawę wiele lat temu. Robił to w ramach działalności odwetowej Mossadu. Nie mam zamiaru tego oceniać. – Sonia znowu zatrzymała się na chwilę. Rozejrzała się dookoła, usiłując nabrać oddechu przed dalszą rozmową z komisarzem. – Baumann wychował go jak syna. Wyszkolił i zrobił z niego świetnego agenta. Adam nigdy nie kochał nikogo bardziej niż jego. Kiedy Michael umarł, Ejszel odszedł ostatecznie z czynnej służby. Ale teraz... Uważa, że ma do załatwienia jeszcze jedną sprawę. Chce zlikwidować tego człowieka, a być może i jego rodzinę. – Wskazała na teczkę z nazwiskami oraz zdjęciami.

– Kim są te osoby?

– To bardzo dobrzy ludzie. Moi wieloletni przyjaciele. Ale Adam uważa ich za zdrajców. Nie byliśmy go w stanie przekonać. Ani ja, ani Sebastian. My nie chcemy tylko, aby znowu polała się krew.

– O co dokładnie chodzi?

– On uważa, że ten człowiek...

– Szymon... Ostaszewski – Skalferin przeczytał treść kartki leżącej na samym wierzchu w teczce.

– Tak. Że on chce zdradzić jego tajemnicę. Chce opowiedzieć wszystko i Polakom, i Niemcom, i Izraelczykom. Że chce to ogłosić... morderstwa... wszystko!

Patryk przyjrzał się Soni tak badawczo, jakby dopiero przed sekundą ją pierwszy raz zobaczył.

– A skąd pan Ostaszewski o tym wie?

– To nie ma związku ze sprawą.

– Ma! Jak wszystko. Wszystko, co dotyczy podejrzanych i potencjalnych ofiar ma związek ze sprawą – twardo oświadczył komisarz.

Sonia pokręciła przecząco głową.

– Nie mogę tego panu powiedzieć. Chyba że on się zgodzi.

Patryk rozłożył ręce.

– Jak mogę pani pomóc, skoro w zamian dostaję tylko półprawdy i strzępy informacji?!

Sonia powoli znowu zaczęła iść ścieżką w stronę ruin fabryki.

– Ma pan wiedzę nieporównywalną do kogokolwiek spoza grona osób, które były bohaterami tej historii. Kuthmann nie żyje, spotkała go zasłużona kara, podobnie jak wszystkich ludzi, którzy brali udział w eksperymentach. To jedna z największych tajemnic świeżo powojennych Niemiec, *Stasi* i, jak się pan domyśla, nie tylko.

Znowu się zatrzymała i spojrzała Patrykowi prosto w oczy.

– Pan to wie! – podkreśliła z naciskiem po czym znowu wskazała na teczkę. – Ci ludzie będą pod określonym adresem o określonej porze. Zadzwonię i w ciągu doby powiem panu wszystko. Proszę docenić nasze zaufanie.

– Pani, profesor? Kto jeszcze?

– Ci, których życie jest w pańskich rękach.

– A jeśli ja bym to ogłosił?! – spytał beznamiętnie Patryk.

– Co pan chce ogłosić? Że rozmawiał pan z kobietą, która nie istnieje? Że Kuthmann podczas wojny i kilka lat po niej przetrzymywał i torturował dzieci? Że Adam zlikwidował cały jego zespół?! A wszystko to bez najmniejszego dowodu… Życzę szczęścia. Będzie pan jeszcze wiarygodniejszy dla kolegów niż do tej pory.

– A on?

– A on ma dowody. I to tak mocne, że… – Sonia głęboko nabrała powietrza do płuc.

– Pani wcale tego nie chce… – Skalferin drążył dalej, twardo, z naciskiem, niemal ostentacyjnie. – Nie chce pani, aby winni zostali ukarani!

– Winni zostali ukarani!!!

– A Ejszel?!

– On błądzi… ale jest ofiarą – wycedziła z wyraźnym gniewem.

– Mordował kobiety i dzieci!

– Jako żołnierz izraelski w tajnych służbach!

– Też mi argument!

193

– To byli Niemcy!!! – wrzasnęła nagle Sonia tak głośno, że Patryk wyprostował się jak rażony prądem. Natychmiast wychwycił, że kobieta jest przerażona tym, co przed chwilą wykrzyczała, i próbuje szybko wymyślić coś, aby skierować rozmowę na inne tory.

– Jesteśmy chorzy – zaczęła mówić z pasją. – Ludzie nic o tym nie wiedzą. Nie umiemy czuć bólu, temperatury, nie pocimy się. Znalazłaby się może garstka osób, która by potrafiła nas zrozumieć i zaakceptować. Reszta naszego wspaniałego społeczeństwa to zastraszeni współczesnymi instytucjami państwowymi, prości ludzie lub kołtuńskie grupy nienawiści, pełne kompleksów i chęci odwetu za to, że im w życiu nie wyszło. Marzenia o tolerancji, zrozumieniu, równouprawnieniu możemy włożyć między bajki. Każdy prostak widzi w nas dziecko szatana albo odmieńca, od którego trzeba trzymać się z daleka. Tu nie można być innym. Tu musisz mówić, zachowywać się, wyglądać i wypowiadać się jak wszyscy. Bo jak wychylisz głowę zza połowy... to natychmiast ci ją zetną.

– Boże... – Skalferin wyglądał na prawdziwie przerażonego. – Co oni z tobą zrobili...?

– To samo, co z tobą – odparła zimno Sonia. – Tyle tylko, że mnie... raczej bez znieczulenia. Najpierw zbrodniarze wycięli mi z życia dzieciństwo, a potem tak zwani normalni ludzie postarali się, bym musiała się ukrywać do końca życia. Nawet moi przybrani rodzice niespecjalnie protestowali, kiedy w wieku dziewiętnastu lat uciekłam z domu. Nikt mnie nie szukał, nikt mnie nie potrzebował. A już na pewno nikt mnie nie kochał... Do swojej śmierci nie próbowali nawet się dowiedzieć, co się ze mną dzieje.

– A ci ludzie? – spytał Patryk, otwierając teczkę.

– Ci ludzie… – W oczach Soni pojawiły się łzy, które ze złością szybko wytarła. – Zrobię wszystko, aby ich ratować…

– Ratuje pani człowieka, który wszystko chce ujawnić.

– Wiem. Ale życie nie jest czarno-białe. Wiem, co zrobić, żeby sprawiedliwości stało się zadość i żeby ludzie tacy jak Sebastian czy ja byli bezpieczni.

– Nawiązała pani z nimi kontakt?

– Oczywiście i przez to mało ich nie zabiłam. Adam mnie znalazł, w ten sposób prawie zaprowadziłam go do nich.

– Jeśli nawet pani uwierzę…

– Niech pan najpierw uwierzy w śmierć swojego kolegi i tego biedaka od mieszkania.

– Po co miałby i ich zabijać?!

– Aby nie zostawiać śladów. Nikt, według niego, nie może się o niczym dowiedzieć. W dodatku pański kolega, który mnie śledził… Możliwe, że zobaczył coś, czego nie powinien zobaczyć…

– Pani… przemianę? – Skalferin lekko zakasłał, zadając to pytanie. Wciąż czuł się jak idiota, gdy podejmował ten temat.

Sonia machnęła ręką ze zniecierpliwieniem.

– No, coś w tym stylu. To ma kilka faz… Musiał zobaczyć jedną z nich. Po niej zazwyczaj całkowicie odzyskuję pamięć. Nie wiedziałam, że Adam mnie śledzi. Zorientowałam się później. Na szczęście – zanim dotarł do pana Ostaszewskiego.

– Jak wyglądają te fazy? – Patryk nie mógł się powstrzymać.

– Znowu pan zaczyna. Muszę już iść. – Rozejrzała się czujnie dookoła. – Nie zostało mi wiele czasu.

195

– Do rana jeszcze parę godzin. Muszę wiedzieć więcej...

Sonia odwróciła się i zaczęła iść w stronę, z której przyszła. Zerknęła przez ramię na policjanta, aby pokazać mu gestem, żeby nie szedł za nią.

– Mówiłam o moim życiu – rzuciła i szybko zniknęła za drzewami.

Patryk bez pośpiechu wracał do hotelu. Wszedł tym samym oknem od kibla, którym półtorej godziny wcześniej wyszedł. Nikt jakoś w tym czasie go nie zamknął. Dwóch kolesiów od Grota, mających pilnować ich przed hotelem, spało w najlepsze w samochodzie, co wzbudziło prawdziwe rozweselenie u Skalferina. Oczywiście starał się wejść do pokoju po cichutku, ale jak się szybko przekonał, na niewiele się to zdało. Anna nie spała. Siedziała skulona na łóżku, ciężko i głośno oddychając. Szybko się zorientowałem, że nie wygląda to dobrze. Ale wiesz, jak to jest z duchami – są trochę bystrzejsze. Patrykowi zajęło to trochę więcej czasu. Usłyszał ją zza drzwi. Minął śpiącego twardo Daniela i bez pukania wszedł do drugiego pokoju apartamentu. Przyklęknął z niepokojem przy niej i chwycił ją za rękę.

– Co się dzieje? – spytał z narastającym niepokojem.

– Patryk... – Ania podniosła na niego oczy. – Przepraszam...

Powolutku, jakby sennie, zamknęła powieki i osunęła się na łóżko. Nadal oddychała, ale już była nieprzytomna.

* * *

Skalferin musiał naprawdę dość mocno przywalić w szybę samochodu, żeby obudzić Fikołka i Simona.

Zwłaszcza Fikołek miał wyjątkowo głupią minę, kiedy za oknem zobaczył komisarza.

– O... Skalfi – wyrwało mu się westchnienie pełne szczerego zaskoczenia. – Ale zbieg okoliczności...

– No właśnie... Co tu robisz? – ściemniał bez najmniejszego wstydu Simon. – Jakiż ten świat mały...

– Znasz drogę do szpitala? – Patryk bez wstępów spytał Fikołka siedzącego za kierownicą.

– Znam dość dobrze Kraków – odpowiedział zdezorientowany agent.

– Spadaj stąd, Simon! – zarządził krótko Skalferin. – Koniec zabawy, mam tu umierającą kobietę. Idziesz pod drzwi apartamentu 132 i pilnujesz mojego syna. Fikołek, pomożesz mi?

Agenci spojrzeli po sobie.

– Może wezwiemy pogotowie? – spróbował Simon.

– Ruski rok minie, zanim przyjedzie. Jeśli się pośpieszymy, za dziesięć minut będzie już ją oglądał lekarz.

Tym razem argument na nich podziałał. Szybko wyskoczyli z samochodu, aby pomóc Skalferinowi.

Ania była nieprzytomna, gdy Patryk znosił ją do samochodu, a także przez całą drogę do szpitala. Dopiero o czwartej nad ranem lekarz, który ją przyjął, zszedł do poczekalni, gdzie siedzieli Patryk i Fikołek.

– To panowie przywieźli tę starszą panią? – spytał dla porządku.

Patryk wstał, dał znak agentowi, aby zaczekał, wziął za ramię doktora i odciągnął go na bok.

– Jak ona się czuje? – spytał szybko. Wyczułem, że ręce lekko mu drżą. Miał coraz mniejszą ochotę udawać obojętność, ale wciąż starał się być opanowany. Na lekarza patrzył jednak zdecydowanym, nieznoszącym sprzeciwu wzrokiem.

– Kim pan jest? – spytał spokojnie doktor. Był doświadczonym, sześćdziesięcioletnim chirurgiem, przyzwyczajonym do niecierpliwości pacjentów i ich opiekunów.

– Ona nikogo nie ma – odparł Skalferin. – Jestem jej jedynym przyjacielem.

– A więc powinien znać pan jej stan.

– Ogólnie… tak. Ale ostatnio czuła się dość dobrze.

– Nie dosłyszałem pańskiego nazwiska.

– Komisarz Patryk Skalferin.

Jasne. Każdy gliniarz zawsze korzysta z okazji, by powiedzieć, że jest gliniarzem, jeśli natychmiast nie dostaje tego, czego chce.

Lekarz kiwnął głową. Nie uznał za stosowne się przedstawiać, być może dlatego, że na plakietce przypiętej do fartucha wszystko było dość wyraźnie napisane.

– Jest przytomna. Odpoczywa.

– Kiedy będę mógł ją zabrać?

Doktor uniósł brwi w lekkim zdziwieniu.

– Nigdy. To znaczy, kiedy już będzie po wszystkim.

– Słucham?!

– Ona umiera, panie komisarzu. Chyba pan o tym wie.

– Ale jeszcze wczoraj naprawdę nieźle się czuła…

– Bo to tak jest. – Lekarz rozłożył ręce. – Przychodzi kryzys, zwykle to się staje nagle. I tak się dziwię, że organizm w tym stanie wytrzymał tak długo. Z tego, co wiem od chorej, od lat ma zaawansowaną chorobę zakrzepowo-zatorową

198

żył, postępującą niewydolność wątroby, a teraz, jak stwierdziliśmy – także i nerek. Szczerze mówiąc, sam nie wiem...

– Ile jej zostało? – przerwał mu Skalferin.

– W najlepszym wypadku kilka dni.

Patryk spuścił głowę. Przez kilka sekund milczał, patrząc tępo w podłogę.

– Jeśli chce ją pan odwiedzić, jest na pierwszym piętrze, w sali numer 89 – poinformował lekarz, po czym odszedł i zniknął za rogiem korytarza.

Komisarz kilka razy głośniej odetchnął, a następnie podszedł do Fikołka.

– Idę na górę – rzucił ponurym głosem.

– Skalfi, ja muszę jechać! – zaprotestował agent.

– Przecież, do cholery, masz mnie śledzić! Dokąd chcesz jechać?

Fikołek pokręcił ze zniecierpliwieniem głową i nerwowo przeczesał dłonią włosy.

– Jest tu pod dobrą opieką. A ty chyba masz co robić?

– Gdzie jest Wiktor?

Fikołek na chwilę skamieniał.

– Chyba ci odwaliło! Nie mogę tak!

– To przynajmniej zamelduj mu, co jest grane.

Agent przez dłuższą chwilę się zastanawiał, pocierając nerwowo dłońmi o kolana.

– Okej, jak chcesz. W takim razie ja do niego zadzwonię – zadecydował komisarz i wyjął swoją komórkę.

Fikołek jeszcze próbował protestować, ale w końcu dał za wygraną.

Grot odebrał niemal natychmiast. Z pewnością nie spał.

– Wiem, że masz mnie za świra, Wiktor – zaczął, jak

zwykle, bez ceregieli Patryk. – Ale nie mogę tak dalej. Potrzebna mi pomoc.

– Będę rano w Krakowie.

– Posłuchaj...

– Nic nie mów. Wierzę ci. Czekaj, aż przyjadę. I daruj sobie gnębienie moich chłopców, jeśli łaska.

– Wierzysz mi? – Patryk zdębiał.

– Dowiedziałem się o takich gównach, które by się w największej dupie nie zmieściły. Nie masz pojęcia, jaka to brudna sprawa.

– Wiem. Znalazłem Sonię. Zaczęła mówić.

Grot zamilkł na kilka sekund.

– Będę w twoim hotelu za cztery godziny – powiedział po chwili i się rozłączył.

Patryk, włożywszy telefon do kieszeni, zaczął iść w stronę schodów.

– No, ale co ja mam robić? – jęknął trochę za głośno Fikołek.

Skalferin odwrócił się, popukał się w czoło, po czym wspiął się na schody. Szybko znalazł salę 89. Anna leżała spokojnie. Miała podłączoną jakąś kroplówkę. Komisarz usiadł na brzegu łóżka.

– Mam spytać, jak się czujesz?

– Spytaj – odparła cicho.

– Jak się czujesz?

– Świetnie, zabierz mnie stąd.

Patryk pokręcił smutno głową.

– Tym razem nie dam rady cię zabrać, Anno – rzekł niemal szeptem.

– Nie chcę tu umierać – rzekła z wysiłkiem.

– Wiem. Chcę, abyś tylko chwile odpoczęła. Wrócę po ciebie.

– Nie wierzę ci, gliniarzu.

Skalferin uśmiechnął się smutno. Chwycił jej dłoń i przez dłuższą chwilę nie puszczał.

– Urodziłam się tutaj – ton głosu Ani stał się weselszy. Też się uśmiechnęła, ale było w tym znacznie więcej rozbawienia.

– Gdzie? W Krakowie?

– Tak. Parę ulic stąd. W kamienicy, która już nie istnieje. Zabawne, co?

– Nie lubisz Krakowa?

– Lubię. Ale nie lubię tu umierać. – Wciąż sprawiała wrażenie rozbawionej.

– Nie umrzesz tu. Wrócę i zabiorę cię stąd. Teraz jednak musisz odpocząć.

– On tu jest.

Patryk rozłożył bezradnie ręce.

– Kto?

– Mój mąż. Czuję to.

Możesz mi nie wierzyć. Ale naprawdę to powiedziała, gdy byłem tam tuż przy niej.

– To dobrze – odparł cicho Patryk. Wolno wstał i podszedł do drzwi. – Spróbuj zasnąć.

Wyszedł niemal bezszelestnie, nie żegnając się z nią. Dobrze zrobił. Byłem mu za to wdzięczny. Tym bardziej, że w chwilę później stał się cud. Anna zamknęła oczy i zaczęła do mnie mówić. Nie chciała, abym z nią został. Chciała, żebym poszedł za Patrykiem.

– Opiekuj się nim – szeptała. – On nie wierzy w siebie.

201

Potem mi wszystko opowiesz. Już niedługo. Ale teraz idź. Wiem, że jeszcze nie czas na mnie. Czuję to. Więc idź.

Grot pojawił się w hotelu około ósmej. Skalferin zdążył spakować syna. Kiedy Wiktor wchodził do apartamentu, Patryk rozmawiał z Danielem – jak się pewnie domyślasz – o wczorajszych sprawach. Może nie uda mu się do końca tego wszystkiego odkręcić, ale teraz za najważniejsze uznawał, by być przy synu – najdłużej, jak tylko mógł. Daniel zniósł dzielnie to, że ojciec co chwila go przytulał, a nawet zaśpiewał kawałek piosenki Beatlesów. Nieobecny zazwyczaj wzrok dzieciaka teraz błądził po ścianach, jakby po swojemu szukał wyciszenia.

Patryk, widząc wchodzącego Grota, jeszcze raz przytulił syna, po czym wstał, aby się przywitać.

– Wracam z Berlina, byłem u Ralfa. Widziałem się nawet z jego ojcem.

Skalferin skinął głową. To, co dzisiaj miało się stać, jakoś stłumiło jego zaskoczenie.

– Co u nich?

– Jak zawsze. Ralf jest okej. Jego stary – wciąż upierdliwy.

– Co wiesz?

– Wszystko.

– Także to, dlaczego ona młodnieje?

– Ona nie młodnieje. – Grot rzucił torbę na podłogę, obok rzeczy Skalferina i Anny. – Ona… podróżuje w czasie. Tyle tylko, że nie tak jak w *Powrocie do przyszłości*. Właściwie trudno to nazwać podróżą w czasie. Chodzi o to, że jej linia życia jest… nieciągła.

– Słucham?! – Tym razem Patryk pozwolił sobie na widoczne zdziwienie.

– Ty, ja, większość z nas przeżywamy dzień po dniu, rok po roku i tak do śmierci. A ona robi niby to samo… tyle że nie po kolei. Raz jest w roku 1970, a za chwilę tutaj i teraz. Jej wygląd jest tylko konsekwencją tego wszystkiego. „Zabiera" go z czasu, z którego przybyła. Dlatego raz jest staruszką, a innym razem – dwudziestoletnią dziewczyną.

– Być może stąd się biorą zaniki pamięci…

– Tu można tylko gdybać. Nawet dla jej organizmu to ogromny wysiłek. Jeśli ktoś, zamiast płynąć z nurtem kontinuum czasoprzestrzennego jak każdy normalny, uczciwy człowiek, skacze na skróty, a do tego jeszcze czasem wraca, to wcale się nie dziwię, że ma mocno nakopane pod sufitem. Niech dziękuje Bogu, że to tylko zaniki pamięci. W czasie takiej „podróży" mogłyby zaniknąć rzeczy, które są jej dużo bardziej potrzebne…

Skalferin pokręcił z niedowierzaniem głową.

– Einstein twierdził, że jest możliwość zobaczenia przeszłości, ale przyszłości… po prostu nie ma. To nie komiks. Nie można podróżować do miejsca, którego nie ma.

– Rozgałęzienia czasoprzestrzenne… – Usłyszeli nagle mocny głos Daniela nieprzestającego błądzić wzrokiem po suficie pokoju.

– O czym on mówi? – spytał Grot.

– O teorii Everetta.

– A po polsku?

– Everett założył istnienie wielu wszechświatów i co najmniej jedenastu wymiarów, oprócz czterech, które znamy – wyjaśnił Patryk. – Co masz taką głupią minę?

– Niemcy też o tym mówili, a ty, muszę przyznać, jak na glinę, masz rozległe zainteresowania... – Grot się uśmiechnął, ale raczej niezłośliwie.

– Mój syn ma zespół sawanta. To wystarczy ojcu. I tak za nim nie nadążę, ale powinienem przynajmniej próbować.

– Co z tą wielością wszechświatów?

– Daniel mówi o teorii Everetta, która zakłada, że nasze kontinuum rozgałęzia się na nieskończoną ilość wersji. Wszystko, co może się zdarzyć, istotnie się zdarza, tyle że w innym rozgałęzieniu. Czy chcemy tego, czy nie, z naszego wszechświata w każdej sekundzie rozchodzą się inne wersje tego, co może się zdarzyć. Dlatego błędem jest założenie, że cofnięcie się w przeszłość zakłóci przyszłość lub ją zmieni. Nic się nie zmieni. A to, co będzie tak zwanym efektem motyla, po prostu rozgałęzi się na odpowiednią liczbę rozwiązań. U Everetta każdy stan „superpozycji" jest jednakowo realny. Być może Sonia po prostu umie skakać z rozgałęzienia na rozgałęzienie. Tak rozumiem to, co chce nam powiedzieć Daniel.

– Skacze z jednego wszechświata do innego? Tak się przenosi z jednego czasu w inny?

– Teoretycznie tak. Ale w praktyce wszystkie wszechświaty, jakie zwiedzi, staną się tym samym, już naszym wszechświatem. Gałęzie zostaną połączone dzięki temu, że ona je odwiedziła. Z tego samego powodu nie można zbadać innych wszechświatów. Bo jeśli nawet jakimś cudem uda nam się tam przybyć, staną się tym samym, naszym wszechświatem. Z naszymi przeżyciami. A inne gałęzie pozostaną zawsze innym rozwiązaniem kontinuum.

– Nieźle – rzucił Grot w stronę dzieciaka, który nawet nie

zwrócił na to uwagi. – Co teraz robimy? – tym razem Grot zwrócił się do Patryka.

– Chcę, aby twoi chłopcy zabrali Daniela do matki i przypilnowali ich do czasu, aż to wszystko się skończy.

– W porządku. A my?

– A my musimy zająć się facetem, który nazywa się Szymon Ostaszewski.

– Co to za gość?

– Jak twierdzi Sonia, jest kluczem do zagadki. To jego chce za zdradę zabić Adam Ejszel.

– Masz potwierdzenie, że to Ejszel jest mordercą Chrząszcza, Kowala i reszty?

– „Reszty”, to znaczy tych Niemców z lat siedemdziesiątych?

– Tak.

– Tak twierdzi Sonia. Muszę założyć, że mówi prawdę.

– Nie lubię takich założeń bez dowodów.

Skalferin skrzywił się z lekkim zniecierpliwieniem.

– To w tej chwili jedyny trop. Masz inny pomysł?

– Co wiemy o tym gościu?

– Mam nazwisko i zdjęcia.

– Pokaż.

Patryk podszedł do Daniela, aby sprawdzić, czy wszystko w porządku, pogłaskał go po głowie i sięgnął po teczkę leżącą na stole, a następnie podał ją Wiktorowi.

Grot ją otworzył, ale – ku zdziwieniu Skalferina – szybko zamknął i odłożył na stół.

– No widzisz... – Pokiwał głową, a jego mina wyrażała coś w stylu „a nie mówiłem?”. – Wystarczyło mi kilka sekund, by się dowiedzieć, że cała ta twoja Sonia kłamie.

Patryk rozłożył ręce.

– Oświecisz mnie?

– Facet ze zdjęcia naprawdę nazywa się Mosze Tezav. Jest synem niejakiego Michaela Baumanna. Wiesz, kto to?

– Wiem od Soni.

– Nie wspomniała o panu Tezavie?

– Nie musi kłamać – zaprzeczył Skalferin. – Chroni faceta. Być może go lubi, a być może… – zamilkł na chwilę. – Być może kocha…

– Wierzysz w to, że Ejszel zabiłby własnego brata?!

– Ejszel był adoptowany, Tezav to naturalny syn. Nie łączą ich więzy krwi.

– Ale może łączyć ich pamięć i miłość do wspólnego ojca. Życie. Nie wierzę tej Soni Horowitz. Od początku jest jakaś trefna.

Patryk przeszedł się po pokoju.

– Jak ci się udało tyle wyciągnąć od Beckerów?

Grot wzruszył ramionami.

– Na początku też się dziwiłem. Ale teraz wiem, jak cholernie im zależy.

– Bo?

– Pomijając liczne tajemnice zdrowotne całej tej trójki, w szczególności pani Horowitz, dostali cholernie gorący dowód, który może umoczyć całą armię polityków i agentów.

– Zamieniam się w słuch.

– Sonia nie mówiła ci o *Dzienniku Baumanna*?

– Nie.

Grot roześmiał się na całe gardło tak, że nawet Daniel zwrócił na to uwagę.

– Ciszej! – upomniał go Skalferin. – Co to za dziennik?

– Spis dziejów cierpienia i martyrologii naszej wspaniałej trójki przedstawicieli narodu żydowskiego. Przy okazji wiedza, o której nikt nie ma pojęcia. Nazwiska, fakty, dowody międzynarodowego handlu wiedzą Kuthmanna przez *Stasi* i nie tylko.

Patryk opadł ciężko na fotel.

– Czyli masz jak na dłoni, za co Adam Ejszel chce wykończyć Tezava. Zdradził, bo wysłał Niemcom dziennik. Może nawet Ejszel nie wie, że dziennik już został wysłany. Wie tylko, że Tezav chce to zrobić. Może tak sobie życzył jego ojciec przed śmiercią, a może z innego powodu. Niech zgadnę: nie wiedzą, skąd mają ten dziennik?

– Nie wiedzą. Dostali go kilkanaście miesięcy temu. Ale jeśli tak – nie dawał za wygraną Wiktor – to dowody obciążą też tę Horowitz. Przecież nikt nie uwierzy, że nie maczała rąk w zemście. Ona wie, że dziennik jest już u Niemców?

– Nie wiem. Ale myślę, że tak. Skąd wiesz, jak wygląda Tezav?

– Beckerowie mi pokazali. Był na kilku zdjęciach z Sonią.

Teraz Patryk się roześmiał.

– Jest jej bardzo bliski. Myślę, że Sonia wie już o dzienniku. Wie, że mają go Niemcy. I chce ratować kogoś bardzo dla niej ważnego.

– Jesteś pewien?

– Patrzyłem jej prosto w oczy, kiedy o nim mówiła. Użyła fałszywego nazwiska, ale to bez znaczenia. Zna go od dzieciństwa. I być może kocha.

– Co ty z tym kochaniem?! – Wiktor się zniecierpliwił. – Odwaliło ci? Ta laska robi wszystkich, jak chce. W dodatku biega po jakichś odgałęzieniach… czego?

– Czasoprzestrzennego drzewa wszechświata.

– No właśnie. Bardzo ładnie to się nazywa. Podsumowując, nie ufam suce.

– Okej. Pojedziemy tam. Założymy, że kłamie. Skoro jesteśmy jej do czegoś potrzebni, to tam będziemy mogli się zorientować, do czego.

– Masz jakieś przeczucia?

– Do unieszkodliwienia Ejszela, Wiktor. Nie ma innego sensowniejszego wytłumaczenia.

– Nie, Skalfi. Odkąd wyszedłem z fabryki po gadce z Beckerami, wiem jedno. Nic w tej sprawie nie jest proste i oczywiste. Tym samym właśnie ci ogłaszam, że pierdolę brzytwę Ockhama*. Widzisz? Też znam ładne nazwy. I je pierdolę!

_____

* Brzytwa Ockhama – zasada wprowadzona przez żyjącego na przełomie XIII i XIV wieku franciszkanina Williama z wioski Ockham: „Nie mnóż bytów ponad potrzebę. Najprostsze rozwiązanie jest zwykle prawidłowe".

Rozdział 10

Kiedy Anna otworzyła oczy, była spokojna. Przez chwilę wszystko wydawało jej się dalszym snem. Nawet kobieta siedząca przy jej łóżku. Po krótkiej chwili rzeczywistość z niemałym wysiłkiem dotarła do jej umysłu, ale kobieta nie zniknęła.

– Witaj, Soniu – przywitała ją ciepło Anna.

Ten jej jedyny w świecie uśmiech. Spokój, opanowanie, odwaga wobec tego, o czym chyba musiała myśleć niemal bez przerwy. Nie pamiętam, jak to było ze mną, ale kiedy zdajesz sobie sprawę z tego, co cię czeka, w którymś momencie takie myśli zostają już z tobą chyba do końca... Jak myślisz?

Sonia uśmiechnęła się przyjaźnie i skłoniła lekko głowę.

– Jak mnie znalazłaś? – spytała Anna.

– Mam kontakt z Patrykiem Skalferinem. Wiem, że przywieziono panią tutaj dziś w nocy.

– Proszę, Soniu... Przecież jesteś niemal w moim wieku...

Kobieta pokiwała głową, nie zaprzeczając. Wciąż się uśmiechała, tyle że teraz wyraźnie smutniej.

– Możliwe. A więc jak się czujesz, Anno?

– Umieram. A ty?

– Też mi zostało niewiele czasu.

Moja żona nie kryła zdziwienia.

– Tobie?!

– Tak. Nie jestem nadczłowiekiem. I też umrę. Pewnie niedługo.

Ania zamknęła oczy, jakby chciała sobie coś przypomnieć.

– Nie odwiedzasz mnie bez powodu, prawda? – spytała po chwili.

– Nie. Chociaż bardzo chciałam cię zobaczyć, zanim odejdę.

Moja żona skinęła głową.

– Niemal na pewno, i to bardzo niedługo, przyjdą tu pewni ludzie… – ciągnęła Sonia.

– Źli ludzie?

– Tak.

– Niczego się już nie boję.

– Wiem. Jednak od tego, co im powiesz, będzie zależało bezpieczeństwo nie tylko moje, ale także Patryka oraz człowieka, który jest dla mnie bardzo ważny.

Anna otworzyła oczy. Jej spokojny wzrok spoczął na twarzy Soni.

– A więc mów.

– Zapytają, czy wiesz, gdzie jestem i gdzie jest Patryk Skalferin.

– Zadadzą mi ból?

Kobieta zaprzeczyła ruchem głowy.

– Nie. Bo chcę, abyś powiedziała im prawdę. Będziesz wiedziała, dokąd jadę, a my będziemy gotowi na ich przybycie.

– Rozumiem. – Anna się uśmiechnęła. Nie pytała o szczegóły. Wcisnęła guzik od kroplówki, aby zaaplikować sobie trochę więcej środka przeciwbólowego.

– Wierzę, że z nikim nie będziesz rozmawiała o tym, o czym teraz mówimy, i że spełnisz moją prośbę – mówiła dalej Sonia.

Ania skinęła głową na potwierdzenie.

– Wiem, że nic nie jest za darmo. I wiem, o co poprosisz w zamian – stwierdziła przewidująco Sonia.

– I ciebie… i tych, którzy przyjdą – zgodziła się, mówiąc szczerze, nieco rozbawiona Anna.

– Może nawet tak będzie lepiej. Wyjdzie wiarygodniej. Nie pytam o to, o co ich poprosisz.

– Na pewno nie zaszkodzi to tobie ani nikomu z was.

– A więc jestem gotowa. Zaczynaj.

Anna spoważniała.

– Jesteśmy tu same… a więc powiedz, jak można znowu stać się młodym? – spytała, tak jakby chciała, by opowiedziano jej bajkę, po której spokojniej zaśnie.

– Nie można – odparła smutno Sonia. – Mój zegar też bije. Ja tylko po prostu umiem cofnąć się do czasów, które już kiedyś minęły. Ale dla was. Nie dla mnie. Podróżuję wzdłuż swojego życia, jednak nigdy nie mogę znaleźć się dwa razy w tym samym miejscu. Nie mogę przeżyć dwukrotnie tej samej chwili. Nie mogę niczego naprawić ani żyć wiecznie.

– Sama umiesz to robić?

– W pewnym momencie zorientowałam się, że tak. I kilka razy skorzystałam z tego. – Westchnęła głośno. – Do końca życia będę tego żałować. Kiedy chciałam uciec do przodu z jakiegoś miejsca, a właściwie z czasu… robiłam to, zostawiając – nieświadoma konsekwencji – jakby „dziurę" w linii wydarzeń, których nie przeżyłam. W tym momencie „ja" z przyszłości, z rzeczywistości, do której podróżowałam, zastępowała mnie w miejscu przed chwilą przeze mnie opuszczonym. Czas nie znosi „dziur". I jest jakby... całością. Być może wiecznie powtarzalną. Z nieskończoną liczbą rozwiązań. Prawa zachowania masy, energii i... czasu są nieubłagane. Dopiero sporo później, kiedy pierwszy raz coś „zabrało" mnie wbrew mojej woli w przeszłość, zorientowałam się, ile muszę za to zapłacić. To byłam ja. Ja z przeszłości, która chciała uciec w przyszłość. Sama sobie to robiłam. I tak od wielu lat żyję, skacząc z miejsca na miejsce, i nie mogę zaznać spokoju. Mało kto tak jak ja przekonał się na własnej skórze, że kiedy Bóg chce nas ukarać...spełnia nasze prośby.

– Nie możesz nic z tym zrobić? Zmienić swojej przeszłości, tak aby zmieniła się też przyszłość? Nawet jeśli nie możesz cofnąć się do określonego miejsca dwa razy, to przecież wypełniasz pustą dziurę, przed którą i po której żyłaś!

– Niestety, nic nie da się zrobić. – Sonia po raz kolejny uśmiechnęła się smutno. – Zawsze pamiętam tylko przeszłość. Także i teraz, choć czuję, że byłam w swojej przyszłości. Tak jak mówiłam. Życie jest jak kula. Jak jednolita całość, której nie można zaburzyć. Aby się to wszystko nie rozsypało, natura pilnuje, byśmy każdą dziurę w tej kuli wypełnili. Ktoś taki jak ty nie ma z tym kłopotu. Po prostu żyjesz. Ja kilkakrotnie opuszczałam miejsce, w którym powinnam być, i wtedy ja z przyszłości musiałam to miejsce wypełnić. Zawsze zaraz po takim przeskoku niemal kompletnie traciłam pamięć. Dopiero po pewnym czasie wspomnienia wracały, ale tylko te z przeszłości. Nigdy nie potrafiłam „przypomnieć" sobie przyszłości. Jest tylko czwórka ludzi, która zna mój sekret, ty stajesz się piąta. To oni, a zwłaszcza jeden człowiek, którego życie staram się teraz właśnie ratować, pomogli mi dojść do tego, co teraz wiem, i wyjaśnić, dlaczego nagle moje ciało stawało się stare...

– Teraz jesteś młoda, a więc...

– Tak – przyznała Sonia. – Dla tego ciała jest teraz rok 1964. Stamtąd teraz przybyłam. Kiedy mnie spotkałaś pierwszy raz w jednym z moich mieszkań, wiedziałam tylko tyle, co w 1964 roku. Miałam do pomocy jedynie list napisany przez siebie samą, z wytycznymi, jak trafić do właściciela mieszkania, bo potrzebny był świadek, oraz jak przejechać z jednego mojego mieszkania do drugiego, gdzie było bezpieczniej i dokąd wkrótce miał przybyć ktoś, kto będzie szukał wymyślonej przeze mnie Marty Lamer. Teraz, po wielu latach, umiem wyczuć, kiedy znowu mnie przeszłość „wessie". – Uśmiechnęła się gorzko. – Kiedy będę musiała ponownie „zapłacić" za to, co wzięłam dla siebie od natury. Rozpoznaję ten moment niczym epileptyk, który wyczuwa atak. Czasoprzestrzeń jest zagięta jak łuk. Dawała i daje mi zawsze trochę czasu. Mniej więcej tyle, by napisać list, znaleźć bezpieczne miejsce...

Sonia wstała na chwilę, być może także po to, aby sprawdzić, czy drzwi są dobrze zamknięte.

– Z czasem zaczęłam zdobywać „wspomnienia" z całego swojego życia – ciągnęła. – Aż do chwili obecnej. Dlatego kontynuuję to, co zaczęłam „ja" jako starsza kobieta sprzed kilku dni. Tym razem po raz pierwszy nie żałuję, że mam teraz młode ciało. Muszę zrobić coś bardzo ważnego. Choć pamiętam, jak byłam przerażona w 1964 roku, gdy nagle stałam się... stara.

– Wtedy zdarzyło ci się to po raz pierwszy?

– Drugi. Ale byłam równie przerażona, jak za pierwszym, a może nawet bardziej. „Zadebiutowałam", mając dziewiętnaście lat. – Uśmiechnęła się z przekąsem. – Właściwie niemal bezwiednie, przypadkiem przeniosłam się w moją przyszłość. Zorientowałam się, że nie tylko umiem tak robić, ale także wiem jak! To właściwie niewytłumaczalne dla osób niezdolnych do podobnych rzeczy. Nie wiem, jak to ująć... To tak, jakbyś próbowała bardzo się skupić, aby przypomnieć sobie zapomniany wyraz i nagle... przypominasz go sobie! Ale „ja" z tego czasu, kiedy miałam dziewiętnaście lat natychmiast zapomniałam, że właśnie się przeniosłam. Bo moja świadomość ugrzęzła w starej kobiecie, którą się wtedy stałam. Uciekłam tej nocy od przybranych rodziców. I tak nam się nie układało. Byli surowymi, konserwatywnymi ludźmi z zasadami, zmęczonymi, a może nawet trochę przerażonymi faktem, iż mają córkę, z którą po każdym jej upadku na podłogę trzeba jechać do lekarza. Gdyby jeszcze dowiedzieli się o tym! Uciekłam właśnie do niego... Do Moszego... – przerwała, jakby przestraszona tym, co chce powiedzieć.

– Tak ma na imię? – spytała Anna.

– Jest synem izraelskiego żołnierza. Dzisiaj naukowcem. Znamy się od dzieciństwa. Jego ojciec bardzo mi kiedyś pomógł, podobnie jak dwóm moim przyjaciołom. Tak się poznaliśmy. Moi i jego rodzice regularnie co roku się odwiedzali. Najczęściej tam, gdzie mieszkaliśmy. W Szwajcarii.

– On teraz ma swoją rodzinę... – Ania bardziej stwierdziła, niż zapytała. Zawsze wyczuwała takie rzeczy.

– Tak się życie ułożyło. – Sonia zacisnęła usta, z trudem powstrzymując się od płaczu.

– Wiem, jak to jest kogoś stracić…

– Muszę już iść. – Sonia podała Annie kartkę. – Tam jadę. Powiedz im, że tam będę. Patryk Skalferin też.

Ona również nie pożegnała się z Anną. To dobrze.

Ja natomiast niechętnie opuszczałem szpital. Ale czasem musiałem zaglądać do hotelu Patryka. Tak jak mnie prosiła. Niewiele tam się działo. Czekali. Czekali na wiadomość od Soni.

– To już na pewno wszystko, co ci powiedzieli Niemcy? – spytał jeszcze raz Patryk.

– Mówiłem ci już. Wszystko – odparł Grot. – Jeśli jest prawdą to, co nagadała ci ta Horowitz, to pozostaje nam tylko czekać.

– Co robimy ze starym?

– Wolańskiego zostaw mnie. Dam sobie z nim radę.

– I jedziemy tylko we dwóch?

– Teoretycznie mamy jedynie wywieźć rodzinę zastraszanego faceta. Chronimy ich, ukrywamy, resztę zrobią czarni z Centralnego.

Skalferin skrzywił się nieznacznie.

– Sam mówiłeś, że nie można ufać Soni – zauważył z nieukrywanym sceptycyzmem Patryk.

Grot zerknął na Daniela, który nagle przestał błądzić wzrokiem po całym pokoju i zaczął śpiewać swoją ulubioną *Michelle*.

– Co on robi? – spytał Skalferina.

– Trochę się denerwuje. Wyczuwa, że wyjeżdżam, i wie, że nie zabiorę go ze sobą.

– Kiedy się denerwuje, to biega tak wzrokiem po ścianach, a potem śpiewa Beatlesów?

– Na ścianach najprawdopodobniej zapamiętywał szczegóły, klasyfikował kolory, liczył owady, tak że gdybyśmy wyszli do sąsiedniego pokoju, mógłby odtworzyć wszystko w najmniejszych szczegółach, łącznie z paletą barw użytych w tym apartamencie. Teraz, jak sądzę, skończył, więc śpiewa. Lubi Beatlesów.

– Mhm... A ta starsza kobieta w szpitalu?

– Co „ta starsza kobieta w szpitalu"?

– Co ty z nią wyprawiasz? Zabierasz na akcję poważnie chorą staruszkę?!

– To już moja sprawa.

– Ona też tak uważa?

– Zwłaszcza ona tak uważa.

– Twarda.

– To wspaniały człowiek. Nie chcę teraz z tobą o tym gadać. Bardzo mi pomogła. Jakbyś to ty powiedział: dzisiaj już takich nie robią.

– Narażasz cywili – drążył uparcie Grot.

– Co ze wsparciem? – powrócił do tematu Patryk, ignorując upierdliwość Wiktora.

– Jakim wsparciem? Do staruszka, który gania innego dziadka?!

– Ten staruszek wykończył prawie dwadzieścia osób, w tym kobiety i dzieci. Jest byłym agentem Mossadu. A ja jestem zwykłym gliną, który nigdy nawet nie był w Izraelu!

– Nie przesadzaj...

Skalferin złapał za ramię Grota, wbił w niego wzrok i zmarszczył brwi.

– Przestań ściemniać! – mruknął groźnie. – O co tu chodzi?!

Wiktor nieco się zawahał. Szukał najlepiej pasujących do sytuacji słów, po czym dość cicho zaczął wyjaśniać.

– Nie będzie żadnego wsparcia, Skalfi. Musimy dać radę sami. Dałem na to słowo oficerskie Ralfowi i staremu Beckerowi. Jeśli je złamię, będziemy spaleni.

– Oni chcą to ukryć, zachować na zawsze w tajemnicy?!

– To są ich materiały. Dopóki nie są nasze i nam pomagają... znasz zasady.

– A co potem?

– Rozwiążemy to sami, posprzątamy i przypilnujemy, żeby nikomu nic się nie stało. A potem zapomnimy o sprawie. Taki jest układ.

– I nawet staremu o tym nie powiesz?

– Powiem. Tyle, ile mogę.

– Ale ile to będzie to „tyle, ile mogę"?

– Właśnie nad tym pracuję. Ale nie ma żadnego *Dziennika Baumanna*, handlu wynikami z nielegalnych eksperymentów medycznych, dziewczynki przenoszącej się w czasie ani mojej wizyty w Berlinie. Mnie tam nie było, rozumiesz?

Skalferin z niesmakiem pokiwał głową.

– Jasne... A mówią, że to ja mam nasrane w głowie.

Grot zaczynał być nieco rozdrażniony.

– Nie rozumiesz, Skalfi?! Nikt nam nie uwierzy. Niemcy zaprzeczą, a za miesiąc zginiemy w wypadku samochodowym. I to zorganizowanym nie przez Beckerów. Goście ze *Stasi*, którzy byli w to zamieszani, to nie są ci chłopcy z pierwszych stron gazet, przykładnie ukarani przez sprawiedliwe, nowoczesne niemieckie sądy. To faceci, których nie ma. A gdy spróbujesz poświecić na nich latarką, to dopiero się przekonasz, jak skuteczna była lustracja w naszych krajach. Oni są świetnie zorganizowani, mają dawną kasę i środki, by pilnować swoich tajemnic. Nie chcą już niczego, tylko spokoju.

– Biedni staruszkowie. Chcą tylko spokoju...

– Jasne, zapomniałem, że jesteś samobójcą! – warknął Grot.

– Pierdol się! – nie wytrzymał Patryk, ale gdy otworzył ponownie usta, by wymyślać dalej Wiktorowi, zadzwonił telefon.

Skalferin szybko odebrał.

– Niech pan włączy komputer i poda bezpieczny mail. Zaraz przyślę mapkę. Bądźcie tam za godzinę.

Komisarz podyktował adres pocztowy i się rozłączył.

– Odpal kompa – mruknął do Grota. Ale Daniel zdążył już sięgnąć po laptopa. Otworzył go, włączył i wpisał hasło.

– Gdzie to jest? – spytał Wiktor.

– Nie wiem, ale niedaleko. Mamy tam być w ciągu godziny.

– To dobrze.

– Niech twoi ludzie zabiorą mojego dzieciaka – przypomniał Skalferin.

– Nie będzie z nim kłopotów?

– Będą, ale niech trzymają w pogotowiu zestaw głośnomówiący. Dopóki nie zaczniemy tego tam – wskazał komputer – będę starał się pomóc. Przygotuję syna.

* * *

Nie wiem, jak to możliwe, ale do polskich szpitali każdy może teraz sobie wchodzić, jak chce. Nikt się tym nie interesuje, nawet cieć drzemiący pod czytaną przed chwilą gazetą, na bramce, która teoretycznie miała chyba selekcjonować gości odwiedzających chorych. Nikt nie zanotował wizyty Soni, nikt także nie zauważył wchodzących na oddział dwóch potężnych facetów wyglądających, jakby urwali się z imprezy dla kulturystów. Obaj byli bardzo wysocy, bardzo szerocy i mało mili z wyglądu. Dałbym im po pięćdziesiąt, może pięćdziesiąt pięć lat. Kiedy wchodzili do sali, w której wciąż samotnie leżała Anna, postarali się o to, aby nie zauważyła ich nawet pielęgniarka. Inna sprawa, że o tej porze (dochodziło południe), kiedy było już po obchodach, na korytarzach spacerowało sporo gości i jeszcze więcej chorych, łatwo więc można było pozostać niezauważonym. Co prawda na takich dwóch klocków ciężko było nie zwrócić uwagi, ale w szpitalu każdy raczej ma swoje problemy, i to zwykle na tyle bolesne, że guzik go obchodzą nieznani ludzie odwiedzający jakąś kobietę. W ten oto sposób zapowiedziani przez Sonię goście jak na zamówienie pojawili się nad łóżkiem Anny, z wiadomym pytaniem i dokładnie przygotowanymi groźbami. Moja żona przyjęła ich bez strachu, może nawet z rozbawieniem. Obaj nosili czarne garnitury (jakżeby inaczej!) i na swój sposób byli do siebie podobni. Mieli niemal identyczne jasnowłose fryzury, ze starannym przedziałkiem z boku, zacięte, dość sztucznie wyglądające miny i wypracowany groźny wzrok. Zanim odezwali się do Anny, wymienili między sobą kilka słów po niemiecku, a ja przy tej okazji zorientowałem się, że musiałem znać ten język za życia. Mówili coś o tym, że trzeba szybko, bez ceregieli i zdecydowanie. Moja żona

Niemcy spojrzeli po sobie jeszcze raz, ale tym razem nawet moja żona zauważyła, że totalnie zgłupieli. Wreszcie wymienili jakieś znaki i zgodnie kiwnęli głowami.

– *Gut* – zarządził „Hans".

– To podaj ubranie, „Franz"! I odwróćcie się z łaski swojej. Albo nie, lepiej pomóżcie mi się ubrać.

– Mam na imię Peter – burknął z lekkim zniecierpliwieniem „Franz" – a mój kolega nazywa się Martin!

– Od razu tak trzeba było. Ja nazywam się Anna. Dasz mi to ubranie czy mam uciekać w koszuli nocnej?!

Akcja, trzeba przyznać, przebiegła dość sprawnie. Kloc o imieniu Martin zdjął zręcznie kroplówkę ze stojaka i wsadził do torebki Anny tak, aby igła nie wypadła z żyły, a Peter pomógł jej się ubrać. Wzięli staruszkę z obu stron pod ramiona i jakimś cudem wyprowadzili ją ze szpitala. Ania nie mogła iść. Czuła się tak osłabiona, że nie byłaby w stanie sama zrobić nawet kroku. Nie traciła jednak rezonu i zdecydowanie panowała nad sytuacją. Gdy pomogli jej wsiąść do dużego, czarnego mercedesa, odpoczęła chwilkę, zaaplikowała sobie „działkę" ze schowanej w torebce kroplówki i z trudem przywróciła na twarz uśmiech.

– Na dworzec poproszę – zarządziła.

– Gdzie?! – Kloc Martin był coraz bardziej zniecierpliwiony. – Chce pani nas oszukać?!

– Nie, chłopcze – odparła spokojnie. – Układ jest taki. Jedziecie na dworzec, dostaniecie adres i odjeżdżacie, a po mnie za pewien czas wpadnie ktoś inny.

Niemcy kolejny raz spojrzeli po sobie. W końcu Peter włączył silnik i ruszył szybko w stronę dworca. W Krakowie jest dość wygodna platforma, dzięki której bez problemu samochody mogą podjechać blisko peronów. Mercedes Petera i Martina zatrzymał się w pobliżu platformy numer 5.

– Sprowadźcie mnie na peron, muszę na kogoś poczekać na ławce.

Tym razem już nie dyskutowali. Szybko spełnili jej prośbę i już po chwili Ania siedziała wygodnie na ławce, tuż obok podtrzymującego dach filaru, o który mogła wesprzeć głowę. Kiedy dawała im kartkę z adresem, Patryk i Wiktor byli już pod domem opisanym na mapie Soni.

– Skąd mamy wiedzieć, że to prawdziwy adres, a pani zaraz nie wsiądzie do pociągu i nie zniknie?! – burknął Peter.

– Tę kartkę napisała osobiście Sonia Horowitz – odpowiedziała przekonująco Anna.

Tym wyznaniem zrobiła na tajniakach piorunujące wrażenie. Martin wykonał porozumiewawczy gest, po którym jego kolega wyjął z kieszeni marynarki kawałek jakiegoś dokumentu. Przyłożyli obie kartki do siebie, po czym schowali każdy swoją, tym razem do spodni. Kiwnęli krótko głowami na pożegnanie i szybko wspięli się po schodach.

Anna została sama. Teraz dopiero szeroko się uśmiechnęła i zaczęła spokojnie, równo oddychać. Miała ochotę popatrzeć na wsiadających i wysiadających ludzi. Na odjeżdżające pociągi, posłuchać dworcowych komunikatów. Odniosłem wrażenie, że jest szczęśliwa.

Kolorowy tłum mijał ją nieustannie, a ona wciąż patrzyła bez znużenia. Jakaś wycieczka dzieci z balonikami wsiadała – wśród lamentów pań wychowawczyń – do pociągu nad morze. Maluchy były oczywiście zainteresowane wszystkim, tylko nie dyscypliną i wsiadaniem do wagonu. Pokazywały sobie palcami różne szczegóły na dworcu, rozradowane, krzyczały niemiłosiernie, kilkoro z nich nawet się uśmiechnęło do kobiety siedzącej na ławce, która nigdzie nie odjeżdżała. Gdy ten pociąg zniknął ze stacji, za kilka minut tłum ponownie wypełnił peron.

Dwoje młodych – chyba małżeństwo – kłóciło się bez żenady o to, że zostawiło dziecko u babci numer jeden, a powinni u babci numer dwa, bo ta druga trochę mniej je rozpuszcza i nie napycha kilogramami słodyczy. Pijany mężczyzna w brązowej, brudnej wiatrówce zasnął pod jednym ze słupów, ale dwaj czujni sokiści w krótkich słowach wytłumaczyli mu problem na tyle jasno, że szybko nabrał sił, aby zniknąć im z oczu.

Zamyślony młody chłopak spędził na dworcu ponad godzinę, co chwilę patrząc na zegarek. Być może czekał na kogoś, na kim mu bardzo zależało. Wreszcie poddał się i, zrezygnowany, odszedł.

Parę minut później rozśpiewana grupa ze szczerym, choć raczej niezbyt utalentowanym wokalistą na czele, przygrywającym dodatkowo na gitarze, rozsiadła się na środku. *Bóg jest z nami, Bóg jest w nas…* – usłyszał cały dworzec. Nikomu nie przeszkadzali, choć zajmowali sporo miejsca. Cały czas śpiewali raczej na ten sam temat, ale melodie wpadały w ucho i były kojące. Kiedy zabrał ich pociąg do Częstochowy, cisza przed następnymi pasażerami wydała się dłuższa.

Moja żona Anna zmarła, gdy na dworcowym zegarze dochodziła dziewiętnasta. Nikt tego nie zauważył. Wyglądała, jakby spokojnie zasnęła z uśmiechem błąkającym się po całej twarzy. Zanim jakiś dróżnik dostrzegł samotną staruszkę, zastygłą na ławce, minęło kilka następnych godzin.

Byłem z nią niemal cały czas. Opuściłem ją na nie dłużej niż pół godziny, zaraz po odejściu agentów. Ale o tym opowiem ci za chwilę.

Rozdział 11

Dom z mapy Soni stał samotnie, z dala od innych domostw, za to ogrodzony był dość wysokim płotem. Z jednej strony z posesją sąsiadował las, z drugiej – szerokie połacie łąk, a trochę dalej rozciągały się pola jakiegoś zboża. Do najbliższej wsi było z kilometr, i to nędzną, wyboistą drogą, zapiaszczoną tak obficie, jakby za wzgórzem czekało na nich morze, a nie droga na Kraków.

– Dlaczego byłem pewien, że to tak będzie wyglądało? – mruknął niezadowolony Grot, wychodząc z samochodu.

Skalferin westchnął.

– Tak samotnie?

– Właśnie.

– Gdyby ktoś chciał nam zrobić krzywdę, chyba było wystarczająco dużo okazji. – Patryk skrzywił się z niesmakiem, widząc, jak Wiktor wyjmuje pistolet, aby go odbezpieczyć.

– Nie wierzę w przypadki – burczał dalej Grot, ale schował broń za pasek. – Piasek cholerny...

– Gdzieś tu jest podobno Pustynia Błędowska. Ale nie wiem, nie bywam w tych okolicach.

– Nooo... – potwierdził Wiktor. – A ja byłem kilka razy. Zarasta coraz bardziej, ale ładnie jest. W lecie ciągle tam imprezują – koncerty rockowe, rozwrzeszczani gówniarze… Jak wchodzimy?

– Normalnie.

Grot posępnie powiódł dookoła wzrokiem.

– Jesteś pewien?

– Nie – przyznał Patryk.

– Ciebie też coś niepokoi?

– Nie widzę żadnych samochodów.

– Może są w garażu?

– Mamy stąd zabrać zastraszoną rodzinę. Czy coś ci tu wygląda na przygotowujących się do wyjazdu ludzi?

Wiktor ponownie głęboko westchnął.

– Dlaczego w to wdepnąłem… – mruknął bardziej do siebie niż do Patryka. – Dlaczego nie mogę zadzwonić po czarnych…

– Ciężko jest być świrem, możesz mi wierzyć. – Skalferin pokiwał ze zrozumieniem głową. – Wchodzimy, nie?

Ruszył w stronę bramy. On też po drodze odbezpieczył broń i schował za pasek. Przestali gadać. Odezwały się w nich wyrabiany latami instynkt glin i skupienie. Furtka oczywiście była otwarta, ale brama już nie. Pierwszy, ostrożnie, wszedł Patryk. Najciszej, jak mógł, podszedł pod drzwi. Skinął na partnera, żeby zdążył się przygotować, wyjął broń i silnie pchnął drzwi, wbiegając do środka. Za nim Grot, ubezpieczający wszystko od tyłu. Dom wydawał się na pierwszy rzut oka pusty. Na parterze, w dość dużym salonie połączonym z kuchnią, nie było żywej duszy. Policjanci sprawdzili szybko wszystkie pomieszczenia na dole, ale w żadnym z nich nikogo nie znaleźli. Na schody pierwszy wspiął się tym razem Grot, powoli i cicho badając wzrokiem każdy szczegół.

– Tutaj! – usłyszeli nagle ponury męski głos.

Grot szybko wszedł do pokoju, w którym ujrzał przywiązanego do kaloryfera, siwego siedemdziesięciolatka. Ten patrzył na agenta spokojnie, ale wzrok miał kompletnie zrezygnowany.

– Co tu się dzieje?! – krzyknął Wiktor, zbliżając się do mężczyzny.

Odpowiedź przyszła szybciej, niż mogliby się spodziewać. Chłodna lufa pistoletu, którą Skalferin poczuł na karku, nie tyle go przestraszyła, ile rozdrażniła – że tak idiotycznie dał się zaskoczyć.

– Niech pan rzuci broń! – rozkazała silnym głosem Sonia, wpychając Patryka do pokoju i patrząc uważnie na Grota.

– Ja? – spytał dla porządku Wiktor.

– Tak, pan – potwierdziła dość beznamiętnie kobieta.

Wiktor opuścił bezradnie ręce.

– Dlaczego ja zawsze muszę mieć rację – jęknął zrezygnowany i upuścił pistolet na podłogę.

– Drugą spluwę też poproszę – sprecyzowała uprzejmie Sonia.

Grot wykonał polecenie. Nie stawiał się. To nie miało sensu. Skalfi miał przy głowie jej broń, facet przywiązany do kaloryfera przy jakiejkolwiek próbie oporu nie miałby szans. Jeśli chodzi o Patryka, Sonia obsłużyła się sama, zabierając mu oba pistolety.

– Zechcą panowie stanąć przy ścianie? – poprosiła na razie uprzejmie, trzymając wysoko uniesioną broń.

Obaj policjanci wykonali rozkaz.

– Co tu się dzieje? – powtórzył dość fundamentalne w tej sytuacji pytanie Grot.

– Pana nie zapraszałam – zauważyła Sonia. – Ale skoro już pan wpadł, to tym lepiej.

Skalferin już od paru sekund patrzył z niepokojem na dwa kanistry stojące pod oknem.

– Nie ma żadnego Moszego Kazava i jego rodziny, prawda? – spytał szorstko Skalferin. Znów ten jego ponury wzrok, którego – jak mi się wydawało – od pewnego czasu nie widywałem, spoczął na kobiecie celującej prosto w jego głowę.

– Gratuluję. Szybko zdobywa pan informacje – przyznała z uznaniem. Chyba nawet się nie zdziwiła, że tak szybko rozszyfrowali Ostaszewskiego. – Jest, ale daleko stąd, bezpieczny.

– Nie naraziłaby go – przyszedł z pomocą przywiązany facet, o zaciętej, posępnej, nieogolonej twarzy. – To jedyna osoba, którą potrafiła pokochać w całym tym jej cholernym życiu!

– Milcz, z łaski swojej! – rzuciła groźnie w jego stronę Sonia. – Mógłbyś żyć, wszystko zostałoby po staremu. Ale tobie było mało krwi!

– I kto to mówi! – odburknął z wyraźną pogardą w głosie więzień.

– Co my tu robimy? – Wiktor był konsekwentny i po raz kolejny próbował wrócić do najbardziej interesującego go tematu.

– Likwidujecie bezlitosnego mordercę. – Sonia podniosła z podłogi broń Skalferina. – Może… z tej broni. – Uważnie obejrzała pistolet.

– Chryste… Co pani robi?! – jęknął Patryk. – Możemy go przecież aresztować!

– Kogo? Adama Ejszela? Agenta izraelskiego wywiadu?! Skąd weźmiecie dowody?! Wiecie, kim on naprawdę jest?! Jaki potrafi być groźny i bezkarny?! – pytała Sonia, co pewien czas wskazując swoją ofiarę.

– Sam dam wam na siebie dowody, ale wyciągnijcie mnie stąd! – przyszedł z pomocą Ejszel. – Nie oszukam was. W razie czego sami mnie załatwicie!

– Próbujemy – mruknął nieco poirytowany Grot.

– Soniu... – teraz Ejszel zwrócił się do kobiety. – Już mi powiedziałaś, dziennik jest w Berlinie. Obojgu nam się to nie podoba. Ale stało się. Tak, chciałem temu zapobiec, jednak za późno. Nie ruszę Kazava, to, do cholery, mój brat! Teraz to i tak nie miałoby sensu. Zawsze taki był. Cholerny romantyk! Widział tylko sprawiedliwość w sądach i pieprzoną miłość między narodami! My oboje wiemy, że to naiwny gnojek!

– Zamknij się! – warknęła Sonia. – Nawet o nim nie wspominaj!

– Zostawił cię, bo jesteś, jaka jesteś! Za swoje „czarymary” trzeba płacić! – nie przerywał Ejszel. – Dobrze wiesz, że nie jest taki szlachetny, na jakiego wygląda! Znikająca w odmętach czasu żona, która nie czuje bólu... to trochę za dużo jak na jego romantyczną duszę.

– Koniec gadania! – Sonia wymierzyła w niego broń.

– Poczekaj! – krzyknął Patryk.

Kobieta obserwowała ich uważnie kątem oka, ale teraz, wyraźnie nieco zdziwiona, odwróciła głowę w jego stronę.

– Czego ty chcesz, policjancie? Wsadzić do aresztu kolejnego mordercę, który następnego dnia wyjdzie i zniknie?!

– Soniu... – znowu odezwał się Ejszel. Jego głos był bar-

dziej pojednawczy. – Przypomnij sobie, ile razem prze-
szliśmy! Wojna, Kuthmann, *Stasi*, tyle lat… Nasza sprawa
i odwet na Niemcach…

– Będziesz dalej zabijał – syknęła zimno Sonia.

– Nie! Po co? Chcę wrócić. Wszyscy zostali już ukarani!
Nie chcę krzywdzić Moszego!

– Jakoś ci nie wierzę.

– Na Boga! – nie wytrzymał. – Sama zabijałaś! Nie tylko
oprawców, ale także ich żony, dzieci! Likwidowaliśmy całe
rodziny! To ty nam kazałaś to robić! Sama do nich strzelałaś!
Sebastian nie mógł się z tym pogodzić! I ty mówisz, że mi
nie wierzysz, kiedy chcę przestać!

– To byli Niemcy!!! – wrzasnęła na całe gardło Sonia. –
Niemcy! Każde ich dziecko, każda ich suka, która może ro-
dzić, powinna umrzeć! – W jej oczach pojawiła się niewysło-
wiona nienawiść. Znowu wymierzyła w niego broń Skalferina.

– Matko Boska… – szepnął cicho Grot.

– Dziwisz się?! – rzuciła jadowicie teraz w jego stronę
Sonia. – Jesteś Polakiem. Twoi rodzice powinni cię nauczyć,
co wam robili! A to jeszcze niewiele przy tym, co robili nam!!!

– Jest tyle lat po wojnie… – odezwał się spokojnie Patryk. – Świat jest już inny. Niemcy też są już inni. To zupełnie
inne pokolenie…

– Niemcy to zawsze Niemcy! – Jej twarz wydała mi się
straszna, zimna, okrutna. Bez cienia współczucia.

– Baumann też był Niemcem!

– Michael był przede wszystkim Żydem! Był agentem
izraelskim, który nas z tego wyciągnął. Gdyby żył, sam teraz
własnoręcznie zabiłby Adama, mimo że wszystkiego go
nauczył.

– Nonsens! Pomógł nam zaplanować wszystkie akcje – odezwał się znowu Ejszel. – Nauczył nas, czym jest poświęcenie, a czym zdrada. Nie zabiłby własnego syna! Być może ciebie nauczył jeszcze więcej. Byłaś zdolniejsza. Umiałaś mnie oszukać, wykorzystać moje zaufanie, zwabić tu i załatwić. Nikt nie ma pojęcia o twoim istnieniu. Nie masz dokumentów, obywatelstwa, niczego. Wszystko fałszywe. Żyjesz za pieniądze naszych oprawców. Wiecie, ile wyciągnęliśmy z sejfu Kuthmanna?! Ponad milion marek i prawie dwa miliony dolarów! Michael wpłacił to później na szwajcarskie konto, dzieląc wszystko między naszą trójkę. Wiecie, jaki to dawało procent?!

– Zawsze taki byłeś, Adamie. Nawet przez moment nie potrafisz przestać być agentem, a na kilka chwil przed śmiercią nie umiesz być zwykłym człowiekiem. Cały czas grasz i wciąż masz nadzieję, że zawsze będziesz wygrywał – Sonia przestała krzyczeć. Jej głos stał się cichy, zrezygnowany. – Po co zabiłeś tego gliniarza i właściciela mieszkania?

– Zrobiłem to z przykrością – odparł twardo Ejszel. – Obaj by nas wydali. Wiesz o tym dobrze. Tu nie ma sentymentów. Żałuję ich, ale tak było trzeba.

– Ano właśnie. – Sonia wymierzyła w niego broń i strzeliła dwa razy. Ciało Ejszela, dwukrotnie targnięte siłą pocisków, zawisło bezsilnie na sznurze, którym był przywiązany.

Obaj policjanci bezradnie zwiesili głowy.

– Teraz wasza kolej! – rzuciła do nich.

– Nas też zabijesz? – spytał spokojnie Skalferin.

– Nie, jeśli się dogadamy.

– Co tu jest do dogadywania? Właśnie z naszej broni zabiłaś człowieka – zauważył Grot.

– No, właśnie. Zlikwidowaliście zabójcę, koniec. Macie rozwiązaną sprawę. Bierzcie ze sobą kanistry z benzyną i idziemy.

– Chcesz podpalić ten dom?

– Tak. Szybciej, nie mamy czasu.

Wiktor i Patryk wzięli pojemniki. Sonia wycofała się trochę, wypuszczając ich z pokoju, ale nie spuszczając z muszki.

– Rozlejcie benzynę w kuchni. Po ścianach. Otwórzcie okno.

Gdy wykonali polecenie i Grot wyjrzał przez szybę, zamarł na chwilę.

– Tu jest zbiornik z gazem! – krzyknął w jej stronę.

– O to chodzi – otrzymał chłodną odpowiedź. – Wychodzicie czy zostajecie?

Wiktor pokręcił głową ze zrezygnowaniem.

– Będą cię szukać!

– Kto? Przecież mnie nie ma. Odkąd zniknęłam z domu moich rodziców ponad pięćdziesiąt lat temu, nie istnieję.

– Marta Lamer zaginęła – zauważył Patryk.

– Ona też zginęła w tym domu. Zabił ją Ejszel, który uprzednio ją porwał.

– A dom spłonął, bo my go podpaliliśmy? – spytał ze zniecierpliwieniem Wiktor.

Sonia z niedowierzaniem pokręciła głową.

– Nie udawajcie kretynów. W pięć minut można wymyślić tysiące historii, jak spłonął ten dom. Zostawiam to wam. No, chyba że chcecie się uganiać latami za nieistniejącą staruszką lub żeby was zamknęli w wariatkowie. Tam są zapałki. – Wskazała na blat stołu.

Grot z pewnym wahaniem zapalił jedną, potem całe pudełko i rzucił w benzynę.

– Uciekamy, szybko! – rzuciła, wybiegając z domu.

Gdy byli już poza bramą, Sonia opróżniła magazynki policjantów i rzuciła ich broń na ziemię.

– Kluczyki! – zażądała.

– Zostawisz nas tu?! – zaniepokoił się Wiktor.

– Radzę szybko uciekać w stronę wsi. Wszystko zaraz wybuchnie. Kluczyki!

Płomienie były już widoczne na zewnątrz. Grot rzucił jej niewielki przedmiot.

– Samochód odpala karta.

– Dziękuję. – Nie zdobyła się na uśmiech, ale lekko skłoniła głowę. Szybko wsiadła do samochodu i zniknęła za skrajem lasu, zanim policjanci zdążyli pozbierać i złożyć swoją broń.

– Kurwa mać! – wrzasnął na całe gardło Grot.

– Chodźmy stąd – rzucił spokojnie Skalferin.

Zaczęli szybko iść w stronę wsi. Po chwili Wiktor kiwnął głową i zachęcił Patryka, aby ruszyć biegiem. Na wszelki wypadek.

Rozdział 12

Patryk często odwiedza grób Anny. Czasem mu towarzyszę, ale rzadziej już tu bywam. Nie wiem, czy znalazł to czego szukał. W każdym razie widziałem go kilka razy jak szedł z córką do kina. Fajnie.

Wiesz… jestem mu wdzięczny, że tamtego wieczoru nie zrezygnował i nie wyjechał z Krakowa, dopóki nie dowiedział się wszystkiego. Anna przecież nie powiedziała nikomu, że jedzie na dworzec. Potem zorganizował, co było trzeba. Ona nie miała przecież nikogo.

Szukam jej. Wiem, że jest gdzieś niedaleko i wkrótce będziemy razem. Czasem to musi trochę potrwać. Tak już jest w świecie, do którego także i ty podążasz. Umierasz naprawdę dopiero teraz, w tej samotni, mimo że upozorowałeś swoją śmierć dziesięć lat temu, Michael, aby Twoje dzieci, cała czwórka – Mosze, Adam, Sonia i Sebastian – byli bezpieczni. Nauczyłeś ich wszystkiego, dałeś im prawo do zemsty i nie pozwoliłeś na to, by stali się inni. Napisałeś *Dziennik*. Nie oceniam cię. Zrobi to Bóg, jeśli istnieje. Zostało ci tak niewiele czasu – pewnie dlatego możemy rozmawiać. Jesteś jedynym człowiekiem, który mnie widzi. Dlaczego? Gdybyśmy na wszystkie pytania znali odpowiedzi, nie bylibyśmy ludźmi. A mimo wszystko chyba jesteśmy, Michael, prawda?

Sonia, Sebastian i Adam spotkali się dopiero dwa tygodnie później, w nieznanym mi domu. Ty najlepiej wiesz, że pewnie robili to zawsze, mimo upływu lat. Kiedy ich zobaczyłem, siedzieli przy dużym stole. Profesor czasem wstawał, aby pójść po herbatę lub nowe wino.

– Nie było kłopotów? – spytała Sonia.

– Nie – odparł Ejszel. – Węzeł był w porządku, tak jak uczył ojciec. Ogień dobrze poszedł. Zejście do piwnicy i korytarza zostało w miarę czyste. Ciała z kostnicy ułożyłem jak trzeba. Kiedy wszystko wybuchło, byłem już daleko w lesie, przy swoim samochodzie. Trochę od uderzeń boli klatka piersiowa.

– Sprawdziłam przed strzałem jego spluwę. Zwykły policyjny złom. Nie było ryzyka. Nie mogłam przebić kamizelki.

Twoja szkoła, Michael. Przygotowywali ten dom przez prawie trzy miesiące. Podziemny korytarz. Niewidoczne wyjście w lesie. Ciała zmarłych bezdomnych...

Potem, po wybuchu, Adam wrócił tam i upewnił się, czy ślady są zatarte. Ostrożnie. Po przekopie nawet nie było śladu. Widział tych dwóch kloców z Niemiec, kiedy oglądali spalony dom. Bali się zostać dłużej, więc po dziesięciu minutach odjechali. Potem dowiedziałem się, kim byli. Pracowali dla *Stasi*, która już dawno nie istniała. Zostali wynajęci przez starych agentów sprzed lat, ukrywających swoje dawne tajemnice, grzechy – całe to bagno. Właśnie tego dnia dowiedziałem się, że tak naprawdę to oni zabili Chrząszcza i Kowala, zacierając ślady po wszystkim, co mogło doprowadzić Polaków do tajemnicy Kuthmanna i handlu jego badaniami przez *Stasi*. To oni włamali się do Rudego i oni zabrali list „Marty" do Soni. I wreszcie – to dla nich był cały ten teatrzyk.

– Kiedy wracasz, Adamie? – spytał Młodzianowski.

– Niedługo. Nasza dziewczynka zrobiła z nas potworów przed tymi gliniarzami z Polski.

Profesor wstał od stołu i podszedł do okna.

– Jesteśmy nimi – powiedział cicho.

– Przestań, ty znowu to samo – skarciła go Sonia. Wciąż wyglądała na dwadzieścia lat. Cały czas nic w jej wyglądzie się nie zmieniło. – Ty tylko ich znajdowałeś. My ich karaliśmy. Dostali to, na co zasłużyli! Tyle razy to wałkowaliśmy. Pamiętasz nasze hasło? „Nikt nie odejdzie bez kary"! Mieliśmy rację.

– Po co im powiedziałaś, że to Adam zabił gliniarza i właściciela twojego mieszkania?

– Nie ma sensu, żeby dalej szukali – wyjaśnił mu Ejszel. – Naszymi znajomymi ze *Stasi* zajmiemy się w odpowiednim czasie. Sami.

– To po co wysyłaliśmy Beckerowi dziennik Michaela?

– Bo tak chciał ojciec – odparł Adam. – Może to rzeczywiście już inni Niemcy.

– Nie ma innych Niemców – mruknęła ponuro Sonia. – Ale skoro tak chciał Michael, zrobiliśmy to.

Ejszel machnął tylko głową do profesora, aby znowu nie wchodzili w spór. Nie miał siły na kolejną sprzeczkę z Sonią.

– Co ze sprawami? – spytał rzeczowo Młodzianowskiego.

– Policjanci to kupili. Skurwiele ze starej *Stasi* już to mają. A więc jesteś bezpieczny, nie żyjesz. Ciała nieidentyfikowalne. Sprawdziłem w dwóch źródłach. Ciężko było.

– Jesteś geniuszem – przyznała Sonia.

– Wiem. Niezależnie od tego, co sądzi nawet Patryk Skalferin, śledztwo jest zamknięte. Bałem się, że będą kłopoty, szczególnie z nim.

– Za bystry? – spytał Ejszel.

– Za uczciwy. Ale sam nie potrafię go już rozgryźć. Razem z tym Grotem wymyślili jakąś bajeczkę, uśmiercili Martę Lamer i oczywiście ty jesteś zabójcą.

– Taki już mój los – mruknął Adam. – Nie lubię tego kraju. Wracam jutro do Izraela.

– Nie mów tak przy mnie, wiesz, że tego nie znoszę. Jestem Polakiem! – upomniał go profesor.

– Jesteś przede wszystkim Żydem! Nazywałeś się Jakub Herszberg! Nie zapominaj o tym!

– Ostatni raz widziałem swoich biologicznych rodziców, gdy miałem cztery lata. Nie pamiętam ich. Gdyby mi nie powiedziano, że byli Żydami, do dzisiaj bym nie znał swoich korzeni. Zostałem wychowany na Polaka, jestem katolikiem – ile jeszcze lat mam ci to tłumaczyć?! Czuję się Polakiem i zawsze, odkąd pamiętam, tak się czułem. Ty jesteś Izraelczykiem, a Sonia wybrała...

– Niebyt – dopowiedziała chłodno. – Możecie przestać o tym gadać?

– Przepraszam, że przy tych policjantach wypaliłem o tobie i Moszem... Chciałem, żeby było wiarygodnie – mruknął Ejszel.

– Nie szkodzi. Rzucił mnie, bo jestem dziwadłem. Nie powinnam mu zatruwać życia. Ma szczęśliwą rodzinę, wnuki.

– Nie. Rzucił cię, bo robiliśmy to, co robiliśmy – wtrącił

bezlitośnie profesor, sięgając po swój kieliszek. – Nigdy o tobie nie mógł zapomnieć. Nie umiał inaczej. Nie akceptował tego, co robiliśmy. Ale tobie całe życie pomagał.

Sonia spuściła głowę. Nie chciała zaprzeczać.

– Jego żona ma raka – dokończył Młodzianowski. – Nie wiedziałem, czy ci mówić.

Sonia wyprostowała się jak rażona prądem.

– Ale jak…

– Lekarze dają jej nie więcej niż trzy miesiące. Może powinniśmy ich odwiedzić. Wypadałoby. Minęło dobrych parę lat. Dawno się nie widzieliśmy.

Sonia skinęła głową.

– Wiedziałeś o tym? – spytała Adama.

– Tak – przyznał Ejszel.

Kobieta podniosła kieliszek wina i wypiła do końca.

– Sebastian, może wyjedź na trochę – postanowił zmienić temat Adam. – Nasi znajomi ze *Stasi* mogą sprawiać ci kłopoty. Mnie nie ma, jej też. Ale ty jesteś jak na dłoni.

– Dam sobie radę. – Profesor machnął ręką.

– Znowu chcesz być przynętą? Ile czasu tak wytrzymasz? – drążyła Sonia.

– Być może niedługo. Tracę siły. Już dosyć walczyliśmy. Pora na odpoczynek. Nie zamierzam nigdzie przed nikim uciekać. Mam siedemdziesiąt lat.

– Teraz chcesz to zostawić?! – wybuchnął nagle Ejszel. – A ci ze *Stasi*? Musimy ich dorwać. Jak wszystkich! Pamiętasz, jak to sobie we trójkę obiecywaliśmy? Nikt nie uniknie kary.

– Mówiłeś już.

– Nie możemy przestać!

– Ile czasu chcesz to ciągnąć, Adamie?

– Do końca. Tak jak mówił ojciec. Dopóki mamy siły.

Profesor pokręcił głową.

– Ja już nie mam.

Podniósł się ciężko i wyszedł do piwniczki, zapewne po następne wino.

Zostawiłem ich. Nie wiem i chyba nie chcę już wiedzieć, co będą robić dalej. Chyba nie obchodzi mnie, czy profesor się rozmyśli. Nie chcę już spotkać Soni ani Adama. Tak jak ci mówiłem – niech Bóg ich sądzi, jeśli istnieje. Pora, abyśmy i my się rozstali. Idę dalej szukać kobiety o wielkich, chabrowych oczach, która pewnie jest już blisko. Tylko to się liczy. Nawet ty to chyba rozumiesz.

OBŁAWA

Dwóch braci
zaczyna rządzić krajem...

KAPŁAN

Wielka tajemnica, krwawa polityka,
zemsta po latach...

**JAPOŃSKIE
CIĘCIE**

Nikt nie jest tym
kim się wydawał...